Best Time

白 马 时 光

The Cormorant

知更鸟女孩

ZHIGENGNIAO NVHAI SHENMIREN

—— 3 ——
神秘人

［美］查克·温迪格 著　　朱禛子 译

百花洲文艺出版社
BAIHUAZHOU LITERATURE AND ART PRESS

图书在版编目（CIP）数据

知更鸟女孩.3,神秘人 /（美）查克·温迪格著；
朱禛子译. — 南昌：百花洲文艺出版社, 2017.6（2017.12重印）
ISBN 978-7-5500-2229-4

Ⅰ.①知… Ⅱ.①查…②朱… Ⅲ.①长篇小说—美
国—现代 Ⅳ.①I712.45

中国版本图书馆CIP数据核字（2017）第100210号

江西省版权局著作权合同登记号：14-2017-0269

The Cormorant by Chuck Wendig.
Copyright © 2016 by Chuck Wendig.
Published by agreement with Donald Maass Literary Agency through The Grayhawk Agency.
Simplified Chinese edition copyright © 2017 by Beijing White Horse Time Culture Development Co., Ltd.
All rights reserved.

出 版 者　百花洲文艺出版社
社　　址　江西省南昌市红谷滩世贸路898号博能中心A座20楼　　邮编：330038
电　　话　0791-86895108（发行热线）0791-86894790（编辑热线）
网　　址　http://www.bhzwy.com
E-mail　bhzwy0791@163.com

书　　名　知更鸟女孩3：神秘人
作　　者　〔美〕查克·温迪格
译　　者　朱禛子
出 版 人　姚雪雪
出 品 人　李国靖
特约监制　王　瑜
责任编辑　黎紫薇
特约策划　高　蕙
特约编辑　王　婷　王　瑜
版权支持　高　蕙　韩东芳
封面设计　陈　飞
版式设计　王雨晨
封面绘图　so.pinenut
经　　销　全国新华书店
印　　刷　北京中科印刷有限公司
开　　本　880mm×1230mm　1/32
印　　张　11
字　　数　250千字
版　　次　2017年7月第1版
印　　次　2017年12月第3次印刷
书　　号　ISBN 978-7-5500-2229-4
定　　价　39.80元

赣版权登字：05-2017-165
版权所有，侵权必究
图书若有印装错误可向承印厂调换

致所有米莉安的粉丝，在你们这些满嘴脏话的歹徒之辈和离经叛道之人的帮助之下，我才得以完成此书。

第一部分

费城

此时此刻

"主说，要有光。"

黑色布面一阵扑扇，接着，那个戴着兜帽的家伙已经消失不见。

米莉安的脸部肌肉抽搐了一下，接着眨了眨眼睛。一卷白浪从天际袭来，整个世界突破迷雾的围困——仿佛从一潭牛奶中矗立起来。

那个正在说话的胖男人坐在她的对面。在他身后，一个敏感易怒的女人在来回踱步，那是他的搭档——一个酩酊大醉的女人，带着歪斜的笑容，嘴角深深地陷入那高耸的颧骨之处。她的手上包扎着绷带。

"你看起来像一坨狗屎。"格罗斯基，那个胖男人说道，还低声吹了一个口哨。

"你看起来就像被一堆垃圾袋缠绕包裹着的穿着运动套装的狗屎。"米莉安回答道。她的声音"听起来"略微有些生硬沙哑，如同赤脚行走在破碎裂损的贝壳之上，被沙土碾压磨损，被盐分刺痛灼伤。

衣衫褴褛，破碎紊乱，粗糙凌乱得一团糟。

格罗斯基只是耸了耸肩，笑了一下。他的声音非常温柔。不过，她知道如有必要，他可以提高音量。他的胸腔之中其实"暗藏"着一面轰隆作响的定音鼓。

他拿起那个箱子，正位于他面前的她的箱子。他将他那如同香肠串的手指放在了箱子上面。盖子一阵晃动，挂锁颤动不已。

那个干瘪的女人——韦尔斯，凯瑟琳·韦尔斯——十分紧张地来回踱步，仿佛她有什么东西需要藏匿起来。米莉安知道确实如此。

米莉安的脚下所感不异于她的双耳所闻：潮水即将一涌而进。就在不远处，那波浪汹涌澎湃、水势滔天，擅自闯了进来。她环顾四周，这里只是某座摇摇欲坠的海滩小屋。这些木板墙，仿佛在找寻某种情感上的支持，彼此依靠。头顶是被茅草覆盖的屋顶，一阵夹杂着鱼腥味的微风透过开着的窗户悄悄地溜了进来，悬挂着的蜘蛛网开始摇摇晃晃。

"我们现在在哪儿？"米莉安问道。

格罗斯基没有回答她的问题，"你想要什么东西吗？"

"香烟。"

"你不应该抽烟。"

"你不应该沉溺于猪油和融化的奶酪之中。你现在还吃芝士汉堡吗，或者你只是将它们注入你那男性的乳头里？"她试图模仿着去描述注射的过程，但突然意识到她的双手被戴上了手铐，置于面前，而那镣铐则被拴在了一条桌腿上。这张桌子是木质的，古老陈旧，摇摇晃晃。如果迫不得已的话，她其实可以将其摧毁。

不过她并没有到那个地步。目前还没有，可以这样说。

"这个关于猪油的事情还真的挺有意思的啊！"托马斯·格罗斯基说道，"它其实恶名远扬。七十年代的时候，它与其他动物脂肪一起被妖魔化了。然而事实却是，杀死你的其实是植物脂肪。克罗斯克[①]，人造黄油。那些，呃，那些反式脂肪酸会把你弄得一团糟。"他像是正在气愤地给山羊挤奶一般捏紧了一个拳头，"切断了你的动脉，这就像一个衣夹一般。"

---

① 克罗斯克：宝洁公司的"克罗斯克"（Crisco）一直是起酥油的领先品牌。后来，全世界的人们开始食用植物油。——编者注

"这可真是令人着迷啊！"她像捏一块海绵一般将这些字眼挤了出来，让嘲讽之意四处滴落飞溅，"谢谢你，卫生局局长胖子麦基！"

"我只是想说明，不能以貌取人。"他拍了拍自己的胸口，砰，砰，砰，"你看着我，心想，嘿，这儿有一个满脸雀斑的浑蛋，就像《摩登原始人》里的弗雷德·弗林特斯通吃掉了巴尼、威尔玛，将紫色的恐龙变成了恐龙汉堡。掀起他肚子上的一层肥肉，你甚至可以从里面找到一个被藏起来的夹馅面包。你以为我的死期即将到来，以为我的心脏如同老太太厨房里搁置太久的一个汤罐头：不久之后肯定会爆裂。不过，情况其实是这样的：我今年四十二岁，却如同十六岁的少年一样健康强壮。我的良性胆固醇可以堆到屋顶那么高。我的恶性胆固醇，扯淡，我才不觉得我有什么恶性胆固醇呢。我有非常棒的血压，和相当完美的血糖值——我甚至连'糖尿病'几个字怎么写都不知道。我吃得非常健康。我喜欢各种各样的绿色食品。甜菜、羽衣甘蓝、菠菜，显而易见我的身体很好。"

"显而易见。"

"所以，也许你并不需要这么自以为是。"他张开嘴唇，他的舌头在他那两排平滑整齐、洁白无瑕的牙齿之间来回舔舐，发出一个湿润而空旷的声音，"因为也许你不知道你在看着什么。"

"也许你忘了，我知道你会如何死去。"

他的两颗眼珠被包裹于厚厚的眼皮的层层褶皱之中，只露出一条细缝，看起来仿佛有人将上下眼皮的肌肤捏紧，欲将其合上，但是突然，那双眼睛猛地睁开，她在他的双瞳里看到了一道光，在那片漆黑之中一闪而过：愤怒之光，明亮耀眼的白色，如同一柄钢之刀刃中蕴藏的光芒。

"又是这个。"他说道，"好吧，我会和你玩这个游戏。所以你是说我的健康最终会将我杀死是吗？你到底会不会做那件你声称会做的事啊？"

"现在是什么时候？"米莉安问道。轮到她转移话题了。

韦尔斯低头看着一块精致高档的手表，一块新手表，是摩凡陀牌的。

它空荡荡地悬挂在她绷带附近那骨头突出的枯瘦手腕之上。米莉安心想，我们很快便可以开始这一切了。

"下午五点。"韦尔斯说道。这是一个吸烟者的嗓音。一个充满了生锈的铁片与癌症前期的声音，从这个女人那如干茅草屋屋檐一样沙哑的喉咙之中散发出来。然后，韦尔斯往格罗斯基与米莉安之间的桌子上丢了一根烟。

格罗斯基看了他的伙伴一眼。

"让她抽烟。"韦尔斯说道，"让我们结束这一切。"

"好吧。"格罗斯基说道。他将香烟朝着米莉安轻弹了过去。那根香烟滚了过去，她抓住了它，像一只活板门蛛跳跃着扑向它的猎物。韦尔斯递给他一个打火机，但他却没有递过去。他旋转把玩着这只打火机，龇牙咧嘴地笑着。米莉安用双唇转着那根香烟，咬着烟嘴，舌头舔舐着卷烟纸的边缘。她很想来一根，烟瘾带来的感觉就像是被一群饥肠辘辘的野狗撕咬一样令人崩溃。

格罗斯基的身子向她倾斜过去，敲击着那个廉价的加油站打火机——吧嗒吧嗒吧嗒。只有零星的火花，空有余烬，空洞的承诺，没有火焰。

他耸了耸肩，把打火机放到一旁，"那好吧。"

"再试试。"

"我不是来呼吸你的臭味的。我得完成这件事情——"他朝韦尔斯伸出了大拇指，"但我不是和你一起完成这件事。"

"我这几个星期过得简直糟糕透了。"米莉安愤怒地咆哮道。

"噢噢噢噢，嘀嘀。我知道。我们马上就开始谈论这件事。"

"我想要我的香烟。"

"你必须告诉我一些我想知道的事情，那样也许你才能够得到香烟。噢，也许我会给你弄来一盘绿色食品——这对晒伤非常有益。还有——还有——也许你也可以摆脱那些镣铐了哟。或者，也许不会。无论如何，一切都取决于你，布莱克小姐。"

"布莱克小姐？干吗如此正式啊？拜托，你就叫我'去你妈的'。"

"我想知道关于这个男孩的事情。"格罗斯基说着从他腿上的文件夹中抓起一张照片。他隔着桌子将照片滑过去。她看到照片的一刹那，感觉到仿佛有一个人猛然将她的一项重大权利剥夺而去。一个孩子正在从一个娃娃的胸部扯出它的布料填充物。

照片中的这位年轻男子已经死了。

宽松的绿色老鹰牌外套上溅满了鲜血。

血被冬天冰冷刺骨的雪水浸得发黑。

此时此刻，在这座小屋之外，潮汐隆隆作响，奔涌而来。

冥冥之中，海鸟叽喳鸣叫，喋喋不休。

也许是一群塘鹅吧，米莉安心想。

她深深地吸了一口气。

接着，她向他讲述了那个故事。

1 戴上一枚戒指

那枚订婚戒指马上就要在安德鲁的口袋里燃烧出一个洞来。就是这样的感觉,仿佛它会烧透衣服的布料,落到布满脏雪的人行道上,也许会滚入下水道炉排,然后消失于泥浆之下。如果发生这种情况,他会有什么样的感觉呢? 他会觉得胆战心惊。他喜欢莎拉,他想与莎拉结婚,但他不能用这枚戒指去娶她。这枚戒指对于她那完美如瓷的手指来说太大了。指环太大,钻石太小。这是一枚从他母亲那儿继承来的戒指。

诚然如此,这枚戒指如同一把装满子弹的枪。他在过去的几周之内几乎求了五次婚。他心中有一个声音说道,只是求婚而已,你可以将那枚戒指的尺寸改一下,然后再买一颗新的钻石。这些都可以在婚礼前准备完毕,甚至不用一年时间就可以准备齐全了。噢,上帝,除非她想尽快结婚……

但是,不行。他不得不把这件事情做得漂亮一些。她的父亲认为安德鲁做事总喜欢半途而废,而她的父亲对于她而言就是整个世界。因此安德鲁必须做出一场精彩绝伦的秀。这枚戒指必须足以打动她,然而更重要的是,它需要打动她的父亲。然而问题在于:甚至连莎拉都不知道安德鲁此时此刻有多么糟糕，多么困扰。他在费城的一家经纪商行有一份体面的工作，但他却肩负三万美元的信用卡债务。且不说那些汽车贷款，还有商学院与研究生院的学生贷款，以及租金、煤气费、垃圾费。这个费用，那个费用。

他的口袋里的确还有那么一点儿钱，但是，说真的，他已经破产了。

这就是他此时此刻——星期三晚上十点四十五出现在这里——肯辛顿的原因。穿过一片肮脏潮湿的雪地——丰润、结块的雪花不是飘落到地面，而是重重地摔向地面。他那精致的球鞋被道路上的盐浸染成白色，他的袜子已被雪水浸湿。

当值的德里克告诉他："你如果想要便宜钻石，我倒是知道一个地方，在肯辛顿。"

安德鲁说："噢，不可能，肯辛顿？真的吗？"他说，如果去那里，他会被刺伤，或是被勒死，"那些肯辛顿扼杀者是不是仍然在那儿游荡？"

德里克笑而不答，"这不是什么新闻。犯罪率正在下降。没关系的。你是想要便宜的钻石，还是要珠宝店那种价格？"

安德鲁心里想着，但并没有说出口，"我想在珠宝店花钱买那些正版的珠宝。"

他只是承担不起。

那么，只能去当铺了。德里克说："有一家叫'K & P Moneyloan'的典当行，但他们会说的英语寥寥无几，所以他们把'Moneyloan'拼成了'Moneylawn'，不过至少你可以知道你来对了地方。"

安德鲁以为他在工作一结束就可以到达那家典当行，六点，也许七点。然而，那些内部律师团队突然要求召开一个新的会议，会议就如同黑洞一般：它们消耗着光阴，吸食着光明，它们狼吞虎咽地吞食着他的劳动成果。接下来，当他回过神来的时候，已经过了十点，但无论如何，他还是得去一趟肯辛顿。

那家典当行还开着。感谢上帝！

柜台后面的家伙——一个被德里克说成印度人（"是吃着咖喱的印度人，而不是惨遭大屠杀的美洲土著印第安人"）的家伙，不过安德鲁觉得他来自斯里兰卡。他给安德鲁展示了钻石，它看起来无与伦比，光彩夺目。价格廉价到他几乎无法辨别它们的真伪，他内心产生了一点儿小小的恐慌，他不是应该已经记住了一些关于三 C 的信息吗？颜色、净度、切工和……还有没有第四个 C 呢？

见鬼！随他去吧。他又不是专家。莎拉也不是。他拿起一个公主式切割钻石，它看上去——好吧，不得不说它看起来很漂亮。它在光的照耀下呈现出完美的光泽，熠熠生辉。并且分量十足。当然，也棱角分明，仿佛可以用它在店面的橱窗上割出一个洞。

此时此刻的他站在一个昏暗污浊、地板破裂的典当行里，刺眼的荧光灯在头顶嗡嗡作响、吱嘎乱颤，霓虹灯缠绕在典当行窗口与金属大门的窗户内侧。终于，他成功说服了那个小个子的斯里兰卡人将价格压低到一个他能买得起的金额（这甚至比别的任何一个地方要价的二分之一还要低），然后他突然拿出他的 VISA 卡，接着——

"我们这儿不可以刷卡。"那个小男人说道。

"不可以，不可以。"

"但我就只有这个。"

那个小个子男人将那个被一小块布包裹着的钻石收了回去，"没有现金，不卖钻石。没有现金，不卖钻石。"

于是，他问："这儿有没有 ATM 机？"

"麻烦你只要说 ATM 就好了。"那个小男人纠正道，"不是 ATM 机。ATM 的意思就是'自动取款机'。你没必要说那个额外的'机'字。"

这话居然出自一个将自己的商店命名为"Moneylawn"的人之口。

安德鲁说："好吧，好吧，就告诉我它在哪儿吧。"然后他心想——希望——这个 ATM 就在街的正对面，然而并非如此，哪儿有那么容易就能办成的事情。它需要往前穿越三个街区，再拐弯经过四个街区。然而现在，天上成团地落下潮湿的雪花，仿佛是对他资金管理不周的惩罚——

然后，他来到了这里，一路匆匆而行，来到了肯辛顿中心的自动取款机处。这是一个败落得不可能更萧条的邻区，因为它没有更败落萧条的余地了——车已然损毁，残骸亦已然烧坏。

破败废弃的店面。拐角处，一家孤苦伶仃的比萨饼店尚在营业，店员耷拉着眼睛，从眼角乜斜地看着他。他经过了一条小巷，一个无家可归的人睡在一个凹陷垃圾箱的阴影里，用一块蓝色防水布作为毯子盖在身上避寒。有人隔着一个街区正在叫喊——一个西班牙女孩，身穿半截T恤和牛仔裤，没穿外套，没戴帽子，金黄色的头发里夹杂着白色的雪花。她正朝着一个小恶棍尖声叫嚷，说着关于吮吸他阴茎的话语，以及一个名叫罗莎丽塔的姑娘。那个恶棍只是放声大笑，甚至发出尖锐刺耳的声音，向她挥手告别。

安德鲁一直低着头。

转身，回家。那枚钻石明天肯定还在那儿。

不对。明天是星期六。他和莎拉打算去怀尔德伍德花园。她喜欢那个地方。那儿有兰花房子、圣诞灯饰。他会在那儿向她求婚，完成整件事情：单膝下跪，手托钻戒，也许在人群的面前，这样那件事就可以作为他们的谈资了。

走吧，赶紧的。你需要完成这件事情。拿出点儿男人的样子，安德鲁。她的父亲会怎么说呢？

她的父亲什么也不会说。他只是用那双深灰色的眼睛凝视着安德鲁，那双如同车道上的碎石一般犀利的眼眸。

前方——一个篮球场。高大的围墙。三个场地一字排开，彼此相邻。他可以抄近道穿越那个街区，他这样想道。

然而，接着——

脚步声，在他身后。穿过马路，雪泥飞溅。

他迅速向他的肩膀后方瞥了一眼，身后尾随着一个身影，双手插在口袋，身穿深色迷彩服，戴着兜帽。

他的心脏开始紧张不安地怦怦狂跳。

他赶紧疾步匆匆，向前走去，穿越了半个篮球场。他的双脚快步走在崎岖不平的人行道上——他向前栽了一个跟头，险些倒下，但他迅速抓住了机会，转变为轻快的脚步，几乎成了慢跑。

然而，他身后的那个人也加快步伐紧跟其后，比他更快，敏捷一跃。

那个人举起了一只戴着手套的手，用手指做出手枪的手势对准了他。

接着，做出手枪手势的那只手垂了下去。

安德鲁行色匆匆。他解掉了"控制"篮球场大门的锁链，快速冲进大门——

"嘿！"一个声音从身后传来。

一个女人的声音。

"安德鲁！"

她知道他的名字？

轰的一声。不知是什么狠狠地击中了他的后背。

扑通一声，雪花绽开。

一个雪球。她用一个雪球击中了他。

他转过身，举起双手，掌心向前，"我不知道你是谁，或者你想要什么，但我不希望有任何麻烦——"

那个女人将大拇指举到头上的兜帽上，将其翻转过来。这是一个白人女孩。她摇着她那毛茸茸的墨黑色精灵头，刘海里夹杂着红色的条纹。她用她那浣熊般漆黑的眼睛望着他。

"你这个蠢货。"她说道，露出牙齿，一个鱼钩形状的冷笑，"你在这儿做什么？"

"什……么啊？"

雪花飘落飞舞，她叹了口气，"我不知道我为什么朝你嚷嚷。我就知道你会出现在这儿。这不就是我会出现在这里的原因吗？"她从一包皱巴巴的美国精神^①里轻轻拍出一根烟，含在双唇之间，弹开打火机。冬日里的火焰。蓝色的火焰。

被烟味呛到了的安德鲁咳嗽了几声，挥开了烟雾。

"我得走了。"他说道。

"你不记得我了。"她说道。这是一句陈述，而非一句疑问。

"什么？没有，我——"等等。她从一条挑起的带着疑虑的眉毛下面凝视着他。他知道这个表情。一个彻头彻尾、怀疑不解的表情。一个贱女孩的表情，就像她说的那样，你真的打算用那件 T 恤来搭配这条裤子吗？莎拉有时会对他展示出这样的表情——她那张裁判一样的脸。

"是啊。等等，我记得你。在那辆公交车上。"

她用那根香烟指着他，"没错。"

一年前，沿着"EPTA NiteOwl"路线从家里去往大学城的路上。

他的胃好像突然提到了嗓子眼。

"你……告诉我……"他试图回忆起一些什么。那天晚上他疲惫不堪。不对，是酩酊大醉。那天晚上，他喝得烂醉如泥。不是那种昏天暗地，醒来已在泽西的那种宿醉，而是与德里克和其他经纪人……对了，那天晚上莎拉朝他大声喊叫了吗？他们只是确定了在一起，甚至都还没有同居。其实，他们才刚刚相识。

那个女人从牙齿缝隙中间吐出烟雾，"你的口袋里有一枚戒指。左边的口袋，我猜。"

他的目光迅速移了下来。他的手本能地触碰了一下那个口袋。那枚戒指沉甸甸的。那唯一的一枚戒指，他心想。在前往魔多^②的路上。荒谬的是，他居然想着这个。他甚至不喜欢那个系列的书籍。

"你是怎么……"突然之间，那段记忆向他倾涌而来，寒冰破裂，雪水哗哗而流。那段记忆像被寒冬的空气掴了耳光一样寒冷。

---

① 美国精神：美国香烟品牌。——编者注

② 魔多：虚拟地域，位于中土世界东南方，是奇幻作家 J.R.R. 托尔金教授的著作《魔戒》中的地名。归属黑魔王索伦（Sauron）管辖。

公交车上。他以前在那里见过她。她坐在后排，戴着耳塞。忽然有一天，她向他走来，坐在他后面，开始说话。他喝了……那是什么来着？一些长岛冰茶。是什么让它们尝起来如此像冰茶？它们让她成了一块模糊的污渍，成为他生活镜头上一抹沾着凡士林的指纹。

她刚开始说话，就仿佛停不下来一样，就像有人朝着水槽的水龙头用空手道的招式踢了一脚——话语飞溅，无处不在。她自我陶醉，他慢下来的时候，她开始慷慨激昂，然后，她告诉他……

你就要死了。

她就是这么说的。

现在她知道这枚戒指的事情，因为她当时就知道。难道不是吗？她告诉过他，他的口袋里将会有一枚戒指，他当时却觉得荒诞不经。那个时候，他甚至都没有想过要娶莎拉，然而现在他却想法笃定，那枚戒指——他那已故的母亲的订婚戒指——就躺在他的口袋里，一个不起眼的白金小圈，太不起眼了……

那个女孩给了他一个日期，告诉他："标记在你的日程表之上。"

今晚就是那个日期吗？

他甚至都没有意识到他将这个内心的疑问问出了声。

"是的。就是今晚，天才。你真的应该记下来的。我告诉过你把它记下来。我说，'掏出你那酷炫的智能手机，然后把它给我记下来。'但你有这么做吗？嗯，没有。你只是吐在了你的鞋上。"她突然停了下来，仿佛陷入了沉思。

"好吧，也许我应该等到你没喝醉的时候，再告诉你那些消息，不过当时我想的是，如果在你喝醉的时候告诉你，也许它对你的打击就不会那么大了。我连续观察你好多天了。我在星期一就接近了你，直到星期四才告诉你。"

"你简直疯了。"他吓得倒退了几步。

"即便如此，安德鲁，这也改变不了即将会发生的事情。"

他又说了一遍"你简直疯了"。因为他已经说不出其他的话语,他的脑子里骤然火光四射,就像老鼠咬坏了电线,他知道他被愚弄了,莫名其妙地被欺骗了。他退后一步,转身——开始匆匆穿越整个篮球场。

她紧随其后,如同一只甩不掉的臭鼬。

"你这件事处理得一点儿也不好。"她破口大骂,"顺便说一句,完全正常。这对于我来说是一个所有结论都相同的实验。我一次又一次地做这个实验,它每次都会进入同一个死胡同。"她清了清嗓子,"直到现在,都不包含任何双关语义。嘿,慢点儿,等等我!"

然而他一直急速前行。

"走开!"他说道。

"你需要遵守一个约定,对吧?你正朝向'死神'那瘦骨嶙峋的怀抱飞奔而去。兄弟,那就是命运。他妈的命运!看到了吗?我告诉过你,它是如何展现的。我给了你所有的细节——日期、戒指、ATM机——"你没有必要说那个多余的"机"字,"——然后你来到了这里,你不是在行走,而是朝着悬崖的边缘在冲刺,就像那些急于去死的人一样。"

"我要报警了。"他摸索着他的电话。他握住手机,一边后退一边转身,如同拿着一把武器一般向她挥舞着他的手机,"我要报警了。我要打911了!"

"好啊。"她停下了脚步,开始抽烟,"给他们打电话吧。我等着。你给他们打电话,你可能只是在拯救自己的性命,安迪。"

"安德鲁。我叫安德鲁。"

"随你。丁零零丁零零。911。"

他握住手机,双手颤抖不已。

他没有报警。

他没有报警是因为他没有足够的时间。如果他报警,他们就真的要来了。然后,他们会想和他谈谈,然后写一份报告做记录,但是那个典当行在午夜就要关门了。

午夜即将来临。

相反，他拿出了他家的钥匙。他将钥匙穿过指缝，握成一个松软而笨拙的拳头。

他向她晃了晃头。

她哼哼地笑着，"那是什么玩意儿？"

"我会打你。它会……那些钥匙，那些钥匙会划伤你。"

"你是从电影里学来的吗？"

"在防御课上。"

"你是为了谁去上的防御课？我不知道你还有一个中年家庭主妇的身份，安迪。你隐藏得很好啊！"

"去你的！"

"就是这样。愤怒、怨恨。没有人喜欢被告知他们将要死去的事实。他们像一只落入了人类手中的麻雀那样挣扎。拍打、剐伤、啄食。你可以解决这个问题的，安迪。转身，回家吧。这大半夜的，无论你在外面干什么，换个时间再来做吧。"

他把地上的石头和泥浆朝她踢了过去，像个孩子一样。他觉得这样做很愚蠢，但都已经这么做了。

"你他妈的真是个疯子！"他朝她大声嚷嚷。

那个女人只是摇了摇头。

"好吧。"她说道，"那么，这就是那个实验。我这么称呼它。死亡时间：十五分钟。去吧，脾气暴躁的'家庭主妇'，去见你的造物主吧。"

然后，她转过身，重新把兜帽戴在了头上，把她抽剩的香烟弹到了雪地里。

那个女人离开了，步行缓缓。

她没有回头，她和他终于已经结束了。真好。

他在那里站了一小会儿，瑟瑟发抖。他告诉自己那只是因为严寒。莎拉、戒指、那个 ATM。午夜。拿出男人的样子，安迪。安德鲁！安德鲁。该死的。仿佛那个女人的疯狂是一种传染病。仿佛她就处于他的脑海之中，一只蜘蛛正在织网，准备捕食苍蝇。他呼出一缕寒气。

然后，他转过身，步履匆忙，穿越了两个篮球场，穿过一条小巷，越过肮脏的漫溢着冰泥的水坑。

在那里，街对面，旁边有一个小胡同。灯光闪闪，超人的红色与蓝色：那个ATM。就快到了，他心想，他飞速穿越了这条空荡荡的街道。前方，天空闪耀着费城的橘色光芒，一抹轰烧损毁的红棕色，仿佛空中爆发了一场化学火灾似的。

安德鲁用他那被严寒侵蚀着的手掏出了银行卡，塞到机器里。他跳过了所有的步骤，按下了所有的按钮，输入他的密码——突然他意识到这不是一个密码，它只是一个PIN，个人识别码，这样的荒谬与冗余让他失声冷笑——

呼。

紧张的心情正在逐渐消散。

还好。

一切都将好起来的。

除了：

那个机器最多只能让他取款两百美元，而他需要大约这个金额四倍的钱。真他妈该死！

他戳中按钮。好吧。它吐出了两百美元。

然后，他又将他的卡插入插槽。

哔，它发出了蜂鸣声。它告诉他，他的取款金额超出了"分配交易量"。

"不，不，不。"他难以置信，手握成拳头，重重地砸在这个机器上，仿佛他正在敲打一扇他想要进入的门，"我需要更多的钱！拜托拜托！"但是那个机器仍然哔哔叫着，拒绝。这两百美元应该也会派上用场。他会接受的。他会……将它作为定金，让钻石能保留到明天。明天早上他就会带着更多的钱回来，然后一切都会好起来——

咔嗒。

"哟，哥们儿，离那个盒子远一点儿。"

他的血液转瞬变为融雪，他的肠子变为冰醋。

"来吧，来吧，转身，转身。"

安德鲁——十张二十美元的钞票攥在他的左手心里——缓慢旋转。他几乎无法呼吸，他开始呼吸急促。

一个瘦高的黑人孩子站在那里。十五六岁。一把对于他来说几乎大了太多的枪抵住了安德鲁的胸膛，那件宽大而娘娘腔的老鹰外套让他看起来像一个游行的气球。他脸的一半隐藏在一块紫色的佩斯利手帕之后。

"快把这些钱给我，孩子。"那个孩子说道，伸手去抓。

安德鲁本能地把钱拉了回来——

咚。那个孩子用枪的侧面痛击了他的下巴。

牙齿咬住了舌头，他尝到了血液的味道。他的脖子变得潮湿——起初温暖湿润，然后渐渐变冷。

那个孩子从安德鲁的手中把钱抢了过来。

那个抢劫犯仰天大笑，仿佛他丝毫不惧怕任何人听到一般，"你不是这附近的居民，浑蛋。妈的，妈的，看看你。即使在这种雪地里，你的鞋子仍然那么有光泽。我猜，有钱的白人穿的鞋子一定是一种特殊的鞋子。"

"我的……袜子湿透了。"

"你的袜子湿透了。听听这个家伙和他那该死的湿袜子。"突然，那个孩子对着他的脸开始骂骂咧咧，眼睛睁得很大，眼白都瞪了出来，"我他妈才不关心你那个什么湿袜子，我在乎的是你那该死的鼓囊囊的口袋里装的是什么！你那儿有更多的东西，我知道肯定是这样，富家子弟。所以，把它们拿出来，分享你的财富吧。今晚，让我们来终止美国的贫富差距吧，你和我之间，浑蛋。"

"我……好吧，好吧。"安德鲁说着，打开他的钱包，递了过去。他可以失去那些。他甚至可以失去那两百美元，他不能失去的是那枚戒指。他的手本能地压住了他的口袋，仿佛在保护一块黄金，一颗钻石，莎拉的爱，他们的整个未来。

"哇——哇——哇，你口袋里还有什么，富家子弟？你那个漂亮的口袋里还隐藏着什么好东西？礼物吗？送给我的？"

"嘿——嘿——嘿，没，没什么，真的——"

砰。那个孩子再一次猛击了他一下。这一次，安德鲁抬起了他的手臂，于是那杆枪撞到了他手的一侧。他收回手臂，哭了出来，当他这样做的时候，那个孩子朝他的太阳穴开了——

接下来他还知道的事情就是，人行道拥堵起来，人群围成一圈，注视着他——

鲜红的斑点飞溅于皑皑白雪之上——

这个世界消失在一声凄惨悲怨的哀鸣之中——

枪在他的脸上，那个孩子惊声尖叫。

他甚至无法听到那个抢劫犯在说什么。突然间，他心想，我可以与这小子理论，我可以让他明白，然后他开始唠叨为什么他的口袋里装着一枚戒指，一枚订婚戒指，并且他需要它，否则莎拉便不会嫁给他，然后他闭上了双眼，开始祈求，祷告，吐出的血液使他的话听起来黏稠不清——

枪管压在他的头上。

那个抢劫犯破口大骂："快他妈的把那枚戒指给我！"

安德鲁心想，结束了。那个疯狂的女人是正确的。

我是一个将死之人。

他的脑袋倾斜了过去。

朦胧之中看到了枪支的模糊轮廓，那个孩子的臂膀，那个抢劫犯眼中的疯狂火焰。

接着，雪花席卷成旋涡，旋转。

一个复仇天使。一头用刀削出的黑发，发梢染上了鲜血。

之前的那个女孩，从巷子走了出来。

她举起了自己的枪——

那个孩子无力反击——

砰。

血液从那个孩子的头部一侧慢慢滴了下来。

他落入那条空荡荡的街道。血流成河。

2　剥头皮的人

　　微小的画面片段如同口中的跳跳糖一般瞬间爆炸，消失殆尽。那个孩子倒在雪地里，他的头皮像一个未剥完的橘子皮一样绽开，米莉安所能做的就是观看着这些微小的细节——

　　烟头在那个孩子的手背上继续燃烧。

　　绿白搭配的运动鞋上的一根鞋带散开来。

　　一只裤腿卷着，另一只展开着。

　　夹克和衬衫的衣领都竖立着——她看见了两颗雀斑与一颗痣。

　　她手中的那把枪很小，一把小小的镍质精致闪亮的0.38英寸（9.652毫米）口径的带有类似粗短猪鼻子枪管的手枪。之前感觉很轻，轻如羽毛。现在发射出了一颗子弹之后，感觉却如一截铁链般沉重。她的手臂垂落于她的身体一侧。

　　安德鲁抬眼从伸出的手指缝之间看着她。

　　"我救了你。"她说道。她的声音听起来如同来自千里之外。

　　"什——什么？"

　　"起来。我救了你的命。"

安德鲁把他的身体支撑着靠在墙上。他试着站起来，他的下颌上沾着湿润的血液，嘴唇上也是。他的整个嘴部如同一个光亮鲜红的洞穴。他凝视着那具尸体。她亦如此。深红色的血液缓慢地喷涌而出——咕噜，噗，咕噜，仿佛有人在狂欢节上制作着樱桃口味的蛋筒。

"他只是个孩子。"她感慨道，"上帝啊！"

"他本来要杀了我。"这些语句从鼓出的血气泡里冒了出来。

"我觉得我想通了这一部分，安迪。"

"安德鲁，我的名字是……"他用某种山羊的嘶叫声说完了这句话，然后跪在地上，开始从那个孩子的拳头里抠出那沓纸币。那只冰冷的死人的手紧紧地捏着那些现金。安德鲁像剥洋葱一般剥开他的手指。

"给我。"她说着，伸出一只手。

他把手递给她，她心想，不，我不是这个意思，但她还是扶他站了起来。"我的意思是，给我一些钱。"

"一些……"但随后，他低头看着手里的现金，点缀着些许晶莹剔透的红色，"这是我的。"

"因为我，你才捡回了你的命。"她指着那具尸体愤怒咆哮。

"我杀了他，为了你。人们为寻找丢失的猫都会给钱。你当然应该为我拯救了你那愚蠢的性命而付钱给我。"

他板着脸说："我需要这笔钱。"

"你这狗娘养的畜生。二十美元！给我二十美元。"

他需要退后一步。"这是……这是某种形式的勒索。您早已计划好了这一切。您甚至告诉过我。这是一种欺骗。那个家伙真的死了吗？你认识他吗？你肯定认识他。你这个疯——"

在她还没意识到之前，枪已然举起。

"我并没有敲诈勒索你。"她龇牙咧嘴地说道，"我只是拯救了一个彻头彻尾的浑蛋，我知道你的死亡即将来临。命运是一列向你疾速驶来的火车，直达佩内洛普站。我把你拉出了轨道。你的整个崭新的生活应该即将展开——一个富裕的乡村俱乐部婚礼，一些递果酱的浑蛋雅皮士小屁孩，一片郊区的大而珍贵的绕房而建的私人篱笆。我选择了去拯救你，你这条命就是我的。"她母亲的声音突然出现，如同杂草一般从肥沃的土壤里蹿了出来：不要想着为了得到回报而去帮助别人。管他呢。去他妈的，"至少你可以给我打车回家的钱吧。"

不过，他现在所能做的只是目不转睛地盯着那把枪。

然后，他叫了她一声"婊子"。

她扣动扳机。

他像一只受了惊的松鼠一样吓了一跳，子弹在他脑袋旁边的砖墙上凿出了一道沟壑。

"现在我要的就不只是打车费了。"她说道，"我要拯救你性命的费用。我要所有的钱。整整两百美元。你给我，你就能继续活下去；如果你不给我，我会杀了你。到时候我还是会把钱拿走，还会拿走你口袋里那个戒指或是什么玩意儿，再把它当掉，去买高档香烟和带劲儿的廉价威士忌。钱！快点儿！"

他摊开手心，钱飘落在了地上。

安德鲁跑了，连滚带爬，逃走了。

远远地，警报器呜呜作响。

"操！"她大叫一声。

她匆忙铲起那些二十美元，又最后看了一眼那个死去的孩子那双白板般的眼睛，毫无生气的黑色瞳孔如同鸟的眼睛。

然后，她如离弦的箭一般冲向了远方。

3　陷入黑暗

米莉安回到了公寓。那座沾满了水渍的公寓，那座经常有蟑螂出没的公寓，那座有着一个会尖叫的散热器的公寓。

她如一阵黑旋风一般穿过了那道门，如一个漏斗状黑洞的旋涡云一般吸走了她所触及的每一个事物。贾斯就在那里，仍然穿着他那咖啡师的破围裙，他看到她的时候突然跳了起来，如同一只从洞里蹿出来的有着时髦拖把头的地鼠。他将他那游戏手柄扔到一旁，说道："哥们儿，我得到了消息，我们今晚要大肆庆祝一番。"

她唯一能做的就只是将他推回到他原来所在的沙发上。

她对他说见鬼去吧。

然后，挤进了自己的卧室。

三天没出来。

4 她那阴魂不散的头颅

他的出现如同清晨的第一缕阳光，亦如滚烫的岩浆那样汇聚到窗户顶端。她心想，这就是他。她准备将她的脑袋从那三个枕头堆成的洞穴里拉出来，然后那个身穿老鹰外套的男孩就会呈现在她面前，他的头颅顶端的碎片摇晃着掉落——他的头皮将变成嘴巴，吧嗒吧嗒，哇啦哇啦地聒噪着，那些话语从他那敞开的头骨里一个接一个地冒出来。

他没有说什么，但能感觉到他就在那里，一个能让房间气氛骤然凝结的存在。一个频率，如同静音的电视，如同从角落传来的白噪声的耳语。

她拒绝抬头去看。我不要，我不要，我不要。

最后，他开口道："你伤害了那个孩子，对吧？"路易斯的声音问道。米莉安突然站了起来。枕头闷声落到地板上。她知道她为什么会这样，因为这是路易斯，不过不是那个真正的路易斯。她已经有一年多没有见过他了，但她异常渴望见到那张亲切友好的脸。即使是那个践踏着她心灵墓地禁区的入侵者戴着面具假扮路易斯，她也心甘情愿。

这个路易斯两只眼球都没有了。那两个眼窝空槽没有被黑色电工胶带遮盖，不过，它们有一半隐藏在一块卷起的紫色手帕之后，这块手帕紧紧地缚裹着他那颗科学怪人弗兰肯斯坦般的大脑袋。

"闭嘴。"她说，"那个小浑球是一个杀手。"

"杀死一个才能拯救另一个。"

"那个浑球还是那个杀手？"

假路易斯耸了耸肩，嘴角浮出一个勉强的假笑，"为什么选择他？"

她将一个枕头扔向了他，枕头穿过了他的身体，撞到了墙上。

"你看到那些烟头燃烧了吗？"假路易斯问道。

"我不想谈论这个。"

"他要么自己做了那些事情——自虐——要么有人曾虐待过他。"假路易斯吹了声口哨，一声凄厉的哨音，"也许他过着艰苦的生活。他只是个孩子，只是一个愚蠢到甚至没有意识到自己有一根鞋带都还没系好的孩子。一只裤腿垂下——这是一种时尚？一个小混混的特色？或者只是一个愚蠢的青少年？"

"那愚蠢的青少年有一把科罗拉多州大小的手枪。"

"并且他准备开枪。"

"是的。没错。"

假路易斯身体前倾。他微微一笑。他的牙齿皓洁明亮——蜷蟓顺着那平坦的白色粉墙爬行。他的舌头，现在是一条分叉的舌头，如同一条头部扁平的响尾蛇，抽打着空气。

她想把目光移开，但她不能。这是她所能拥有的一切。

给路易斯打电话，她心里这样想着，那个真正的路易斯。

她每一天都这样想。一次，两次，许多次。

假路易斯说："那么，为什么是这个家伙？一直都有人吞枪子儿。有人被刺伤、烧伤、窒息、溺水身亡。然而，这次，你觉得有必要去介入干涉。你关上了一扇门，却打开另一扇。"

"这是一个实验，只是想看看。"她的语气变得强硬，将手臂抱在胸前——一个任性孩子的举动。虽然，出于某种原因，她不想让自己看起来像一个任性的孩子，于是，她放下手臂，突然间，两只手臂感到十分不适，无处安放，如同被订书机订着的死鱼的"肩膀"，只能笨拙地垂下。她不知道该拿它们怎么办，"仅有一次我希望能够告诉别人怎样避免死亡，让他们能够听我的话。"

假路易斯笑着说，他嘴里似蛇一样发出咝咝的声音。

"这不是一个实验。"他说道，"你把它当成一次实战演练。你全副武装地去了那儿。"

"管他呢。"

"这不是一个实验。这是一场死刑的处决。"

"你教我的。天平必须是平衡的，对吧？拯救一条性命意味着亏欠了一次死亡。凶手必须被杀死。"

"你在与那强大的力量做抗争，调皮的小姑娘。"

她突然站起来，破口大骂："这也是你教我的！你……你这该死的、隐形的、不真实的、擅自闯入我大脑的蠢货！你总是在那儿，通过员工专用的门，当作你自己的地盘一样。你出现了，你悄声念叨着那些小小的神秘密码，你让你那'控制精神虫'爬进我的耳朵。你强迫我做这些事情，现在你却说什么？我不应该？我把事情搞砸了？"她向他竖起了两根中指，中指，中指。她破口大骂："是你让我把事情搞砸的！这就是我那该死的工作啊！"

突然，外面一阵敲门声。

贾斯的声音穿过门传来，"你没事吧？"

"滚开，贾斯。"

"你在对谁大呼小叫？"

"对着上帝！或者对你妈！离我远点儿！"

另一个声音从门口传来——蒂文。他们的另一个室友。

"姑娘，这才一大清早的！你怎么就这么嗨了？"

"我就想这样！"她扯着嗓子大叫。然后，她猛踹了门一脚，对着它跳起了俄罗斯踢踏舞。

"滚开！他妈的。"

她将自己的脸埋在双手之中，试着忍住眼泪，尽量不把门从合页上扯下来，尽量不让自己陷入眼前那片无尽的阴冷黑暗之地。

她听到他们在门的另一边喃喃自语，然后脚步声渐行渐远了。很好。走吧。

当她转过身，路易斯不再坐在那里。

取而代之的，是埃莉诺·考尔德克特。

她那拉长的尸白的脸上残留着呈条纹状的混浊河水的颜色。当她说话的时候，苦涩咸腻的河水滑过她那枯萎的嘴唇，溅在了她的腿上。

"不是每个人都应该活下去，姑娘。"

"我做出了选择。"

"那是一个我们不同意的选择。"

"我不是你的狗。你是那样看待我的吗？拍打我一下，然后命令我去工作吗？我认为所谓的'自由意志'是你的事情。还是你只是命运的另一个版本？"

"你有自由意志。你可以选择，即使你的选择很糟糕。"

米莉安坐在床边，"走开。"

"我还没说完。"埃莉诺发出嘶嘶的声音。

米莉安尖叫着说道："但是我和你说完了！"

然后，就像这样，入侵者消失了。

5　与死亡共处的三天

时间就像在雪地里的血液一般静静流淌。一切都呈现出炽烈的红色，一切都在默默融化。

太阳升起来了，接着落下，然后又升起。冰霜贴在玻璃窗上发出噼噼的声音。砖墙深处某处的老鼠在吱吱喳喳咬着什么。一档电视节目即将上演。

莫里·波维奇正打着电动。有人在大喊大叫，有人在哈哈大笑，有人敲了敲门。一个能量棒从门下面伸了进来。她贪婪地吃着，如同一个忍饥受饿已久的野孩子一样。她看到了角落里的那只老鼠，滴溜溜的小黑眼睛闪闪发光，细弱的胡须微微颤动。

嘘。

走开。

你可以自由地离开了。

那只老鼠拿到了糖果的包装纸才离开。它坐在包装纸上，舔舐着上面的巧克力，然后用爪子挠抓。接着，它就消失不见了。

入侵者来了。死去的本，与他那被炸得四分五裂的头颅。死去的地瘤与他那突然打开的头盖骨。独眼路易斯，无眼路易斯，三眼路易斯。有着乌鸦脑袋的埃莉诺·考尔德克特探出了她的嘴，嘎嘎叫着，啄着自己的舌肉。安德鲁，那个雅皮士浑蛋，二十美元紧紧攥在他那破损的牙齿里。充满正能量的小雷恩，那个长着翅膀的女孩。哈里特，那个两个鼻孔里冒烟的男人。英格索尔从灯塔的无尽头的旋转楼梯上跌落下来。一条腿的阿什利坐着轮椅追赶着她。

入侵者从未讲话。

他，她，或是它，也不必说话。

她开始苛责自己：

你不应该杀了那个孩子。

她之前也杀过人（杰克大叔的声音介入了进来：干得漂亮，杀手。但不要把这件事告诉你妈妈！然后他笑了，那个浑蛋。）然而这次却与众不同。其他时候，她都会感觉到获得与拥有，就像她一直被一个什么东西吸引了一样。被一个庄严肃穆的目的吸引，陷入一场不是由她去奋斗，而成败却与之紧紧相关的一场拔河比赛之中。她在那里举足轻重，通过不平衡的方式平衡着这场比赛。然后，就是这件事情。安德鲁坐在公交车上。这是值得她一年等待的事情。这只是一个实验。只是想要看看。这是她吗？她这是在做什么？她只是随机选择了他。她甚至不喜欢他。她喜欢路易斯，甚至可以说爱他。她喜欢雷恩。他们值得活下去。安德鲁值得——

安德鲁值不值得被救并不重要，就是这样。她并没有寄希望于他欠她的那些东西。那个孩子，那个身穿老鹰外套死去的孩子，他是谁呢？可怜的孩子。

乱七八糟的生活。烟头的烫伤，没有系好的鞋带。也许这两百美元就改变了他的一切，也许安德鲁是他第一次也是唯一一次杀的人，也许安德鲁才是那只怪物，也许他会成为一名连环杀手。或者经营一个有朝一日会因为一所孤儿院而取消抵押品赎回权的银行，或者也许他从未为了自己在任何事情上做过任何努力。也许他的那个女友会把那枚戒指扔到他的屁股上，也许他会偷偷地吸起大烟……

　　一条穿着可能性没有尽头的绳索，如同小小的乌鸦头骨串联在铁丝网之上。在她心中的苍穹之上，燕子翩翩起舞；知更鸟嘲风弄月；没有羽毛的饥饿的秃鹫们的脑袋深深扎进肉堆之中，却没有寻觅到任何食物；雷鸟的厉声嘶鸣；百舌鸟尖声凄凄——

　　无限的变数，一条充斥着未知可能的阶梯。

　　你搞砸了。

　　你的选择很糟糕。

　　然后有一天，它结束了。

6 驱逐令

她醒了过来，汗水浸透衣衫，黏腻湿润的头发贴满了她的额头。

贾斯坐在那里。

"你擅自闯入。"她说道。

"什么？噢。对不起。"

她口中有着尼古丁的味道，与绒毛，还有遗憾。

"你是怎么来到这里的？"她喃喃低语。她在被褥周围摸索，找到了她的香烟，点燃了一根，闭上了双眼，"我明明把门锁上了。"

"蒂文有一把钥匙。"

"啊。"

"蒂文也想和你谈谈。"

"嗯。"她用大拇指的指甲擦去了眼角的困意。

"让我猜猜。他想给我点儿时尚建议。"

"我认为他想要——"

"把我赶出去。是啊，我明白了。"

"不过，我有一个好消息——"

"怎么可能有什么好消息？"她一边说，一边调整为笔直的站立姿势，"我们走吧，让这件事快点儿结束。"

米莉安走出卧室，走进客厅，这也是门厅、厨房和家庭娱乐室，偶尔也会成为有些人的卧室。蒂文坐在床垫沙发上——当你对一些事情一知半解，不能彻底解决的时候，你就会自然而然地坐在床垫沙发之上，仿佛"床垫"是一种生活方式——他旁边坐着切丽，那个小小的韩国恋Gay女成天黏着他，如同一只离不开大树的考拉。米莉安用力翻了个白眼，她甚至担心眼珠子会迷失在她的后脑勺里。

"米里。"蒂文叫着她的小名，她讨厌那烦躁刺眼的灯光与气味难闻的垃圾火焰，"这不是锻炼，姑娘。"

切丽噘起了嘴，"你该走了，亲爱的。"

"我知道你是怎么死的。"米莉安说道，"我还没有告诉你，因为我觉得非常尴尬。但我现在是如此开心地想告诉你。"

那个女孩将她的舌头从她两个手指组成的 V 字之间伸了出来，然后不停地来回摇动，"有本事来咬我啊，臭婊子。你假装你是巫师或是别的什么狗屁东西，其实你只是想获得关注而已。"

"不治之症，淋病。"米莉安尖声说道，"这个病会在你全身上下绕来绕去。这是某种高辛烷值性传播疾病，任何努力与治疗都无济于事。简直可怕至极。你会感觉你尿出来的是酸液。你的输卵管会肿得像微波热狗一样。不过，你知道最糟糕的是什么吗？四个字：直肠感染。呸。真令人讨厌。你的屁眼——"

"闭嘴，婊子！"

"——将会看起来如同一个泄了气的自行车轮胎。真的，真的很惨。真可惜啊！"

这是一个谎言。切丽会在她七十来岁时因肺癌去世。但米莉安阅读过有关超级淋病的资料，这种情况下她染上淋病听起来倒比之后得肺癌要幸运很多。

　　而这已然让这个小屁孩抓狂了。因为她突然脱离了沙发，用涂得像视频游戏角色——"吃豆人"——的指甲特别凶猛地去挠抓米莉安。她一定有着寻找鬼魂的嗜好——然而蒂文的手抵住了她的胸，然后把她推搡到她身后的床垫之上。

　　"切丽，你他妈的给我闭嘴一分钟。你没资格插话。"

　　米莉安专注地看着蒂文，"我救了你的命，兄弟。"

　　"是啊，我知道。"不过，通过他说话的方式，她可以看得出来他并不相信她，或者是他不够把这当回事。

　　"他本来打算毒死你。"

　　"那是一年前的事情了。我们让你住在这里就是因为你能有点儿用。但是那什么，你已经三个月都没有付房租了。"

　　"四个月。"

　　"你这样说并没有帮到自己。"

　　"是啊，我知道。"

　　"那后来你在这儿就开始过上了各种喧闹的生活，你就如同有一个'恶魔'在你的阴道里一般大声喊叫。"

　　"郑重声明，恶魔并不在我的阴道里。"

　　他的眉毛——染成了黄水仙般的金黄色，如同贴着他那黝黑的肌肤上的头发一般——呈现出麦当劳标志那样的拱形，"嗯，我很高兴知道此事。"

　　"我不太擅长道歉。"她说，"这让我生理上感觉很是痛苦。我身体右侧感觉一阵紧缩。"她的手按压在她的腹部，"就在这里，就像有人在用衣夹掐着我的卵巢一般。但是，尽管很痛，我还是会说：对不起，蒂文。我真的很抱歉！自从冬天来临，那个通灵的事情还没有灵验，最后这几天，几个星期，几个月——我那天晚上杀死了那个家伙，结果我现在感觉很不好——已经感觉有些怪异。"

　　"我要搬进来。"切丽脱口而出，仿佛她试图遏制一个饱嗝却又无能为力。就这样说了出来，然后她咯咯直笑。

蒂文的脸凝固成"我他妈不是告诉你要你闭嘴一分钟吗"的表情，然后他把切丽按在了沙发上。

他转过身，开始说些什么——

米莉安向他挥手告别。

"没关系的。我会收拾好我的东西，在几个小时之内搬出去的。"

也许二十分钟就够了。

她并没有很多东西。

蒂文站了起来，敞开了他的怀抱，"我们可以拥抱吗？"

米莉安眨了眨眼睛，"不。不，我们不能拥抱。"

"姑娘，别这样。"

"那你不妨告诉太阳别去发光，蒂文。"

插　曲

一年前

　　她一整夜都待在外面，现在已经到了早晨，她所能做的就是让那从她的早餐咖啡杯里飘出来的"蒸汽天使"来包围她的脸，来实施吓跑恶魔般的宿醉并使自己清醒这一神圣任务。

　　到目前为止，它们都没能成功。浑蛋天使。

　　不过，至少米莉安有足够的钱来吃早餐，也许还有午餐。十一月非常寒冷，但比往年要温暖许多，所以昨晚在南街的时候，她能够站在那里如同一个勤奋工作的小姑娘一样兜售她的所有物件。噢，她并不是那种打工妹。

　　她摇晃着那灵媒似的摇钱树。

　　她是这样打算的：

　　太阳在下午五时开始下落。当人群拥入各种酒吧和艺术剧场时，街上的游客就会变得稀少。米莉安站在街角——奶酪牛排，香烟的气味，以及愤怒，朝她席卷而来。

　　她站在那儿，手持一个牌子：通灵算命挣钱。

　　十美元就可以让他们看到通灵画面。

她告诉人们，他们将如何死亡。

她对大部分顾客都撒了谎。噢，你将会在一次激烈的喷气滑雪中意外死亡。K-12直升机坠毁滑雪，兄弟。在你的客厅被熊吃掉——我就知道，对吧？如此疯狂！埃博拉病毒。猴子流感。松鼠天花。你在定点跳伞的同时和一个乌克兰超模做爱，真好啊，来，击个掌，真棒。

她很少会告知他们真相。

三十年后的某一天，你将躺在床上孤独终老；你在开车前往那个令你讨厌的工作单位时出车祸被烧死；你被一沓油腻的冷奶酪牛排呛死。你死得很糟糕，因为我们都死得不好。

谎言是工作的一部分。

她讲述着有趣的故事。

他们会给她十美元。

大多数人并不想知道自己究竟会如何死亡。

大多数人想知道他们将会如何活下去。

他们没有意识到这两件事有着如此密切的关系。

她试图使自己性感起来——撕裂的T恤，被刀划破的牛仔裤，聚拢式胸罩（这对她而言如同夹起一对蚊子包，然后提升上拉。但是你只有这点儿料，没办法，真该死）。

在寒冬想要打扮得性感，真的挺不容易。

好吧，去他妈的。今天，她在那里享用了早餐，以及午餐。也许明天晚上，她就可以支付得起一家汽车旅馆的房间费用了，而不是挤在大桥底下，或是公园的长椅上，抑或是在流浪汉国王的车上（流浪汉国王知道所有的小伎俩。"别把窗户弄得都是雾。"他说道，"因为那样的话，警察就会知道有人睡在那儿了。"流浪汉国王的名字实际上叫作戴夫，他曾经是一名出租车司机）。

服务员来了，放下一盘被称作"工作特色菜"的菜品：香肠、腊肉、煎饼、鸡蛋、土豆煎饼、烤面包。总共七美元。吃饱早餐：避免饿肚子的最便宜与最简单的方法。

真难想象米莉安不喜欢吃早饭的话那该怎么办啊，哈哈。如果可以的话，她都想嫁给早餐了。不过，在香肠的连接处粘上一个环——一个多么可怕的想法，真的，因为她很可能在自己反应过来之前，就迫不及待地吃掉香肠的连接处以及那个环，不得不说，把它拉出来的感觉也并不是那么好。

环。订婚戒指。

她在心里牢记：不要忘记那个公交车里的家伙。

安德鲁，这是他的名字。已经过了快一年。他是一个浑蛋。但这只是一次实验，她这样告诉自己。另一个实验。她警告过他。而在这一年里，她会来看看他究竟有没有在意她的那些警告。

现在，她坐着，不是在吃她的食物，而是去粗暴地对待它们。抓过香肠的手指沾满了油腻，培根贴在她的牙齿上，糖浆挂在她的下巴上。服务员来了，呆呆地看了她一会儿，米莉安心想：我记得你，苏茜·Q。你是那个十年后的某一天会罹患乳腺癌的女人，在二十年之内你就会死去。

癌症，癌症，癌症，如此频繁发生的癌症。

米莉安重新潜回到她的食物之中，如同一只被饥饿虐待的狼獾。突然间，那个女服务员再次出现——

她抬起头。不是那个女服务员。

而是三个帅哥。事实上，是三个男孩。

他们其中的一个家伙，是个戴着时髦的深色眼镜、毛发粗浓杂乱、衣衫邋遢的人。在他旁边，一个瘦骨嶙峋的黑人家伙，而那一头金发在他身上看起来就像蜜蜂屁股上的花粉。第三个人是那种大腹便便、沉迷毒品的瘾君子，头发乱七八糟，夹杂着松香味，你几乎可以掀起一束来，然后插进大麻烟斗冒充烟叶。

"你真的会通灵术？"那个黑人问道。

"我们想知道我们会怎样死去。"那个时髦稻草人说道。

"因为这个听起来……"那个看起来像瘾君子的人说道,"酷毙了。"

"我下班了。"她回答道。

"我们有钱。"那个黑水仙说道。他用胳膊肘捅了捅那个时髦的邋遢男,而邋遢男又捅了捅那个瘾君子。他们每人掏出了十美元的钞票。

米莉安满脸狐疑地看着钱,眼神飞来飞去,"你们知道'通灵'的意思并不是'在一家小餐馆的卫生间里口交'吧。"

黑水仙的眉毛惊讶地高高抬起,她在想它们是否会飘浮离开他的脑袋,飞回自己的家园去,"你不是我喜欢的类型。"

"你喜欢骨瘦如柴的吸毒女?"她问道。

"是女的都喜欢。"他回答道。

"啊。你喜欢阴茎。"

"我不太喜欢你称呼它为'阴茎'。"

"好吧。"她说道,像从天空中撵走蝴蝶一样,用一个拇指和食指夹起那些十美元钞票,迅速抢走,"让我们先从你开始,水仙,赶紧的,把你的手放在我的手上。"

她伸出了她的手,掌心倾斜向上。

那些家伙彼此面面相觑,她能感觉到他们的兴奋之情。

黑水仙伸出了手——

他坐在城市中间的一座埃克森美孚石油公司办公大楼外的路边,宽街上车水马龙,飘零斑驳的雪花降落在他的头发上,渐渐融化。他哼着小曲儿,同时,他的手在洋葱味小食品袋里进进出出。嘎吱,嘎吱,嘎吱。头上下摇晃。嘟嘟嘟。

另外两名粗鲁大汉走了出来,是那个邋遢男和水烟枪。邋遢男拿着一个格兰诺拉燕麦棒,而水烟枪拿了五个,还有一些蓝色的私酿威士忌,和一个加油站热狗(有一半已经塞进了他的嘴里),他试图开口说话,稻草人哈哈大笑,他可能也会变得很兴奋。

他们穿过停车场。

有一个人径直向他们走来。

圣诞老人。不是真正的圣诞老人,当然前提是如果真的有圣诞老人存在的话。这是一个喝醉了的、脏兮兮的圣诞老人。脸颊下垂,满脸胡楂。卡尔·莫尔登一样的鼻子上血管爆裂。红色圣诞老人的外衣包裹着他那梨形身材,令人惊讶的是,衣服却干净如洗,一尘不染,尤其是和他那脏兮兮的脸形成鲜明的对比。圣诞老人的帽子歪歪地耷拉在他那粗笨的脑袋上。

他有一件六瓶装的啤酒,手里拿着一瓶。打开。他轻轻一拉。

“哟!”他大喊一声,挥舞着手臂,擦了擦嘴巴,回头看看有没有人在看他。一辆车远远地停在水泵那里,不过仅此而已。“嘿,啤酒还剩五瓶。每瓶五美元卖给侬。”

水仙抬起了他的头,噘起了嘴,“我们自己会买啤酒,小精灵。现在快回到你的冰屋里去。”

“胡说。”这个家伙大声怒吼道,他脸上呈现出一个敷衍的笑容,“如果侬这孩子够二十一岁的话,那么我就是那该死的复活节兔子。”

“我买。”水烟枪说道,朝着醉气熏天的圣诞老人走了过去。尽管他手中拿着很多零食,不知怎的他举着手中的五美元钞票像一面小旗子一样挥舞着。邋遢男点了点头,赶紧递过一张十美元,为水仙也买了一瓶。

“‘Natty Ice’牌啤酒来了。”圣诞老人说着,轻轻一拉,“真好!”

“这像狗屎一样难喝,但我们会喝下去。”水烟枪说道。

“我要去一下厕所。”圣诞老人说道,那几秒钟看起来似乎他只是站在那里,尿在他的裤子里,但随后他抽搐了一下,仿佛有人刚刚拉了一下他的耳朵,然后他径直奔向埃克森美孚的办公楼。

邋遢男扔了一瓶啤酒给水仙。他们拉出水烟枪的零食,用袋子隐藏着啤酒,然后一起吃着喝着,谈天论地。什么什么圣诞假期。什么什么教授某某是一个真正的浑蛋。微博、推特、蝙蝠侠、肯伊·威斯特，等等等等。

水仙是第一个喝下去的人。一条血迹从他的鼻子里顺流而下，然而他却没有注意到。水烟枪不得不提醒他。他把擦去的血迹蹭在包上，留下一根红色条纹。然后，另一个鼻孔开始出血。

他站了起来。

感觉身体有些不对劲。

仿佛体内有什么东西如同编织绳子一样扭曲。拧紧，碾磨。

他打了一个嗝。

他尝到了口腔中的血腥味。

酒瓶从他手中滑落，因为他拿不住了。啤酒瓶摔得粉碎。咔嚓。他的身体摇摇晃晃。倒下。砰然落地。眼睛猛地打开，无法闭上，下颌紧咬，如同高压电通过了他的身体。心脏跳得如此之快，就像大力的击鼓动作一样，随之而来的是——心脏骤停，如同一个拳头穿过一张薄薄的纸片。

——然后米莉安猛然抽离了她的手。

"怎么了？"水仙问道。她闻到了她自己手指上的香肠臭味。一阵恶心反胃而起，呈现出病恹恹的模样。她抓住时髦的邋遢男的手，然后是水烟枪的手，然后正如她害怕的一样。水烟枪也死在了那里。在停车场。血。疼痛。癫痫发作。昏迷。心肌梗死。砰，砰，砰。

邋遢男死得迟了一些。一个星期之后。他面色苍白，已经陷入昏迷。各式各样的医用管道与显示器，嘟，嘟，嘟——越跳越快，像一个机器人在高潮一般，嘟嘟嘟嘟，然后颤抖达到了顶峰，高潮，嘟呜呜。随着一个类似于射精的动作，邋遢男的身体仰拱着瘫在了床上，就好像有人用电击枪在他的屁股上电了一下。

死亡，黑暗，告终。

他们仨都完蛋了。

米莉安把他们的钱还给了他们。

他们抗议。

她告诉他们滚开。他们还是想知道在通灵画面里到底发生了什么。她说："你们都死于猴疱疹。"但他们仍然没有离开，她用一把黄油刀威胁他们，在他们面前挥舞，同时发出嘶嘶声。这个方法卓有成效。他们撤退了。她把她的盘子收到一边。食物毁于一旦，只剩下他们的死亡与她待在一起。

7　米莉安VS友情范围

"等等！有件事情我必须告诉你。"贾斯说道，穿着他的法兰绒裤子和写着"精英小组"的 T 恤尾随着她。

然而她却忽略了他。"没关系。又不是我拯救了你的藏身所或是什么东西。噢，等一下！正是如此。我猜你的小生命并没有我想象的那么有价值。早该让饼干厂的圣诞老人用什么法子把你毒死。你知道他曾是一个逃跑的精神病人吗？他毒死过七个孩子怎么没毒死你呢？难道我想错了吗？"她怒目而视。

"我们给你提供了一个暂住的地方。你住在大桥底下——"

"是的，就像一个巨魔一样。感谢你将我从那巨魔般的存在中暂时拯救了出来，这样我就可以与你们这些善良的人类并肩行走，然而现在却到了你把我送回那大桥底下的时候——"

"这就是我想说的，一切都会好起来的——"

"是啊。"米莉安说道，"这一切都将会变得生机勃勃，美好可爱。我和其他无家可归者将会为了争夺最后一个发了霉的面包而大打出手。同时，切丽那个可怕的女人——欸，这多么富有韵律啊！——将睡在我那柔软厚实的床垫上，那个我掏钱购买的床垫。顺便说一下，因为那个床垫太过厚重，而我又无处可去，所以我想我会把它留在这儿。我希望那些臭虫将会爬满她的阴道。它们还会产卵，繁衍。她就会成为臭虫之母——"

她一边怒声咆哮，一边将物品扔进她的背包之中。几条牛仔裤、几件白色 T 恤、香烟、梅西狗熊喷雾、几瓶迷你尊美醇威士忌、一顶圣诞老人的帽子。

"我给你找了一份工作！"贾斯脱口而出。

她转过身，摆出一张猫粪般的臭脸，"我与工作水火不相容。我上一份真正的工作以开枪而告终。噢，我突然想起来了，我还被刺伤了！"

"我不是指那样的工作——"他在他那法兰绒裤子口袋里摸索着，然后掏出一张折叠的纸条——这是世界上最无聊的折纸方式。他展开纸条，"我在经营一个克雷格网站——"

"无论这份工作是什么，我都不想要。尤其是它前面有'手'或者'环'这两个词修饰——"

"不，等等，你先听我说。几个月以前我给你的……特殊才能，通灵得知死亡的事情……贴过广告，然后我收到了一些回应说我是一个皮条客——"

"我不喜欢这个结果。"

"但上周我收到了这封电子邮件。"

他将那张展开的纸伸到她的面前，如同一个蹒跚学步的小孩骄傲地展示着他那脏兮兮的尿布。

她抓了过去，板着脸，低头阅读。

她的目光被电子邮件中间那个非常大的数字吸引。

五千美元。

"五千。"她惊叹道，抬起了头，"这家伙要付我他妈的五千美元只需要告诉他，他是怎么死的吗？"

贾斯点了点头，笑嘻嘻的，合不拢嘴。

"你确定他不是在暗示性服务吗？"

"我……我给他打过电话。"

"你给他打过电话。"

"我觉得他可能是想歪了，所以打了电话去问。"

"然后得知并不是。"

"对，他是佛罗里达州一位富豪。有点儿迷恋他自己的……"贾斯在空中挥舞着他的手指，这是当他想要从脑海中搜寻一个合适的词的时候所用的一个手势，"遗赠。"

"五千。"

"没错。"

"富得流油。"

"是的。"

"在佛罗里达。"

"显然如此。"

"这意味着我要去一趟佛罗里达。"

他耸了耸肩，"好吧。是这样的。"

"给他打电话。"她捏响了她的指关节，"安排好一切。"

"好的。"他说道。但他只是站在那里，盯着她。

"什么？"

"什么什么？"

"你盯着我干吗？"

"我觉得盯着你看没关系啊。你也可以盯着我看啊。"

"我看着你在看我，现在我开始怀疑这究竟是怎么回事。"

他紧张得不知所措，目光在双脚之间徘徊，"我只是期待着你说一句，嗯……谢谢？"

"噢，好吧。"米莉安清了清她的嗓子，让那些停留在她声带巢里的烟草黏液不那么黏稠，"谢谢你，贾斯！顺便说一句，我讨厌这个名字。贾斯。杰森——杰森是个好名字。或者杰伊。我喜欢杰伊这个名字。它像一只鸟一样。我喜欢鸟。大多数鸟我都很喜欢。"

"你喜欢我吗？"

"啊？"

"我喜欢你。"

"噢，你是在和我说笑吗，你是说真的吗？"

"什么真的？我们已经相识一年了，我们现在有点儿那种故意回避彼此的眉目传情——"

"我没有眉目传情，我也没有打情骂俏。"

"我们真的在调情。"他说着，点了点头，傻笑。

"有些时候，人们调情的时候自己却根本意识不到。"

她眯着她的眼睛，"不啊，我觉得我能意识到。"

"你马上就要离开了。"

"几乎就是现在。"

他伸出手，握住了她的手，"这床看起来很舒服。"

她把他推到后面。虽然差点让他的头骨撞到门框上，但至少清晰地表明了自己的心意。

"嘿！"他说道，一阵真正的刺痛，"嗷！"

"至于那么吃惊吗？！我没有扒开你的屁眼、用钳子刀具鼓捣一番就已经很给你面子了！"

他叹了口气，"再一次变为了朋友，又被发了一张好人卡。"

她的心理温度计几乎要爆表了，"你刚才说的什么？你说那些'好人''友谊范围'的废话是认真的吗？你这个卑鄙小人，你那些话会让别人怎么想？我的友谊只是前往我阴道的一条途径吗？这就是我的陪伴对于你而言的意义吗，贾斯？"

"并不是这样的。我只是以为——"

"你以为什么？就是因为你是个好人，我的内裤就会为你脱下，你觉得你值得让我的大腿紧贴你的耳朵吗？去你妈的，臭小子。做一个不求回报而仅仅是希望自己做好事的人吧，而不是为了增添和我上床的筹码。我不是一个收费站。一句好话，一次帮助不代表我就可以陪你共度良宵。"

现在，他疯了，眉头紧皱，嘴唇卷曲，"噢，那么你是一个好人？拜托了！"

"我不是！我不是很好。这又不是什么新闻，臭小子。我宁愿当一个让你一眼看透的古怪暴躁的臭婊子，也比被某些借着友情之名就想扑倒我的黄鼠狼占便宜强得多。你他妈的想睡我？你就应该直接说出来。我至少会尊重你，我们就不会出现像现在这样令人叹息，难以捉摸，彼此尴尬的情形了。"

她把外套甩到肩上，抓过他手中那封邮件，挎起包，然后一胳膊肘猛击他的内脏，徒留下他躬下身去悲惨哀鸣。

米莉安头也不回地向门口走去。

他如同一股恶臭一般尾随。

蒂文和切丽呆呆地望着他们。

"对不起！"贾斯道着歉，揉着自己的肚子。

"你的确对不起我。"她说道，猛地推开门，甩向走廊。

"我是一个浑蛋。"

"一个渺小的浑蛋、一个微不足道的家伙、一个彻头彻尾的微生物。"

"我可以给你打电话吗？"

"你能不能……不，你不能给我打电话。"

"但是，如果我想的话，你是不是还在用那个手机？"

"我会将它扔进一个垃圾袋，抛弃它。"

"等等——"

"各位，再见！"

她对着他们抓住了自己那蚊子包一般的乳房，最后一次羞辱了他。

然后，她出了门，把门砰的一声猛甩到贾斯的脸上。

第二部分

零公里碑

此时此刻

"是你杀了他？"格罗斯基问道。

米莉安将指关节放在平坦的桌面上，滑动，弄得噼啪作响。她的嘴唇如同心脏监视器的直线一样平滑。

"我们仍然在谈论费城那个可怜的孩子吗？"她用拇指轻轻拍了拍照片，然后将其翻转过来。

格罗斯基哈哈大笑，韦尔斯也笑了起来，不过迟了半秒钟，就仿佛她是从那个大胖子那儿才明白了这句话的笑点，"不，不，我说的是圣诞老人。"

她迟疑了一下，"你在问我，是不是我杀了圣诞老人？"

"这是我他妈的问过的最好的问题，不过，是的。你究竟有没有杀死圣诞老人？"

她停下了手上的动作。"女孩们总得有她们自己的秘密。"她说道。

"拜托！你是怎么把那个老妖精给弄死的？"

一双手将圣诞老人拖进了巷子。在他尖叫之前，她一个砖头砸向了他的脸。他的鼻子真的开花了，如玫瑰花瓣一般绽放，帽子掉落下来，剩下的天然冰啤酒从他手中的啤酒瓶里滴落，啤酒瓶落到地面，发出咚咚的声音。她闻到了大蒜味道的汗臭，与醉酒后的口气。他试图像狗熊捣乱蜂巢那样去挠抓她，然而他垂垂老矣，行动缓慢，而她却年轻气盛，轻巧便捷。螺丝刀插入了圣诞老人外套那蓬松柔软的人造棉花之中，她随即把螺丝刀向上，朝着圣诞老人的胸膛捅去，直捣心脏。以防万一，她又捅了第二刀，第三刀——

"他从楼梯上摔了下来。"她说道，"这可和我毫无关系。"

"噢，是吗？我猜你认为这是他应得的，对吧？"

"他本打算要毒死那些家伙。"

"随便你怎么说。"

"所以我现在十分愉快地说，是的。我告诉过你，我有那种能力——"

"可以看到人们是如何，何时，何地死去的。是啊，是啊，我们知道那些，布莱克小姐，你已经告诉过我们了——"

她打断了他，"不，哇噢，你的理解是正确的，兄弟。不过我并没有说过'何地'。只知道'如何'与'何时'。"

格罗斯基装腔作势地举起双手做投降状，好像一个把花生黄油果冻三明治塞进DVD播放机又被抓现行的小孩。韦尔斯继续假笑着，那个笑容如同靴底的饼干一样，迅速破裂殆尽——它变成了一个吸烟者刺耳的咳嗽声。

"我想要那根烟。"米莉安咆哮道。

"我告诉过你——"

"听着，我知道你无论如何都会把它给我。因此，让我们直接快进省略这些乱七八糟的步骤直奔那个不可避免的主题吧。"格罗斯基什么都没有说。她努力忍住内心的愤怒之火与悲恸之情，憋出一个假笑，说道："这样吧，表哥，要么你给我一根烟，要么我现在紧闭嘴巴，停止说话。我会嘶嘶念咒。我会受到惊吓，然后狂踢、怒吼、尖叫、撕咬，用那根烟堵住我的嘴，让我窒息直到我吐出来为止。我会咬我的嘴唇和脸颊，然后吐血——"

在她喋喋不休的过程中，格罗斯基只是饶有兴味地注视着她。粉色的舌头在他的下唇内侧舔舐。他打了一个响指，然后韦尔斯递过来另一个比克打火机。这个打火机的外观看起来更新一些。格罗斯基像用一块石头打水漂一样将这个打火机弹掷到了桌子的另一边。她弹开了打火机，把香烟重新夹在她的嘴唇之间。

烈焰风暴，纸张燃烧，肺部呼吸。

她脑部的毛细血管感觉如同花园里的水管，突然间如释重负。神经突触如同用手去捏气泡包装纸那样全部释放：啪啪啪。尼古丁热潮。仿佛她能感觉到每一个头发的毛囊所在。

"长时间无烟可抽，然后突然抽的第一根烟……"她注视着那根香烟。看它的外观，应该是"议会香烟"。

"就如同抛给一个饥肠辘辘之人的一个汉堡，一个困于囚笼一年之久的囚犯突然见到的一个阳光灿烂的日子，一个长时间没有过性生活的船员的一次高潮——"

"你为什么要杀他？"格罗斯基快速问道，"那个圣诞老人。为什么是他？"

"我告诉过你，我没有——"

"让我换一个说法。你为什么觉得有必要去拯救那三个男孩？"

"我不知道。我感觉应该这样去做。"

"去拯救那个公交车上的雅皮士浑蛋也是感觉正确的吗？那个安迪？"

安德鲁，不是安迪。路易斯，不是路。

她哽咽了一下，"不是的。"

"但是无论如何，你已经做了。"

"我们说的不是同一件事。"

韦尔斯发出一声明显不耐烦的叹息，然后从窝棚后面的角落里拖来一把椅子，置于桌旁。在拖动的过程中，椅子腿在地板上摩擦，发出震颤的声音。

那个女人坐了下来。她的胳膊肘如同一对弯曲的衣架一样置于桌上，脸面对着她双手形成的空瓢。

"为什么？"韦尔斯说道，她吐出了这个词，吸了一口气之后，留了足够多的空间，仿佛在思考接下来自己要说什么似的，"你要告诉我们这一切吗？我的意思是，亲爱的，你在承认谋杀啊。"

"哇噢，我可没有承认那个狗屁玩意儿。"米莉安说道。吸气、呼气、喷出致癌的烟雾，"你们是谁？我为什么会出现在这里？"

那个女人酒醉的笑容歪斜得更加厉害了：如同一艘沉船，一个破损的架子，"一般情况下，犯罪分子是不会这么快就向联邦调查局招供的。"

"我没有——"米莉安吸了吸鼻子，"你知道吗？没关系。你又不是联邦调查局。只是因为你在那辆汽车后面耍了那个花招——查找那艘被盗的船，我的意思是——任何人都可以去做这件事。此外，看看你们两个。穿着运动服的新泽西肥胖畸形儿，身患吸烟者咳疾的嗜酒虫。你们真是联邦调查局的写照啊。让我猜猜看。X 档案，对不对？"她指着格罗斯基，"你可能吃了穆德。你刚刚像吞掉一只圣诞火鸡一样消灭了他。还有你——"现在指向了韦尔斯，"是有着一个坏肝脏并且在使用饥饿疗法的斯库利。谁又在命令我呢？那个吸烟的女人？"

格罗斯基拿出他的身份证明，把它翻转过来，朝桌子对面滑了过去。

托马斯·格罗斯基，联邦调查局。

"我见过你们这种人在我面前耍'亮出身份证'的把戏。他们和你一样，都是给犯罪组织打工的人。"

韦尔斯几乎怒发冲冠。

"我不知道你在哪个部门工作。"米莉安说道。

"联邦调查局。"格罗斯基回答道。

"BAU。"韦尔斯补充道，"犯罪行为分析小组。"

格罗斯基露出了一个微笑，"我们追捕连环杀手。"

米莉安吓得退缩了一下。

韦尔斯翻了一个白眼，澄清了一下，"我们协助当地执法部门追捕连环杀手。我们不是……像你所看到的，我的合作伙伴弄成的那种摇滚明星的模样。"她打开那条议会香烟，抽出一根香烟，放在她平坦的手掌之上。她从米莉安手中拿回打火机，然后点亮了她的香烟。她抽烟的力度就像用一个细小的吸管去喝黏稠厚重的奶昔，"对不起，亲爱的，我们真的是联邦调查局的人。"

尽管身处佛罗里达潮湿萦绕的热潮之中，米莉安仍然感觉到她的脊椎周围被寒意攀附：如同一条蛇缠绕依附在一棵树苗上。

她把那个烟头在桌上摁灭了。

她朝着格罗斯基喷射出一口烟雾。

"所以，你们想要我怎么样呢？你们想要问关于那只知更鸟的事情，对吗？这件事情的凶手不是一个人，是一整个变态家庭。疯狂的老族长，强奸犯族长，几个人格极度扭曲的浑蛋男孩……"

她没有再说下去。因为格罗斯基和韦尔斯面面相觑，仿佛在分享他们之间的笑话一样，一个米莉安不知道笑点在哪里的笑话。

因为她就是那个笑点。

"我们不是来询问有关那只知更鸟的事情的。"韦尔斯说道。

这时候，她才明白了那个笑话。

"你们觉得我就是那个连环杀手。"米莉安方才豁然开朗。

格罗斯基打了个响指，"给这个女孩的机智点个赞。"

噢，他妈的。

8 握手言和，达内尔

"来吧，到办公室来。"那个售货员说着，把干燥凛冽的寒风关在了门外。一双看不见的手把一个麦当劳的纸杯弹过了停车场。售楼处很小，没有什么看头。像个鞋盒大的地方，还雕刻出了几个窗户，简直像个小学生做的立体模型。"屋里装了暖气。你可以先填写这些文件，仔细阅读这些条款。你有保险吗？如果没有，我知道一个家伙，他能帮你弄到，最起码可以让你有保险记录。噢，我呢，还需要你的驾驶执照复印件——必须要提供这个该死的东西才能让你拿到车。有时候，你必须狠狠地踢它，然后骂它几句，那些车才能好好工作。我在做什么呀，居然告诉你这些？它比一个女巫的冰棒更加冰冷——"他在他准备继续说些不合适的话语之前打住了，"非常冰冷。"

米莉安打了个哆嗦，把她身上那件旧货店的迷彩外套拽得更紧了，摩擦着她那双黑色手套，仿佛她觉得这样做就可以摩擦起火似的，"请恕我打断一下，达内尔。你的标价上写的是五百美元。我不打算支付那个标价上的价格，因为我付不起。我只有两百——"她开始数钱，"等一下，一百六十美元。抱歉！我买了香烟，我还需要给车加油。总而言之。我会给你八张二十美元的钞票，然后你去给我把钥匙拿来，我不会给你我的许可证或是以任何形式签署任何书面文件，因为那样将比我离开这个停车场花费更多的时间。"

那辆车是一辆 1986 年产的太阳烈焰般红色的庞蒂亚克·费尔罗。

达内尔大笑了起来——呵呵呵呵呵呵，"你真有意思，我喜欢你。你让我想起了我的妻子。她像一根……一根……一根被折断在地板上四处弹跳的电线。她的笑话总是能逗我笑。有一次我笑得太厉害了，一块奶油玉米从我的鼻子里喷了出来。它落在了那个船形调味肉汁盘上，这让我笑得更加厉害了——"

"我不是在开玩笑。我只能出这个价。"

他的笑声慢慢停下——呵呵，呵呵，呵呵呵呵。像一个突然出了问题的发动机一般，忽明忽暗，静静地停靠在了路边。

"什么？你不是说真的吧？"

"如一记耳光一样真实。"

"我不可能两百美元就把这辆车卖给你——"

"两百六十。"

"——美元，如果你觉得这可能的话，你一定是脑袋被门挤了。"

"这辆车？"她说着，用一根手指在汽车引擎盖上的冰雪上画了起来，"听着，达内尔，我在这个街区的公寓里住了近一年的时间。而每当我路过这里的时候，这辆车都停在这个停车场的后面。这是该死的费尔罗，兄弟。已经有二十年了。它已经跑了十五万英里了，这就相当于从地球跑去月球的距离。我敢打赌，如果我打开这个玩意儿的车门，里面闻起来肯定是陈旧的黑色达卡和化学松香的味道。也许后备厢里还有一只死老鼠呢？也许是死老鼠以及鼠宝宝的整个鼠窝。我帮你带走这一大块底特律废铁，你应该付钱给我作为帮你甩掉这个包袱的酬劳才是。"

"这绝不能行。明明是'你应该给我钱'。"

"哎，就这样了，行吗，我的好兄弟？"

"没门。"

然后，他转过身径直走回了办公室。

"等等！"她在身后叫道，"该死的，等一下。价钱可以再商量。"

"五百美元，你还得再签一些合约？"

"一百八十美元，我是绝对不会签任何合约的——"

他呻吟了一声，回头离开。

"——但是我可以告诉你，你将如何以及何时离开人世。"

那个麦当劳纸杯在他们两人之间被风推着滚来滚去。那辆灰色本田后面的几缕雪花随风飘落。

他的声音变得低沉，"你这是在威胁我？"

"我不擅长拐弯抹角地说话。如果觉得我在威胁你，你根本就不会问了。"并且你的脖子上很可能已经有一个烧烤叉伸了出来，"我有一种天赋，一个诅咒，一种通灵巫术的超能力。"

"你疯了。"

"也许吧。这也不会改变我的出价。"

"好吧。"他说道，"说来听听吧。"

"我需要触碰你。"

"我已经结婚了。"

"不是你的……我要触碰……"她发出一声沮丧的怒叹，咬住手套的中指，将它扯了下来，"只要把你的手给我就行。"

达内尔，那个二手车推销员，迈着步子走了过去，伸出了他的手，如同一次交易之前的握手。她那温暖潮湿的小手，被他那冰冷的手——

一双大手掌心向下，置于一个寒冷的棺材之上，这个棺材是薰衣草的颜色，顶部有几朵黄玫瑰，这是一个光芒四射的棺材，棺材里所有的灯光都陷入液体管线，在此汇集。达内尔站在那里，对着装着遗体的圆顶箱哭泣，一个装着尸体的盒子，里面是他的妻子，眼泪都停留在从他的脸颊上生长出来的灰色的钢丝刷一般的胡子上，他大口大口地呼吸，胸腼起起伏伏——呜咽如同一拳打向他的正中间，让他像一把弯曲的椅子一样折叠，有什么东西从他身体里出来了，突然夺走了他的呼吸，他的心跳，他的所有东西——

她放开他的手。

她静静地给自己戴上手套。

"怎么样？"他问道。

然后她告诉了他。

接着，他大笑起来。

"你不相信我。"她说道。

"我不知道。也许我相信。至少，这是一个有意思的故事。这个故事里有一些事情是正确的。米特齐的确很爱她的黄色玫瑰，而今年我们正好挑选了一对棺材。如果它们不是这种紫色就还真的见鬼了。"他耸了耸肩，"另外，这是个好消息。这事，怎样？是发生在多远的未来？"

"还有三十三年呢！"

"非常好。我已经在向五十岁逼近。我不想在米特齐死后还残留于人世。那将是多么悲惨的生活，你知道我的意思吗？"

"再说，还有谁能让你从鼻子里喷出玉米来呢？"

"真他妈正确。"他犹豫了一下，仿佛在细细揣摩，"好吧。交易成功。反正我讨厌这辆丑陋的小屁股车。"他再次伸出了他的手。

"给我钱，我去给你拿钥匙，你可以去你想要去的任何地方。"

"我要去佛罗里达。"

"提防点儿鳄鱼，小姐。"

"还有鳄鱼，小姐们。"

"哈哈，是的。"

她给了他现金。

他去拿来了钥匙。

9 红色火箭，红色火箭

这辆费尔罗闻起来有一股陈旧的黑色达卡与化学松香的味道。

米莉安开车前往佛罗里达。

小小米莉安学开车

　　轮胎们在被骄阳狂热亲吻着的沥青路上烫得尖叫连连。那辆斯巴鲁快速穿过停车场，迅猛掉头，如同煎锅上一块正在融化的黄油那样滑动漂移，在身后留下了比柏油路颜色更深一层的一抹橡胶。

　　它抵达了沥青路的末端，越了过去。在草丛里轮胎滚动，尘土飞扬。它猛地推开草坪，然后回到那一块地方，强行朝远处开去，朝着路边开去——它越过了路基。前轮胎蹿了起来。硬着陆，然后像被小孩的手指戳破的肥皂泡泡一样泄了气。

　　啪！啪！

　　空气发出咝咝的声音。

　　车身下沉。

　　汽车引擎发出"叮当叮当叮当叮当"的声音。

　　米莉安将车熄了火，然后哎哟一声笑了出来。

　　她没有喝醉。

　　好吧，她一直在喝，但是，这并不意味着她会酩酊大醉。

　　只是——她从逃离母亲，离家出走已经有好几年了，现在仍然不知道如何开车。她已经十九岁了。她应该去拿一个类似驾驶执照的东西了，但她觉得，管他呢。也许有一天她会决定停止步行或是搭便车，然后去偷一辆合适的车。因为这就是她，现在的样子。一场偷窃汽车的逃亡。

一场可以看到死亡的逃亡。她追逐它，等待它，来吃掉这顿美味佳肴，来选择还没有被死亡掠夺的那些事物。

艾丹在她旁边笑了起来。起初只是一个小小的不确定的笑声从他的腹部深处发出声来，但随后仿佛每一声轻笑都变成了大笑，每一声大笑都变成了狂笑，然后接下来只剩下两人一起气喘吁吁，因为笑声完全取代了呼吸声。这场纯粹的欢愉将会杀死他们，而他们却并不在意。

当然，这并没有真正杀死他们。

但这就是艾丹在这个世界上的最后一天。

她知道这件事。他也知道这件事。

笑声终于渐渐平息了——就像一个电池被渐渐耗尽的玩具，然后他们俩都静静地坐在那里，静默如神。

在远处，有一座高中，也静谧似空。她觉得那些地方在周六的时候应该不会发生太多事情，这就是他们现在坐在这儿的原因吧。

米莉安揉了揉眼睛，舒展了一下四肢，用手穿过她的头发——目前是如同草莓牛奶一般的粉色。"他妈的，我喜欢开车。"她终于吐出了一句话。

"很高兴成为你的老师。"艾丹说。他的声音——不是非常小，不完全是，但却十分安静，如同一位图书管理员的声音，而不是一位老师的声音。把他当作一位科学老师，以及一位兼职驾驶教练，这真是太糟糕了。"虽然我觉得你把这些课程理解得有点儿太过……放任自由。不过切记，千万不要在实际道路上做出任何这样的尝试。"

"呃。"她说着，伸出了她的舌头，"听你的，老爸。"

他具有一位父亲的特性。她也不得不承认这一点。他比她大二十岁，他身上萦绕着一种嬉皮时髦的知性气质，褐红色的罗杰斯先生的毛衣、小小的金丝边框眼镜、面部毛发卷曲，不过——他有八字胡形，与犹如经验丰富的狂野西部元帅般的下颌晶须。

他笑了一下，拿出来一个木棍。这个也粗大肥胖——如他的小拇指一般，有点儿弯曲。如同一个小妖精的橡木棍，他点燃他的 Zippo 打火机，想要把这个杂草递给她，但她却挥手拒绝了。

"都说过不要了。我可不想染上咳嗽病。并且，这玩意儿尝起来如同一只腐臭的臭鼬。"

"你居然知道腐臭的臭鼬是什么味道？"他发出一道孩子气的笑声。

"真有意思。"她说道，然后她拿出她的香烟，从仪表板的杯座上抓过来一瓶水——瓶子里装着廉价的狗屎伏特加，而不是水，"我已经有两个药物选择了，兄弟。"

"但是，这个。"——他拿着杂草比画着，然后呼出的雾霾四处喷射——"周围都是圆的。可以让你彻底升华，似蜜般缓缓渗透。"

"它们都是一个主题的不同衍生而已，艾丹。只是'停止'和'出发'的不同版本，殊途同归。这是我的刹车踏板。"——她拿起那瓶伏特加——"这是我的加速器。"她对着他摇了摇那个烟盒，"这就是我全部所需。"

"听起来很简单。"

"我喜欢简单的东西。"

"而你的生活却一点儿也不简单。"

她叹了口气，"你没有错，但我宁愿谈谈你的生活。"

"我的生活？"

"你还在想着去结束它。"

他停顿了一下，静静地思考着，又抽了一口——屏息，吐气，咳嗽，双眼被呛湿。然后，他点了点头，"是的。"

"是啊，好吧。"她咬着口腔内侧的脸颊肉，"否则我不会告诉你这样做的。"

"谢谢！别人会告诉我活下去。要热爱你的生活。要怎样怎样怎样……但你知道，管他呢！你知道叔本华怎么说的吗？"

"我甚至都不知道叔本华是谁。"

"一个德国哲学家。无神论的创始人。他有两条贵宾犬。"

"贵宾犬是一种非常怪异的犬种。"

"它们看起来一点儿也不像狗。"

"我就说吧！"

"这些都无所谓啦。"他说，"引述他关于自杀的描述：有人说，自杀是最怯懦的一种行为，自杀是一个错误的举动，但众所周知，每个人对于自己的生命与人权都有着最不可剥夺的决定权。"

"我想，在未来的某一天我可能会杀了我自己。"她突然说道。这句话就那样蹦了出来，如同岩石从一个麻袋里跳了出来一样。

"为什么？"

"我不知道。我很年轻，但我却很疲倦。晚上，我闭上眼睛，它就浮现——我的梦如同一个船锚一样，兄弟。我所看到的东西。它就像，它不只是创伤性死亡——车祸、火灾，以及刺伤，而是冗长而缓慢的死亡。艾滋病、糖尿病、肾功能衰竭、肝功能衰竭、儿童癌症、直肠癌、乳腺癌，还有各种各样的癌症。我刚刚提到了癌症吗？人们只是躺在那里。疾病从人们的身体里吸食掉所有东西，如同我抽这根烟一样。让他们失去生气。搅碎，弄得稀里哗啦。我不能阻止它。我无法阻止任何事情。我不知道该如何为他们做出任何改变。"她想起了那个小男孩和那个红气球，她几乎打算向他讲述那个故事。然而，有一股莫名的力量制止了她，就好像会有其他人抢先偷听到这个故事似的。

"自杀很快就结束了。我会用一把枪来完成。"

"我知道。"

"噢，好吧。"

"我的初恋男友自杀就是用的枪。"

"噢。"

"是啊。"

他们在那里坐了一会儿。她凝视着车轮的那边。他盯着烟头快燃尽的那一处。

"你可以从我这里拿走一些东西。"他说道,"就像我承诺过的那样。我有一点儿钱。我会留在一个袋子里,放在客厅前面。你可以在我家待一段时间——虽然说起来并不是多了不起,但那是在玛丽离开我之前,我们共同度过美好时光的地方。我们家里有两条狗,有一个小后院……"他清了清嗓子,"但是,我将要死在那里,我也可以去别的地方自杀,但是我想在那儿结束我的生命。在那所房子里,在我们的房子里。"

"谢谢!"

"你也可以拥有那辆车了。"

"我把车开走,他们可能认为是我杀了你。"

"噢。"他点了点头,"说得好。"说完,他把窗户摇了下来,把烟头弹到了窗外,"肯定会有一些孩子能够发现它,希望他能喜欢它。或者卖个几美元。这可是上等的大麻。"

"谢谢你的驾驶课,艾丹!"

"谢谢你分享我最后一天的一部分!"

停下,离开,她心想。

他应该停止了。

她的目的地还未抵达,所以她要离开,出发。

10　去他妈的阳光之州

这一路上，她一直听的都是她可以在表盘上找得到的随机电台，渐渐地（但却十分笃定地），她意识到最近的音乐真是太糟糕了。空洞乏味，净是一些没有灵魂的流行音乐，比燥热的人行道上一口被吐出的精液更为肤浅，甚至乡村音乐听起来都更像流行音乐——那些孤独悲凄的歌曲都消逝了，比如《我的妻子抛弃我离去》《我的卡车抛锚了》《只剩下我的狗与猎枪以及那蓝色的肯塔基山丘》，现在所剩下的是吃蜜糖长大的芭比娃娃用那扭捏的鼻音唱着前男友，喝着杰克可乐，并且她非常肯定罗莉塔·琳和多莉·帕顿爬出了她们的坟墓——不过，等等，这两个人到底死了吗？妈的，她不知道。

有时，她会调到一个电台，播放着一些一文不值的东西：耶耶耶、天堂、烟枪牛仔乐队、齐柏林飞船乐队、约翰尼·卡什、九寸钉、约翰尼·卡什超越了九寸钉。这让她觉得困扰之处在于，20世纪80年代的音乐，现在已然成了"老歌"。很难想象一帮老年人跟着《99个气球》的音乐节拍跳着舞蹈。

大多数时候，表盘保持静态，静止的空气在悄声耳语，爆裂声被噪声覆盖。

有时，她认为他们在谈论她。

"——妈妈们不爱她们的女儿——"

"——死人——嘶——遍地都是——"

"——向 1 号道路射击——圣奥古斯丁——"

"——邪恶的波利——"

"——河水在涨潮——"

"——就是这样——"

现在，她听着一个叫"地狱之火与硫黄"的频道。一些传教士抱怨着堕落，《利未记》和同性恋的威胁，讲述着上帝被两个男人的亲吻恶心到了，于是他打算用仇恨的洪流淹没这个世界。关于此事，米莉安认为，这暗示着上帝的确抗议过多。也许这就是他从天上将撒旦撵走的原因吧。

她等待着闪电将她从座位上打死。

然而却没有。

她发出咯咯的笑声。

她喝完了她的红牛，将空罐子投掷到身后。这个空罐子与后面其他能量饮料的罐子相碰击，发出叮叮当当的声音。那些东西喝起来如同在一头死羊口中酝酿的止咳糖浆，但去他妈的，它们立竿见影啊！

最终，她的膀胱就如同一个嬉皮士小猎犬一样想要释放自己，而这辆费尔罗——她已将其命名为"红色火箭"——正在遭受没有汽油的饥饿之苦。

她在一个摇摇晃晃的偏僻乡村加油站下了车，这儿距离代托纳比奇并不遥远。她下车的那一刹那，热浪猛烈地扑面而来，仿佛被一个浑身散发着热量的慢跑者来了一个熊抱，潮热黏腻。上下起伏的胸脯，无所不包，一条肉与肉紧贴的热毯。一起随风飘散的是车里空调的急流，她已经感觉到有汗水从额头上滴落。呃，上帝啊，呸！

这竟然是冬天？！短短三十秒钟的时间已经让她感觉如同深陷一片

沼泽之中。

佛罗里达：美国最炎热潮湿的所在地。

所有事物都处于阳光明媚之中。她摸索着在仪表板上的一副太阳镜，并迅速地戴上了它。她感觉自己如同被拖出来第一次见到太阳的吸血鬼。她冲进火海后，会像她的香烟那样被烧成灰烬多久呢？即将变成米莉安·布莱克的一座炭状雕像。

她赶紧冲到加油站——一个脸颊肉嘟嘟的古巴家伙带着某些迷恋的神色盯着她看，仿佛他正看着诺斯费拉图一脸羞涩地回避开日神那评头论足的目光——然后一头扎进了洗手间。

她进入了小隔间，生锈的大门紧闭。有人在座位上撒尿——这总是让她惊骇不已。男人基本都是衣冠禽兽，所以她可以理解他们拉开裤裆的拉链，抖一抖，然后随地小便。但女人呢？难道女士不应该比男人注重礼仪吗？为什么这个座位上会出现小便这种东西呢？飞行器，她心想。一定是飞行器。它就像麦田里的一个 UFO 一样悬停在那个座位上，尽量避免尿在上一个女人撒尿的地方——上一个女人同样也是一架悬停在一个庄严肃穆的尿液浸泡圈里的飞行器——然后扑哧、飞溅、喷洒而出。这些女士的小便无处不在，如此循环下去。

米莉安做了一件文明的事情——对于她而言非常罕见，但在卫生间里，她显然恢复并成了人类的一员——将卫生纸揉成一团，包裹着她的双手，做成了一双手套。她清理了那个座位。整个过程她都皱着眉头，咒骂不停。然后，她坐在那儿，撒了一泡尿。

这里一片漆黑，至少很凉爽。

隔间外面，卫生间的门打开着。

另一个人走了进来。

脚步声回荡。那双脚踩在水上的时候，有一些小水花飞溅了出来。

然后：铛。

什么东西掉了下来。金属与金属的撞击声。一个响亮的声音，一个不和谐的声音——它如电击枪一样让米莉安的心脏颠簸震颤。一声剐擦。一次飞溅。

她透过门底下的缝隙偷望出去。

一把弯曲的红色雪铲沿着地面拖动。一双泥泞肮脏的靴子迈着步子。

米莉安出了一身冷汗。

不，不，不，不可能在这里，不是现在。

脚步声越来越近，拍击着那被水浸泡的地板。

米莉安甚至都能感觉到她脖子上的脉搏：如同脱兔一般的脉搏，仿佛一个坚硬的手指轻弹着她的皮肤内侧，砰砰砰。她刹那间感觉被锁住了咽喉。

靴子在这个隔间门口停下了。

雪从上衣上面掉落下来。扑通，扑通。融化在瓷砖之上。

鲜红的血液如同溪流一般爬向了米莉安的双脚。

她身体内部一阵抽搐：一个婴儿的拳头正攥紧她的内脏用力拧绞。突然，门外面那个女人的一个什么东西掉了下来——一块紫色佩斯利花纹的手帕。

血液顺着流到了手帕上。整块手帕上浸满了鲜血。

恐惧发生了转变。一场毛毛细雨变成了一片即将倾盆瓢泼的雷雨云。现在，只剩下狂暴愤怒与蔑视挑衅，如同在口中咀嚼一块碎玻璃——米莉安大声咆哮，用她的黑色靴子猛踢过去——

门旋开。它猛地撞向了对面的大门。

没有人在那儿。没有拿着红色铲子的女人。没有靴子，没有飘雪，没有血迹，也没有那个少年劫匪的手帕。

米莉安长舒了一口气，用手掌根部按摩着她的双眼，用力挤压，一圈一圈地按摩。在她闭上双眼所能看到的蓝黑部分的后面，烟花爆竹爆炸，模糊不清，颜色很浅——没有声音，只有她用力按压自己双眼而产生的静默闪烁。

"至少你的两只眼睛完好无损。"一个声音出现。路易斯。假的路易斯。

这应该是入侵者。

她睁开双眼。一只秃鹫坐在隔间里水槽的前沿上，弯下它那没有羽毛的火柴头脑袋。当它说话的时候，鸟喙碰撞发出咔嗒咔嗒的声音。

"你是那把钥匙。"那只鸟说道，"但谁是那把锁呢？"

"什么？"

"或者你是那把锁，别人才是钥匙？"

米莉安的双手一直瑟瑟发抖，"说点儿正常的，臭鸟。"

"在你待在这里的这段时间里，你会去看你妈咪吗？"

米莉安将她的钥匙向那个黑色清道夫扔了过去。

钥匙环在水槽里反弹了几下，然后击中了镜子，接着落在了另一个水槽里。那只鸟消失了，留下一根黑色羽毛，一滴血珠将其沾在肮脏的陶瓷墙壁之上。

米莉安小便完毕，拿起了钥匙，然后赶紧冲了出去。

11　丁零零，丁零零

在停车场外面，米莉安用最后一张钞票给她的"红色火箭"加了油，然后停到了另一侧，一屁股坐在了引擎盖上，抽起了烟。

她从车上抬起屁股，抽出三张纸来——小小的，虽然没有幸运饼干里的签语字条那么小，但也差不多——从她屁股后面的口袋里拿了出来。

三个电话号码。

第一个：路易斯。她已经有一年多没有见过他了，也没有跟他说过话。当她和那个老人阿尔伯特离开那个小镇的时候，她把她上一个手机扔进了河里。阿尔伯特，本打算带她去南方。如果可以，她将一路奔向佛罗里达，去看望她的妈妈。

这让她看向了下一串电话号码。

第二个：她的母亲。让我们将故事追溯到在宾夕法尼亚的时候，在杀死那只知更鸟的时候，米莉安决定——或者是被迫决定——去看看她从小长大的那个房子。她母亲的房子——反正她是这么认为的。而现在，那个浑蛋杰克叔叔住在那儿。她发现她的母亲现在居住在佛罗里达，在做——什么来着？

传教工作吗？而当一切都结束之后，当考尔德克特一家人死了之后，雷恩得救之后，她真的想着她会去佛罗里达，去探望她的母亲。然而她总能找到一个理由给艾伯特①指引一个新的方向——火车博物馆、游乐园、蜡笔工厂、性用品百货商厦。他知道她在回避什么。不过老阿尔伯特足够善良，他明白不应该去揭人的伤疤。

现在，阿尔伯特已经死了。他肯定死了。这是那些通灵幻象告诉她的，它们目前为止从未出过任何差错。在一片树木参天、迷雾缥缈的树林里倒地身亡，他望着妻子的照片，深爱隽永。

他和达内尔，那个汽车销售员，他们俩都是心中含着爱逝去的男人。这是她有能力做到的吗？她的心里装着什么呢？醋与毒液？厚重的污垢与甲醛？尼古丁与肮脏的雪？

然后她心想，这两个电话号码一定包含着沉重的含意，孕育着爱情的可能性，心心相印，再一次心有灵犀，甚至是复活——然而，现在，她担心这些关系都已然死去，被深深埋葬，如果有一件事她知道得非常清楚，那一定是，你杀死的那个家伙会原封不动地躺在原地。

依然如旧。她心想，给他们其中一个人打个电话吧。

打给路易斯，只是为了看看他现在在干什么。

打给她的母亲，问问她们能不能见一次面。

然而随即而来的是一腔愤怒的熊熊烈焰。路易斯完全不理解她。她的母亲对她的了解就更少了。他们都不懂我，她心里这样想。

她把那两个电话号码塞回了口袋。

然后，她抓起第三个电话号码。

那个负责克雷格网站的广告的男人。

她打电话给他。告诉他，她在这儿。在佛罗里达。

他说话很慢。不是那种冒着傻气的慢，而是悠然自得的慢。桃泥贝利尼与享受着日光浴一般的沙发音乐。那样的缓慢。他问她现在在哪儿。

①　艾伯特：《知更鸟女孩2沉默之歌》里出现的一位男士。米莉安遇见他时，他即将死于十三个月后的某一天。

她告诉他：代托纳比奇。"好吧，该死的。距离你抵达那儿，大约仍有七个小时的行程。"

她问："这儿是哪儿？"

"大火炬岛。"

她听到了他的声音里沙砾的声音，一声由尼尔·戴蒙德的奉承话激发得如同摇滚般震天的怒号。他说"大火炬岛"这个词的时候，更像是唱出来的，而不是说出来的。

他告诉她那个地址，给她指引了方向。

"这并非关于性。"她说，"我不是妓女。"

"非常好。"他说道，虽然她不知道那个答案意味着什么。

米莉安告诉他，八点见。

他说他很期待见到她。

然后，她挂断了她那廉价的狗屎刻录机手机，最后一次伸了个懒腰，然后她那酸痛的屁股栽坐进红色火箭里。

旅程继续。

12 狂怒愤恨中的摩西

开车穿过佛罗里达群岛如同穿针引线一般谨小慎微。

在她前方，是一条沥青丝带：被阳光漂白着，被泥沙冲击着，被海盐浸泡着。在有些地方，海洋距离道路的一侧为十英尺，距离另一侧也是十英尺。在她右边，是佛罗里达湾；她左侧，则为大西洋。她给这两者画出了一道分界线，手指在两片翡翠玻璃之间的窗玻璃上摸索寻迹。

棕榈树随风摇曳。鹈鹕成群越过瘀青色的天空，如同史前的生物——一群不合时宜的翼手龙阴谋集团。几片海滩，大量的船只，带着老汽车旅馆标志的汽车旅馆：鹬、日落湾、椰湾、海盗湾、守望亭、抛锚酒店、鹈鹕、松树、海螺酒店。20世纪50年代的高大招牌。有一些颜色变得黯淡，部分倒塌。其他的肮脏不堪，部分摧毁，不过仍然亮着灯：红色的灯光在天色越来越黑的夜空勾勒出一片空白，些许空缺，无尽空虚。

若干夏威夷酒吧和几个游艇码头，摇摇欲坠的卖鱼炸玉米饼的货摊和隐藏在棕榈树背后的房屋，走在即将降临的夜幕之中，拿着钓鱼竿和鱼饵桶的男男女女。粉蓝、珊瑚粉、青葱树木、油腻的霓虹。

这儿是某种笨蛋、蠢货、乡巴佬的天堂——懒惰，晒伤，在风中摇曳，如同道路两旁的棕榈树。

我不属于这儿，她心想。

还是那句话，这里是什么地方？

她继续前行，经过了基拉戈，经过了尼埃，经过了艾莫拉达，经过马拉松，牵着那根针，将那些小小岛屿缝合在了一起。但这是一种无力松散的缝合，各种堤道如同白色骨头一般组合在一起，仿佛只需要一位醉酒神那鼓起的脸颊吹出一阵强有力的劲风，就可以吹散分布在地图各个角落的所有岛屿。

说到地图：她看着那张在乘客座位上摊开的地图，一张被快餐食品包装袋和能量饮料罐以及香烟包装等垃圾包围的地图。米莉安觉得佛罗里达群岛看起来如同一个被咬去大部分的指甲——不过佛罗里达州的断手指尖还挂在那儿。

如同一根倒刺，她心想。

这全都是一根巨大的倒刺。

有时候她会这样认为。最近所发生的一切都像是一根永不脱落的倒刺。

突然间，她有一种强烈想要知道的欲望，她究竟是否属于这片群岛。

她继续开车，下行穿过了群岛中部，经过了那座如驼峰般拱起的凌驾于水域之上的七英里长的大桥，仿佛她驾驶经过了一只死恐龙的驼背。

她在杯托上摸索喝的东西——

乘客座位上突然有什么东西晃荡了一下。

一只乌鸦。一只超级无敌巨无霸大乌鸦。一只渡鸦。黑色的羽毛狂野粗硬，如同涂满柏油的狮子鬃毛，墨黑色的喙咔嗒咔嗒上下碰击着。

"就快到了。"那只乌鸦发出路易斯的声音，"杀手。"

它弯下头，叼啄着它爪子下面那个类似从一条紫色手帕上掉下来的海绵质感的灰色东西。啄，啄，啄啄。

她向它抛去一个空的红牛易拉罐。

那个易拉罐反弹到了乘客那一侧车门的内侧。

鸟消失不见了。

而前方，一个标志：大火炬岛。

13 火炬岛

那辆费尔罗行驶在那条输电线之下。她沿着中火炬岛的海湾一侧的那条道路，蜿蜒通过了一片生长着矮小树丛的盐沼与发育不良的棕榈。费尔罗里的空调突然发出轰隆隆的声音，如涂料混合器那样开始震动摇摆，然后发出咳嗽一样的声音，并释放出一股焦味。

她悄声地诅咒念叨，拨弄着旋钮，用手掌根猛击通风口，然后终于把窗户摇了下来。

潮湿的空气爬了进来，一丝凉风拂面而来。

蝙蝠倾斜飞翔，在头顶疾速掠过。它们的阴影比黑夜更加漆黑，追逐着盘旋的蚊蝇。

她来到了从中火炬岛通往大火炬岛的另一座桥。

在路上，她经过了一个摇摇晃晃骑着自行车的赤膊男子。他的皮肤在她车前灯光芒的照射下闪闪发光——肌肤发红，如同在烤架上滞留过久的波兰熏肠。他转身面向她，没有牙齿，酩酊大醉，眼神涣散，差点儿把自行车摔到了坑里。

她继续开车。

大火炬岛。

这儿什么也没有。她开始觉得这是某种玩笑。即使在潮湿流动的热浪之中，她仍然可以感到脖子和手臂上都立起了鸡皮疙瘩，毛发全然竖立。焦虑不安如同老鼠舔舐着自己的爪子那样撩拨着她。这里望出去只有无尽的道路，矮树丛与红树林，然后她心想，这一定是某种游戏——我一路开车来到佛罗里达却掉进了某些浑蛋的娱乐陷阱。

显然这是一个诡计。五千美元？来自克雷格网站？妈的，妈的！她心想，我他妈必须离开这里——要快点儿，要不然在她还没走得太远的时候遇上交通高峰期，她的轮胎会被戳爆了，最后在这个亚热带的什么地方落得一个扭曲的食人游戏的结局——

不过她随后看到了。前方，真实的火炬闪烁着异彩光芒。

她看到了一个邮箱——一个褪色的蓝色海豚托举着的邮箱，实际上，这是某种路边的雕像。可笑而且俗气，绝对的。

不过也是人生的一个标志。

她减速前进。

邮箱上的数字与她方向的数字相符。

她已经到了这儿。

这是真的。

好吧。那么，好吧。

仿佛在暗示着什么，大门打开了。自动机械门。

它抖动震颤，发出吱嘎吱嘎的声音，晃动着打开。

她减速，将费尔罗驶入车道。白色的砂石在她的轮胎底下碾磨翻滚。前方，经过那个半圈车程，坐落着一座种植园风格的房子。弯曲的棕榈如掩护的手掌一般矗立在房屋两侧，它们是房屋的某种支撑。

里面透着温暖的橙色光。提基火把映衬着驱动器，火焰升腾，白烟如藤蔓，攀爬延伸。

前门打开了，一个人走了出来，上了年纪，四十大几岁或者五十小几岁的男人。沙砾颜色的头发遮住了他的双耳：长长的、毛茸茸的，卷曲缠绕。他敞开怀抱，对她表示欢迎。灿烂的笑容、洁白的牙齿。

他招手让她把车靠边停下。

她把车熄了火，走了出来，把头上的太阳镜摘了下来，扔到了仪表板上。

那个男人已经朝她扑了过来。直面相对，她举起手臂，伸了出来——她早已准备就绪。

她的手腕灵活地旋转，把那把黑色四英寸的带锁小刀从她后面的口袋弹了出来。

她指着它，朝着天空。沙沙，沙沙。

"哇，哇，亲爱的，这是干吗——"他笑着说道，极其紧张，笨拙地瑟瑟退后，"我不是来伤害你的。"

"那你干吗这么快就向一个姑娘扑过来呢？"

"不是那样的——"

"我不知道应该是什么样的。你邀请我来到这儿，大半夜的，也不知道这是什么鬼地方，答应给我五千美元，然后像一条穷凶极恶、嗅探食物的饿狗一样朝我扑过来？这真是一个想被刺伤的好方法呀，吉米·巴菲特。"

他笑了起来，仍然处于紧张不安的状态之中，"好吧。我当然不希望被刺伤。"

"那就给我退后五步。"

他照做了。

"你叫什么名字？"她问道。

"史蒂夫。"

"史蒂夫什么？"

"史蒂夫·麦克斯。"

"这两个都是名字，不是姓氏啊。"

"是啊，我也这样觉得。"

她手持那把刀，一直指着他，像一个刺客控诉者，"我的名字叫米莉安·布莱克。"

"嘿，米莉安。我很高兴你愿意南下来见我。"

"走。"她命令道，"进去。我会跟着你。"

"你这是要抢劫？"他哆嗦着问道。

"那你是要强奸我，然后杀了我吗？"她问他，"还是先杀了我，再强奸我的尸体呢？"

"那不是我的计划。"

"那么抢劫你也不是我的计划。照我说的做，走。我会跟着你。"

他露出微笑，紧张不已，然后按照她说的做了。

她的目光掠过矮树与林木，寻找着阴影，结果什么都没有。不过，有什么东西总感觉不对劲。偏执如一群迁徙的蚂蚁，爬到了她的身上。

深呼吸，刀握在手中，米莉安走了进去。

14　海明威精神

　　房子里面全都是黑色的树木与棕褐色的竹子。棕榈叶。架子上陈列着提基马克杯。远处的墙上悬挂着一个大屏幕电视——大到你可以把它旋转过来，用作一张六人餐桌。一个茅草木吊扇在头顶上方懒洋洋地旋转。

　　史蒂夫走在她前面，他一进屋，就仿佛停止了对那个疯狂的、路途疲惫的小婊子和她手中匕首的担忧，仿佛他释放了所有烦恼，让它们乘着仙灵轻柔的蝴蝶薄翼飘浮着通往天堂。他随意走到角落里的单人吧台，走到它后面，他的衬衫敞开，他的手抓挠着从他那裸露的胸部长出来的如钢丝刷一般粗鲁的胸毛。他的皮肤是棕褐色的，米莉安觉得应该有人想要剥了他的皮，用他的皮去做一套质量上乘的行李箱包。

　　他蹲下去躲到了那个吧台后面，然后她咆哮道："嘿，嘿，嘿！"于是他很快再次站了起来，如同一个遭遇抢劫的银行职员一样举起了双手。他讪讪地笑着，紧张不安。

　　"嗬，现在，有什么问题吗？"

　　"吧台后面有什么东西？"她向他挥舞着匕首。

"朗姆酒。"

"我本来打算给咱俩调制一些代基里酒。"他拍了拍一个矮墩墩的酒吧搅拌机,"作为某种'欢迎来到这个群岛'的饮品,这是海明威最喜欢的鸡尾酒。"

"海明威是一名糖尿病患者,他最喜欢的饮料是干马提尼。"

"噢,我书读得少,你不要骗我啊?你平时会读很多东西吗?"

"我随时都会阅读。"无家可归的女孩当然钟爱图书馆,她心里想着,却未说出口。

"我这儿有一些伏特加和苦艾酒。"

"那不是马提尼。"

"真的吗?它应该是才对啊。"

"上帝啊,伙计,我并不想和你展开一场什么鸡尾酒的破知识竞赛,但是马提尼是杜松子酒,一直都是杜松子酒。把伏特加倒入马提尼就如同——"

"在玛格丽塔中的威士忌?"

"就像在我的嘴里吐一口痰,却被称为香槟。"

他的嘴似乎冻结出了一个尸僵的笑容,"我没有杜松子酒。"

"那么我也不希望这个不知道是什么的东西被你称为马提尼。"

"那么我们回到代基里吧。"

"你是要毒死我吗?"

他双臂交叉抱在胸前,身体前倾,沙滩般金黄色的小鬈发勾勒出他脸庞的轮廓,"米莉安,我理解你的忧虑,真的,不过这并没有什么……怪异之处。我没关系。我们都没关系。现在的问题是我们会解决这个问题,好吗?在那边那个露台的门旁边有一张边桌,那儿有一个帆布包,帆布包里有两千五百美元。我将支付给你其中一半的钱,作为你预测通灵幻象的酬劳。你到那边去。你拿到钱。然后如果你愿意的话,你便可以离开。但是,如果你留下来,在那个露台上有一个烧烤架,那个码头上有一张桌子。我们可以坐在那里，我烤一些虾和鳉鳅，我们一起享用——青柠、香菜、杧果洋葱调味汁——然后我们可以开始我们的正事。我指的是你告诉我，我将如何死去，然后你将会得到另一半美金，接下来你便可以带着一满腹佳肴与一大口袋现金去做你自己的事情。"

"为什么？"

"什么？"

"你为什么会想要知道你是怎么死的呢？"

他那亲切随和的笑容如同秋天的枯叶从一棵树上飘落一般消逝。他在思考怎样回答，仿佛他自己也不知道这个问题的答案，于是他便如实告诉了她。

"我不知道。我一直有点儿迷恋这个，想要把生活过到……嗯，极致。这也是我的姓氏，所以我想我应该遵循它去生活。"接着他发出了一道尴尬的笑声，仿佛他知道这样做超级娘炮，并且不是非常有趣，但是现在已然成了这个情况，现在他们只能妥善处理，"我只是想知道我还剩下多长时间。我现在处于中年的一个不正常的阶段，并且你可以发现——有一天你会变老，然后意识到当你想要减速的时候，这个速度却会越来越快。"

她的刀掉落到她的身旁，悬挂在她的手上。

米莉安向那个白色帆布包走过去，用一根手指钩起一个肩带，拎了起来，打开。她看到一团现金胡乱堆砌在彼此之上，一根小小的橡皮筋将它们捆绑在一起。

"你可以数数。"他说道。

"没关系。没事。"

"你想吃点儿什么吗？"

她把刀合上，放进了口袋。

"好的。"她说道，然后经过他，走到了那个露台上。

15　天堂里的疾病汉堡

屋外：一个炭火烧烤架上传来一阵令人兴奋麻醉的虾和木板鱼的味道。史蒂夫去寻找餐盘，不过他似乎不知道将它们放在了何处。他告诉她，他有一个新的女仆——"古巴姑娘，肤色如同咖啡欧蕾，如夕阳一样美丽醉人，不过她总是重新摆放我的物品，每次去寻找的时候，如同寻宝一般。"

米莉安坐在露台的桌子旁。一个码头如同一张通往那深蓝色遗忘之海的红毯，向海湾水域延伸出去。

一轮满月高挂于夜幕之上，仿佛它会生出很多月亮宝宝，以及一圈星系。

有什么东西咬了一口她的手臂。她猜想是一只蚊子，不过在火炬的昏暗光线之下她根本看不到它。

史蒂夫把一个餐盘放在她面前的时候，她拍打了一下那只蚊子。她的旁边放着一杯饮料，一杯粉红色的饮料。她怒视着它，"草莓代基里。"他说道，明显迷恋着那些该死的东西。她嗅了上去，然后推开了它——太过甜腻，太过草莓，太过粉红。她只是想要一瓶朗姆酒，那个家伙再次咬了一口她的手臂。第二次。接着第三次。

"嗷，婊子养——"啪，啪，啪。她收回她的手，希望看到一点油腻的蚊子污渍，但就这么小一个心愿却都没能实现。

"你是看不到它们的。"

"谁……什么？"

"小蚊蚋。身手敏捷的小臭虫。插进来，咬一口，然后它们带着你的鲜血飞走了。来吃吧！"他拿出一个长颈打火机，点燃了一个蜡烛香茅。化学的柑橘臭味弥漫在空气之中。她食欲全无——她的内脏已然收紧成倔强的关结，她也不知道为何。

她把餐盘推开。

"不饿吗？"他问道。

"我很好。"

他戳起一只虾，然后把自己的盘子推开了。

"真是一个有情调的夜晚。"

"我不会和你上床的。"

"我没这个意思。我们不是已经谈好了——"

"那现在这些都是什么呢？在一个近水月光露台之上的晚餐？也许对于经常和你一起玩的女孩来说这是一件会让她们感到惊喜的事情，不过我并不了解你，所以我开始觉得毛骨悚然了。"

现在，他看起来有点儿怒发冲冠。"我只是觉得你接下来还要开很长一段时间的车，你应该需要饱餐一顿。我要吃饭了。你不吃，我就可以吃掉整整两盘佳肴了，有何不可呢？唉，你真是一个刁蛮易怒、粗率无礼的家伙。"

"也许你以为我的名字叫'粗率无礼'。"

"这只是一个——"他叹了口气，"这只是一种表达，一个陈词。该死的，我很抱歉，我伤害了你的感情。可是你的弦绷得也太紧了。像一个——一个——好吧，像一个绷得太紧的东西。"

"漂亮的比喻，海明威。"

"天啊，你比我妈妈更犀利。"

她板着脸，眯起了她的眼睛，"是啊。对不起！"

"你知道，住到这里就好像……你得学会放手。把它们放到水上，让它们被风带去更加遥远辽阔的海洋。我们在这个群岛上享受的都是美好时光。今晚花一些钱，潜一下水，做一条桥梁底下的鱼儿。或者只是躺着，什么也不做，静静地阅读一本书，或者抽着烟。"

"我不是那种'放松冷静'类型的女孩。"

从海湾上拂来一阵风。火炬的火光瑟瑟震颤，窃窃私语。

"那么你是哪种类型的女孩呢？"

"带着遗憾的那种类型。"

"人们都会有遗憾。"

她傻笑道："但却不会像我这样，兄弟。"

她最后还是拿起了那杯代基里，心想，好吧，就算它被下了毒，或是放了催眠药，或者他往里面尿过尿，那么这也是她不得不面临的一件事。她猛地一倾入腹。它很甜，太过甜腻了。莓果、糖、柑橘，都隐藏糖尿病，不过，等待着她的是一杯清爽的朗姆酒。轰隆隆。它如一阵蓝色火焰穿过一洼汽油一样，迅速贯穿了她的全身。

她的牙齿咀嚼着冰块，咯吱咯吱咯吱。

她将空杯子倒置于桌上。

"你真的可以把它们推开的。"他说道。

"这是一个技巧。我是一名冠军。"她把她的手放在桌子上，掌心向上，"让我们开始吧。去完成这件事。你没有雇我去喝你的酒，然后用刀威胁你，并像一条会吼叫的蛇鲨一般朝你怒号，所以请把手放在我的手上，让我们一起跳上死神的地狱供电马车，看看那个骨瘦如柴的浑蛋会把我们带向何方。"

他凝视着她的手，"你想打个赌吗？"

"打什么赌？"

"关于我是怎么死的。"

"那多沮丧。"

"你看起来像那种喜欢沮丧事情的女孩。"

"是的。"她想了想这件事情，"好吧。我加入。你现在多大年纪，五十岁？"

"接近五十，四十九岁。"

"结婚了吗？"

"从来没有过。"

"那么，没有心脏病史。"她眨了眨眼睛，"你会吃很多海鲜吗？"

他挥了挥手臂，邀请她来见证他周围世界的庄重威严，"我就住在这里。显然，我会吃很多海鲜。"

"所以你有一个大狗肚子，但并不比你这个年纪的大多数人更糟，并且坦率地说，你甚至比他们好一点点。"

他咯咯地笑着，"这是你今晚说的最动听的话了。"

"住口，海明威。嗯。让我们来瞧一瞧看一看。我觉得你可能死于钓鱼事故，船毁人亡，鲨鱼攻击，被鱼钩到脖子等类似的事情。"

"我的确喜欢钓鱼。"

"好啦，轮到你啦。"她咬着手指甲，"那么，你赌什么呢？"

他噘起嘴唇，用手指击打着嘴唇，"癌症。"

"真无聊。"

"我只是觉得这个比较有胜算。"

"聪明的举动。癌症似乎是我们所有人的终结。"

"操他大爷的癌症。"他骂骂咧咧地举起了酒杯。

"所以，这是一个正儿八经的赌注，是吧？我们把钱放在桌子上吗？"

他点了点头，"我觉得桌子上的钱已经足够多了。我觉得我不可能赢得比五千美元还要多。但我喜欢把它弄得像一个真正的赌注一样。如果你赢了的话，你想要什么呢？"

"我要带着吧台后面的那个瓶子跟我回家。"

"成交。"

"那你呢？"

他的嘴唇延伸开来，形成一个露齿的笑容，"我要你陪我度过这个良宵。"

"啊啊啊啊，你看这不又来了。"

"这一点你得承认，你开始喜欢我了。"

她的确开始喜欢他了。一点点。可能是这样。不过她没有承认。目前还没有。

"并且你不觉得我是池塘里最丑的那只鸭子。"

"你很老了。"她说道。

"我不老。我这叫调过味的。"

"有点儿太咸，有点儿太辣。"

他身体向前倾了过去，"我现在是有那么一点点辣。"

"我不确定你这是令人恶心还是想表现得性感，或者仅仅是倾斜了过来。"

"我不知道倾斜是什么意思。"

她笑了起来，"我也不知道。"

火光在他脸上忽明忽暗，朗姆酒点燃了她所有的齿轮，她心想，好吧，管他呢，有什么不可以的？

"如果你不愿意，我可以理解。也许这是一个坏主意。"

"告诉你一个好消息，我很擅长出馊主意。我加入。"

"我们握手就可以了吧？"

她把她的手放回桌上，他伸出手，然后——

16 你好，米莉安

一年之后，一年后的某一天——

那是一个夜晚，史蒂夫·麦克斯流着血。

他躺在他那个种植园家的露台桌上，双臂张开。他的腿也是如此，他的四肢被尼龙线捆了起来。

他的脸因为被打而肿了起来，一只眼睛被浮肿而堆积的眼皮挤得闭着，眉骨肉一片。另一只眼睛睁得大大的，下方的脸颊上有一道小的切口（伤口并非刚刚形成，它已经成为一道粉色的疤痕，紧贴在古铜色的皮肤之上）。他的嘴唇分裂，他的牙齿有的被损坏，有的已经没了。他的舌头看起来如同一条得了重病的鱼从一片惨遭损毁的珊瑚谷——也就是他的嘴里——伸出脑袋。

火炬群岛的四周一片黑暗。

有人和他在一起。

一个身穿深色外套的人，兜帽遮得非常严实。

他站在那里，拿着两样东西。第一个东西是一个小巧的口袋刀，第二个东西是一张白色的复印纸。

那个在阴影之中的人举起小刀，插进了史蒂夫·麦克斯脖子的一侧——刀片插得不深，只是一个快速的进出动作，仿佛他只是想按一下啤酒桶上的按压键一样。刀刺中了脖颈，戳出了一个小洞。

血液开始像饮水机里的水一样汩汩流出。

史蒂夫·麦克斯惊声尖叫。

那个人取出一张纸，把它紧紧贴在那个被打男子裸露的胸膛上。

他用刀锋利的那一侧将纸固定在那个人的胸膛之上。

刀片嘎吱嘎吱地向下滑至胸骨。

刀片并没有快速插进、拔出。但那把小刀已不见刀刃，只剩剑柄留在外面。这是一个致命的打击。史蒂夫的尖叫被切断，他的身体开始瑟瑟发抖。

他的生命开始褪色消逝。

那把刀看起来很是眼熟。那把刀属于米莉安·布莱克。这是她的刀。那把带锁的小刀。

史蒂夫·麦克斯已经死亡，那个阴影中的人用两个戴着手套的手指——食指和中指——蘸了蘸从他脖子里喷涌而出的血液。

被血浸湿的手指开始在纸上写字。

你好

蘸，蘸，蘸。

米莉安。

然后将食指单独伸回血泊之中——现在血液正从露台桌的边缘溢出，如同红色的瀑布一般——然后绘制出两个词之间的最后一个小小的逗号。一个好奇、深红色的卷曲。

你好，米莉安。

史蒂夫·麦克斯被自己心脏喷涌而出的血液泡沫呛了一口。

然后，他死了。

17　夜已深，史蒂夫·麦克斯在流血

米莉安从那些通灵幻象里脱离出来的时候，如同流星冲破大气层穿出一个洞一样。一块处于严寒之中的深色岩石突然焕发出明橙、红白的光芒，当它像一个天堂的拳头捶向地球的时候，它着了火。

她的想法在一分钟里移动了一英里，出现了分歧，打破并穿过了"刚才这儿到底TMD发生了什么"的困惑——史蒂夫·麦克斯坐在她对面，面带微笑，热切地注视着她，真心觉得好奇。接下来她能感觉到的事情是，她的身体已经做出了选择，几乎没有向她的大脑求助：她爬到了露台桌上，双脚用她的盘子敲击着石板（砰砰砰），她如同一只野生动物——一只美洲狮妈妈为了抓住那只瞪羚而攀上一块岩石，或者是为了告诫另一只猫滚出她的领土。小刀轻弹，刀片一晃即出。

她飞跃了过去。

她踢翻了史蒂夫·麦克斯和他的椅子，脚踩在他的胸口上，如同窗台上的一只怪兽。

米莉安拿着刀，并让刀尖悬停在他睁着的那只眼睛的半英寸以上的地方。

"我不喜欢被人玩弄。"她怒声咆哮。

"喂——喂——喂——"他甚至说不出一个完整的词。

她可以在他眼中看到：他并不知道发生了什么。

他当然不知道，她心里想道。她的大脑仍然在追赶，他不知道他将在自己的露台被杀死。

在一年之后……的某一天。

但他知道什么东西。

他必须知道。这不仅仅是命运。有人希望她在这里。有人希望她能看到这个。

"谁雇你来的？"她情绪非常激动。

"什么？没——没有人——我不——"

她拿起刀，在他的脸颊上迅速划过，划出了一个一英寸长的切口——伤口不是刚刚形成，这是一道粉色的伤疤，紧紧地贴着晒得黝黑的皮肤。他退缩了一步，并开始大声呼喊，试图抓住她，把她拉下来，但她又将刀尖置于略高于他眼睛的部位，她嘶嘶地发出警告的声音。

"躺好不许动，不然我会挖掉你的眼睛，史蒂夫。"

他的双臂如同死鱼一般扑通一声放了下去。

他的嘴唇噘起，牙齿因为恐惧而瑟瑟打战。

"有人雇你来惹毛我。"她说道，"有人让你带我来这里。他们想让我看你是怎么死去的。"

她的脑袋在转着圈圈，一则关于一年后的谋杀案消息。这是一次奉献。凶手已被皮鞭绳索和麻绳紧结与命运相绑定。但到底是怎么一回事呢？那个凶手是怎么能够计划得如此超前？为什么这个消息需要传递给她呢？

并且要用她的刀去完成这次谋杀行动？

"我……"他深吸了一口气，试图让自己冷静下来，"我不知道他是谁。我们只在电——电话上通过话。"

"他说了些什么？"

"他……他……叫我带你来这里，到这个地方来。他说得很清楚，让我不要……吓到你，因为他说，你很容易受到惊吓，但我需要你平静下来然后——"而此时此刻，他需要让自己冷静平复下来，他的呼吸越来越急促了。她用她没有拿刀的那只手抓住了他的下巴，并且牢牢握住，"我需要让你触碰我。"

她心中萌生出了一个新的截然不同的想法，"这甚至不是你的房子。"

"什么？不——不。只是从 VRBO 租来的——"

那些餐盘，他不知道那些餐盘去了哪儿。

现在她一直在埋怨自己。她早就应该知道这是某种形式的陷阱，只是出乎了她的预料。

掌控这个智力游戏全局的人比她所意识到的更加投入：租来的房子，忽悠这种笨蛋，但是接着在一年以后再一次租来这套房子，这样它就可以用来谋杀这个蠢货了。

所有这些都只是为了给她传递这个消息。

未来朝米莉安招了招手，一个来自一片湿润血泊中的问候。

用她自己的刀完成的一次谋杀，或者只是一把类似的。

"他是谁？"她急切地问道。

"我不知道，我不知道。"

"他究竟是谁？"

他那深邃的斯普林斯汀钻石的嗓音比她预想的升得更高了，"我发誓我不知道！他，他，他用那些声音……东西，语音盒、变声器——"

"调节器。"

"语音调制器，啊，是的。"

她冷笑道："你为什么要答应他做这个事情？"

"钱，金钱。他支付了我与你同等的金额，五千美元。"

这个诡计总共一万美元。所以，不管他是谁，他都非常富裕。

米莉安将身子倾斜过来，她的脸贴得他更近了。那把刀现在是她在这件事中的合作伙伴，她的鼻尖与刀尖保持平行。

"我可以抢走他的战利品。"她说，"我可以马上杀了你。我可以亲自结束你的生命，然后通过时光隧道发信息给他，这样一年以后，他就不能用你的血液来书写那条消息了。你不要错怪了我，史蒂夫。我是一个杀手，是一个小偷，像我这样的女孩做这些事情是很正常的。"

那个声音在她自己心中回响：我是一个杀手。我是一个小偷。我会杀死你，偷走你的灵魂，掠夺你的钱包去买香烟，而这也是一种慢性自杀。

但一个较小的声音说道：这真的是你吗？

这一切不都是一个面具吗？

你对自己施的一个魔术？

她突然站了起来，背对史蒂夫朝远处走去。史蒂夫坐了起来，把椅子扶正，然后爬了上去。

"你要和我睡觉。"她说。

"我……"他搓着脸，"是啊。"

"这也是计划中的一部分？"

"不。不。"他停顿了一下，"不过他说我可以。如果我想要的话。"

如果我想要的话。她发出了一个失意的动物的声音："难道你不觉得这么做严重地侵犯了我吗，史蒂夫？"她念他名字的方式，仿佛可以挤出许多脓汁，"这是你的真名吗？史蒂夫？"

"我的本名是……彼得。彼得·莱克。"

"好吧，彼得。情况是这样的：一年之后的某一天，那个雇你惹毛我的人会来找你。他会把你绑到这个露台的桌子上，然后把一把刀插入你的脖子，接着是你的胸膛，接着他会在你躺在地上已经死亡之后，用你的血来给我写一条消息。现在你处于一个特殊的位置，因为只有一个办法能阻止这种情况的发生：我去找到要杀死你的那个人，然后我先杀了他。他们就是法规，彼得。宇宙就是这样运转的，彼得。命运已经将我们所有人用锋利的小别针定在了收藏家的软木板上，我们蠕动获取自由的唯一途径就是用别人的鲜血来润滑那些针。"

"对不起。我会做任何事情来帮助你找到他，我发誓。"

"你什么也不需要做。因为你什么都不知道。你在这个游戏中连一颗棋子都不是——你只是一只在棋盘上爬行的臭虫。所以，坐回去吧。放轻松，兄弟。做一个小浮潜。桥梁之下的小鱼儿。读一本书，抽一根烟。让大人去做那些繁重的事情。"

她向屋内走去，抓起她的钥匙，抓起帆布包。他跟随她走了进去，像一具僵尸一样蹒跚，如同一具行尸走肉。她朝他挥了挥她的刀，"剩下的钱呢？"

"什么？"

"另一半，浑蛋！我要另外的两千五百美元。"

"噢，对啊！"他向吧台走去，把另一个袋子拎了回来——这只是一个密封塑料加仑冷冻袋。然后，他又找了两个出来，把它们放在了吧台上。

他打开了一瓶朗姆酒，但在瓶子接触到他的嘴唇之前，她从他手中抢过了酒瓶。

"我的。"她义正词严地说道。

她把装现金的袋子也抢了过来。

"他付给你钱了吗？"她问道。仿佛他在思考正确答案是什么，但是她踢了这个迷你吧台一脚，帮助他做出了决定，"告诉我实话，现在，彼得。要不然，这件事可能会变得更加复杂。"

他点了点头，"是啊，他付给我钱了。"

"五千美元？"

"嗯。"

"好的。我需要它，去给我拿来，快！"她看着他走进客厅，打开一个箱子，看起来如同沉船宝藏箱的复制品。当他在寻找的时候，她进入房间，踢了几个沙发垫，弄翻了几盏灯。他不知道她在寻找什么：一个错误？一台照相机？一个藏在沙发里的戴着吊杆话筒的小男人？

史蒂……呃，彼得，举起了手中肮脏的军队粗呢大衣。

"五千美元。好吧。四千美元。我已经用完一千了。"

"你个浑蛋。"她说道，但仍然抓过了那个袋子，然后，她将手伸进包里翻出了一沓钱扔给了他。那沓钱重重地击中了他的胸膛，然后掉到了地上。"给，那些是你的，拖把头。疯子。你完成了你的工作。另外，你只剩一年的时间了，所以好好逍遥去吧。"她叹了口气，摇了摇头，"我简直不敢相信我居然想过和你睡觉。"

"对不起！"

"'对不起'只是一个词而已，根本毫无意义。祝你生活愉快！"

然后她回到外面。白色的碎石，漆黑的夜晚。她钻进了费尔罗，重新回到那片矮树丛和红树林之中。她把那些钱放到了乘客座位上。朗姆酒握在她的手中，焦糖残留在她的嘴唇之上，一腔怒火在她的腹中熊熊燃烧。

脚踏在油门上，道路被车轮碾过。夜晚消逝在她的牙齿之中，她眼里只有一个标志：基韦斯特，25英里。

此时此刻

"所以那是你被抓到酒后驾车的那一次。"格罗斯基说道。

韦尔斯在米莉安作答之前抢了先，"我知道那是这儿最寻常的罪行之一。酒后驾车，会造成许多道路死伤事件。"

"是啊，嗯。"米莉安说道，"那不是我被抓住酒后驾车的确切时间。当时，是晚上八九点钟的样子。直到——好吧，我喝醉了，但我认为大约凌晨四点，我才拿到酒后驾车的罪状。这便于你做详细的笔记与跟踪时间。"

她看着格罗斯基用手指敲击着那个金属盒子，"我认为我们都应该遵循时间轨迹，戴着我们精致优雅的手表。"

韦尔斯似乎吓了一跳。很好。格罗斯基说："所以，你当时没有崩溃。你接下来做了些什么呢？去了什么地方吗？明确你的想法？"

"你觉得我做了什么？我去基韦斯特找人算账去了。"

18 眩晕

　　凌晨三点，米莉安在乱成一片的被窝里醒了过来，这片狼藉犹如河流中的水草一样将她拉扯得下沉、下沉，沉入黑暗汹涌的河流之中，进入泥泞的通道，鲶鱼在水下挠抓，尸体在水底隐藏。她在床上挣扎，喘着粗气，将遮挡住她眼睛周围的黑暗河水擦拭而去。那些黑暗实际上是她自己的汗水。汗水蜇伤，疼痛难忍。

　　她赤身裸体。

　　这非常新鲜。

　　她身旁有人在呻吟。

　　另一个女人。

　　也赤身裸体。

　　好吧。

　　床单揉成一团缠住了女人的臀部和腿部，露出那从脚踝处开始，终结于她那惊人的奶白色屁股蛋的曲线文身。

　　"你醒了？"那个女人在她头顶上方的枕头下面呻吟。

　　米莉安哼哼了两声作为回应。然后她想了想，补了一句，我的酒现在仍然没有醒。因为当她晃动她的脑袋的时候，她感觉似乎她的大脑需要半秒迟疑的时间去追赶上她头部。她的眼球亦是如此——她指着眼前的一个地方，而她的注意力如同一条疲惫不堪的狗一样滞后。

那个女人的手如同一条正在觅食的蟒蛇一样滑过床单，她的指甲——又尖又长，泛着绿色，如同潮湿的蕨类植物——在米莉安骨感的臀部起舞，懒洋洋地画着圈圈。

她骤然汗毛四立。

环顾四周，满眼尽是被夜晚遗忘的残余：一个空空如也的朗姆酒瓶；插满了烟头的烟灰缸，它看起来如同一只发生了癌变的刺猬；一瓶艾丝兰；一个小小的红色的假阳具（突然，她听到自己的声音在说着红色火箭，红色火箭，然后忍俊不禁）。

空气中弥漫着一阵恶臭，用过的润滑油散发出令人头晕目眩的香味。汗水的酸臭味。肉体与性的强烈油腻的酸甜味。

米莉安眨了眨眼睛。

已经过了一阵子了。

她和别人上了床，而她自己却不记得了。

好吧，浑蛋。

但是接着那个女人翻了个身——金色头发乱七八糟高低不平，一道红色的唇膏条纹划过了整个天使的双颊，裸露的肩膀一侧印着一个文身，文身上的北海巨妖伸出魔爪将一艘船拉进了被泡沫覆盖的海浪之中——米莉安不禁打了个哆嗦，瑟瑟颤抖——

19　朗姆酒与皮鞭

一路向着西南偏南的方向行驶，下行到一个形似潮湿面包的弯曲面包屑之处，那便是低群岛，穿过红树林，穿过那片黑暗，黑色长颈鸟在高处的电线上远远观望。

抵达基韦斯特。在它的边缘处。进入了它的心脏。

快速前进：零英里。路的尽头。她的口袋里有一部分钱，其余的分散在车子的别处：有一些藏在车子的座椅下方，有一些藏在备用轮胎那儿。现在是时候去停放费尔罗了——现在才没有醉呢，不，先生，不，夫人，但这已被列入计划。基韦斯特在她面前崭露头角，四肢伸开，张着嘴，疯狂无处不在。

这儿：一个老人打扮得像海盗一样，肩膀上栖息着一只泡沫鹦鹉，眼睛涂上了过多的睫毛膏和眼线。那儿：一对正在巡逻的美洲狮，没有穿胸罩，硕大的乳房如同从压弯的树枝上垂下的柔软水果一样摇来晃去，皮肤如同被太阳炙烤的鹿皮地毯，它俩与一个瘦瘦高高的家伙一同前来，这个家伙几乎未成年，龅牙，并且露出许多牙龈，酩酊大醉、意识松懈，刚刚被两条迅猛龙联合夹击过。街对面：一个年轻小伙子正弹着乌克丽丽，卖艺挣钱。他身旁蹲坐着一条斗牛犬，它的头上绑着一副墨镜。就在前面：一个大学生模样的女孩吐在了一个人的礼帽上。欢迎到基韦斯特，贱女孩们！

快速前进：她穿过了进军马洛里广场。男人打着喷火嗝，一个女人玩着杂耍，小贩们贩卖着果酱、珠宝，以及其他摆放在地上篮子里的破烂。米莉安看到前方一个女人在一块编织的牌子下方，那个标志上面写着"算命，我可以告知你的未来"。米莉安经过了一个皮肤深棕色而她的吉卜赛头巾下却有着金灿灿白发的女人身旁，伸出她的舌头，竖起两个中指，仿佛是一对标志着"去你大爷的"的触角——

快速前进：米莉安找到了一家朗姆酒酒吧。酒吧的招牌上就是这样写着的，他们就提供这个，不过她觉得挺好的。二百三十种不同的朗姆酒，他们是这样说的。从"发酵的狗屎脾气"，到用已灭绝的树木和渡渡鸟骨骼制成，然后用木桶酿造的"手工精神"。她走到了吧台那儿，吧台后面的那个家伙是一位经验丰富的老水手，他有着长长的耳朵和弯曲的鹰钩鼻，他的夏威夷衬衫如此鲜艳多彩，让他看起来如同一个从彩蛋里爆炸出来的小丑。接着，他问她想要喝什么，她耸了耸肩，大声说道："朗姆酒。"但他告诉她，他当然知道，到底要哪种朗姆酒呢？里面加什么呢？代基里酒？莫吉托？飓风？止痛药？她想了想，止痛药，我需要止痛药，但随后一个声音传来，一个女性的声音，来到她的身旁，说道："给她一杯开窍茶，丹。给她一杯'妈妈胡安娜'。"

米莉安能够意识到的下一件事情，便是丹把一个玻璃杯"砰"的一声放到了吧台上，然后拿起一个罐子往被子里倒着什么液体，那是一种褐色的液体，有点儿像可口可乐，但却比可乐混浊，也有点儿像用棍子搅拌过的池水。她斜眼看着他，说："我所需要的远远比这更多，亲爱的七彩的酒吧老板。"然后，他拿走了那个玻璃杯，然后放下一个一品脱的玻璃杯，重新往这个大杯子里倾倒那种液体。他笑了起来。她旁边的女孩也笑了。她看向她——胖乎乎的脸颊，绿眼小妞，金灿灿的头发高低不平，有些发丝上绑了粉红色的小蝴蝶结，女孩张嘴笑着，仿佛她知道一些米莉安不知情的事情。

米莉安喝了一口。

这味道有点儿像——她甚至说不出这究竟像什么。它有酒的焦糖味、蜂蜜的甜味，但它的口感也如同在舔树根一般，如同在树林里捡起的一束随即找到的东西——蓟、荆棘、树皮，树枝——然后丢进了她杯中的液体里。这如同从撒旦的嘴里吐出的桦树啤酒口水一样。她喜欢这种感觉。

她又喝了一些。

然后，她和那个女人都笑了起来，闲聊迅速转变为黄色笑话：阴茎，做爱体位，妓女，性奴与阴户。她们笑得前仰后合，笑得泪水都快要流出来，然后米莉安突然萌生出了这个念头，我想知道她是怎样死去的，这真是一个愚蠢的想法，在她那越来越酒醉不醒的大脑里，她试图去证明它：当我遇到我喜欢的人，我想知道他们何时以及如何离开我。但即使这样，这个想法也似乎莫名其妙地被否定了，因为她不了解这个女人，也没有理由去与她亲近——

但随后一切都变得无所谓了，因为两个蠢货转悠到了她们俩身后，双手触碰到了她的背，轻微柔和，但一直放在上面。米莉安移动了一下，那个家伙却按得更用力了，仿佛他已经拥有了她一样。其中一个家伙把墨镜戴在了他那轮廓分明的脑袋上，他的口气闻起来像酸味的龙舌兰酒。另一个家伙胖一些，他的脑袋肿得像鸡尾酒橄榄，并且在这个灯光下，他脑袋的颜色看起来也和那橄榄的颜色差不多，他嘴角歪向一边，炫耀着他那歪歪扭扭的洁白牙齿——

蠢货老大和蠢货老二正试图给她们买饮料，含混不清地说着"拜托"，泰然自若地靠在她们的身上，像两只大猩猩一样用它们的大阴茎抵住一根电话线杆。而那个女人，那个绿色眼睛头发高低不平的金发小妞，她态度礼貌地说："不用了，谢谢，我们很好。"这比米莉安会说的话漂亮多了，但随后那两兄弟不得不砸掉了整个场子。

那个戴着墨镜的白人家伙——那个可能知道所有冲浪板、滑雪板、人字拖的品牌却从不记得自己母亲生日的家伙说道："别这么矫情嘛！你为什么不正眼看看我呢？"接着另外一个家伙——那个肤色较深的死胖子，说着什么类似她们俩都"可能是舔女人阴部的类型"，他说这句话的时候压低了声音，却被那个奥克利男孩重复了一遍，然后像一头打呼噜的猪一样哼哧哼哧地笑着。

米莉安受够了。她脱口而出："如果你们俩不给我滚开，我就要强行打断你们俩了。"

接着他们哈哈大笑，这显然是对她的嘲笑。"我要强行打断你们俩。"那个奥克利小子模仿她，用那种假装恶意的口吻将这些字眼吐回她的脸上，然后那个死胖子补充说："我甚至都不知道这是什么意思。"哈哈哈，呵呵呵，接着米莉安转过身——噗凸！——一拳击中了那个奥克利男孩的嘴。

他突然开始咳嗽，吐痰，并试图反手去对付她，将她从凳子上掀下来，但是她抓住了他的手腕——

他年事已高，皮肤就如同《圣经》的页面一般皱皱巴巴，他身穿一件与知更鸟腹部颜色一样的长袍。他在楼下闲荡，呼唤着一个人的名字——"雷切尔，雷切尔。"——然而他的大脑如同瑞士奶酪块，被阿尔茨海默氏症的诅咒侵蚀出一个小孔。接着他走到地窖的楼梯处，最后一次呼唤了一声雷切尔。突然，他的脚踝脆骨扭伤，他像一袋足球一样从台阶上跌落，滚了下去。他的脸先着了地。牙齿散落。他在那里躺了一会儿，喘息、呜咽、尿湿了裤子，然后他记起了雷切尔，他们从来没有在一起过，雷切尔已经死了，然后，就这样，他也离开了人世。

——然后米莉安抽出另一只手臂，把他的脑袋抓到了她的臂弯里，两手各抓着奥克利男孩的脑袋与死胖子的头猛烈撞击，他们没有像两个椰子撞击那样发出巨响，他们像两片牛肉一样发出"轰"的沉闷的声音。

那个死胖子被自己的脚绊倒,然后摔了下去,像羊一样发出"咩咩咩"的叫声。奥克利男孩面对着她,但她突然跪了下去,凳子前倾——

她抓住了他的蛋蛋。他痛得扑通一声跪了下去,发出惨痛的号叫。

剧情快速前进:她和另一个女人沿着杜瓦尔街走着,经过了那些醉鬼、海盗以及游船游客,然后一个金发碧眼的小妞把米莉安拉进了一家艺术画廊和一个古巴合资的食品铺之间的一个小角落里。接着米莉安开始咒骂那些小浑球,那些以为他们自己可以在一家酒吧逍遥,然后可以把他们的镍一般大小的阴茎塞入任何一个他们想通过几句轻浮随意的话语就可以得到的"投币口"中的浑蛋——

那个女人说道:"你嘴巴真不干净。我真想尝一尝。"

然后,她的双唇便覆盖到了米莉安的嘴唇之上,牙齿相碰撞,皮肤相摩擦,两人的舌头来回进出于两人的唇齿之间,这是一场友谊至上的"舌头大战"。突然,一场死亡的通灵幻象潜入了米莉安的脑海之中,但它就像一只风筝那般蜻蜓点了一下水,然后随着狂风摇晃游弋,让米莉安无力抓住。她像追逐烟雾一般去追赶它,但它却回避躲闪,总是遥不可及。那个女人的双手在她的腰际爱抚着,从上至下,从下至上,手指滑过米莉安的牛仔裤裤腰。附近经过的人看到她们,吹出狼叫般的口哨,然后这两个女人不约而同地竖起了一对中指——超凡脱俗地同步,仿佛一个新的奥运会比赛项目。

剧情快速前进:在那个女人的房子——距离那个酒吧大概十个街区那么远,两个赤身裸体的女人如同两只动物一般饥渴地挠抓着对方,都想要啃食掉对方这餐饕餮盛宴。大腿环绕着大腿,不停地扭动,乳头被对方的肩胛骨蹂躏着,手指向下滑动,向上抚摸,伸进去,做着活塞运动——

味道、肌肤、汗水、润滑油、震动棒,以及——车停放在屋外,古巴音乐透过拉开的窗帘飘了进来,蚊子在耳边哀鸣。她身下的女人轻微地呻吟,床板发出咯吱咯吱的声音,窗外的棕榈被风拂过发出窸窸窣窣的声音——

20 触碰，离开

"噢。"米莉安叫唤道，"噢。"

那个女人的手滑过米莉安的臀部——非常明显凸出的骨骼，甚至可以当作一辆自行车的车把——然后一路向下，触碰到她的大腿，接着米莉安开始急促地喘息，把她大腿一侧的手按在了床单上。

"你要回来睡觉了？"那个女人问道。

"我想知道你叫什么名字。"

"我不是已经告诉你了吗？"她笑着说，"也许我没有告诉你。我们当时都醉得不省人事了。"

"我现在仍然醉醺醺的。"

"我也是。"那只手又回来了，如攀附缠绕着树干的蟒蛇一样，藤蔓爬上栅栏柱，米莉安再一次忍住了颤抖，欲望以及——这一次减轻了一些——把这位入侵者的手推开了，"好吧，对不起！"

"这不是——你不需要道歉。显然，我们昨天也挺享受的——"

现在，那个女孩的笑容突然转变成一个锋利的刀片，能把一个人的脑袋从他的脖子上削掉。

"——但是我还是不知道你的名字。"

"加比。"

"这个名字真可怕。"这句评论如同一只突然见到门被打开的猫咪一样飞速蹿了出去——只是无法赶上它，并把它抓回屋里去。

那个女人——加比——坐了起来："嘿！"

"不，我的意思不是……我只是想说——"然后她解释道，"名字是非常重要的。它们是我们如何看待别人的一种方式，无论这个人是谁，一个千奇百怪的名字会像一条脏兮兮的被打湿的连衣裙一样紧紧地贴在你身上，于是便没有人会想去看清你究竟是怎样的一个人，他们只会看到丑陋的衣服。对吧？就像如果乔治·克鲁尼被起名为阿蒂·芬克尔纳茨，或者如果居里夫人叫……呃，我也不知道……格里梅尔达·沙特布洛瑟姆。"

"'加比'不是一条脏兮兮的被打湿的连衣裙那样的名字。"

"对，它不是那样的名字，但它听起来像是你话很多的样子。话痨、爱瞎扯。"她的手做出一个小鳄鱼木偶的样子，小嘴张开，闭上，仿佛正在牙牙学语，"加比加比加比。你的全名是加布里埃尔？你看，我喜欢这样的名字。听起来优雅大方。你应该这样称呼自己。"

"不。"那个女人的声音突然变得钢铁般雄壮，她话语中的欲望已然不复存在，"我的父母叫我加比。这是我的名字。加比。不是加布里埃尔，或者加布里埃拉，或者其他任何一个名字。加比。"

"他们是以一个绰号给你命名的吗？多么残忍的一个举动。"

"滚一边去。"

"你生气了。"

"是的！我已经火冒三丈了。我们共度了一个良宵——上帝啊，我们共度了一个良宵——而现在，你醒了，然后你居然对我说出这样的话。"

米莉安爬到了床的边缘，寻找她的内裤，发现它们在地上堆成了一个黑色的小山丘，"我该走了。"

"我想也是。"

米莉安用她那如灵长类动物一般的脚趾钩起她的内裤，然后开始拉扯到她的臀部，"我并不想让你觉得扫兴。但是我还是要跟你说，在我走进那家朗姆酒酒吧之前，那个夜晚都非常奇怪。你发现我的时候，我脆弱不堪。我不是一个好人。"

加比发出了一个声音，仿佛她准备吃糖却吃了一匙食盐，"真的吗？你是他们其中的一个？"

"什么其中的一个？"

"那些类型。"

"什么类型？"

"女孩。女人。那种……那种认为她们自己已经破罐子破摔了的人，她们焦虑不堪或深度抑郁，所以她们就……把自己的痛苦也凌驾于他人之上。呃！你让她们进入你的身体，一切都看似非常好，然而突然借口接踵而至，什么'我不值得，我对你不好，加比。很抱歉，谢谢你给我这样的一夜情——'"她摇了摇头，然后发出了一声叹息，"笨死了！你简直蠢死了，加比。上帝啊！"

"我对别人的确很坏。在这一点上，我认为它有足够的科学证明。"她嘟囔着，"我敢肯定网上到处都散播着这个消息。"

加比重新躺回了床上，双手掩面，她呜咽呻吟："又一个。我又遇到了这样的一个人。为什么我总是吸引你这样的类型呢？"她将脸埋到了枕头下面。

米莉安坐回床边。她的牛仔裤穿了一半，她就那样坐在那里，盯着千里之外一个不确定的点。内疚与羞愧使她腹中的鸡尾酒变得苦涩。她穿好了牛仔裤，走到加比身边，把加比头上的枕头拉了下来。

"对不起，让你觉得我很卑鄙。"

"这是我听过的最没有诚意的一个道歉。居然把责任推给了我。居然说我才应该对你道歉……因为误解了你的一个明显充满爱意的行为。"

"好吧。对不起，我真的非常卑鄙无耻。"

"好吧。太棒了。棒极了。你现在可以走了。"

然而米莉安却开始徘徊，"已经很久没这样了。"

"很久没怎样了？"

"很久没——"她用姿势示意着她们这次凌乱的盛大性事，"就是这个。"

"很久没和别人做爱了。"

"几乎是在去年的时候和一个男人——"但他竟然是那个家庭的连环杀手之一，"不过他们没有得逞。"

"一个男人。噢，所以，我是你的第一个女人。"

"什么？嘿。不，你不是我第一次潜入的恋爱水坑，好吗？不过，也的确已经有好几年了。"

"你不是同性恋。"

"不是。我喜欢觉得自己一会儿异性恋一会儿同性恋——"

"你是一个'直的'女孩度一个'同性恋假期'。"

"天啊，上帝啊！不要讲得这么戏剧化，好吗？人家这叫灵活多变——"

"你只是租用了我的阴户，如同一个假期公寓一样。"

"噢，拜托，'租用'——"

"砰"的一声。这个词猛然击中了她。度假公寓、租赁服务。啊，啊。那个骗她前往火炬岛租赁公寓的骗子。她现在已经知道了。她现在所要做的就是去联系那个租赁的人，并找出他究竟租给了谁——这简直是小菜一碟。

"我得走了。"米莉安说。

"现在你又要逃跑。"

"不，这不是……这不是……这不是因为你，这是因为别的东西，只是一个亟待我去解决的问题。有人在玩弄我，我不喜欢这种感觉。"

"我知道这种感觉。那你去吧。"

"我会打电话给你的。"

"你甚至都没有我的电话号码！"

然而米莉安没有听到她的这句话，因为她已经夺门而去，朝着费尔罗狂奔而去。

此时此刻

"那才是你被迫停车的时刻。"格罗斯基说道。

米莉安耸肩的动作只做了一半，"不完全是那个时候。那辆该死的车在出了基韦斯特十分钟之后居然抛锚了。我环视了一下周围，对着那个浑蛋破车拳打脚踢了一番，然后，我看见的，就只有蓝色与红色了。他们让我倒着背字母表——这……声明一下，就算我清醒的时候也做不到啊——然后他们就说我醉酒开车，等等等等。"

韦尔斯把身子倾斜了过来，"那么你当时的计划是什么呢？你觉得在凌晨那个时候，你可以做成什么事情呢？"

"我本来打算回到火炬岛的那个房子里去，重重地敲门。如果彼得还在那儿，就把他弄醒——如果他不在那儿了，就强行闯进去。那里面的某个地方一定有某个人的联系方式。"

"那么然后呢？"

"给他们打电话，问问他们。"

"他们凭什么向你透露那些信息？"

"我不知道！我说不定特别有说服力呢。或者使用暴力。我知道这不是一个超级无敌特别棒的计划，行吗？难道你没有听到我说，我喝醉了的那一部分故事吗？"

格罗斯基耸了耸肩，"你知道，如果你那天晚上没有被抓，我们现在也就不会出现在这儿。"

"然后我们应该欢呼庆贺：感谢天，感谢地，感谢命运让我们相遇！"她翻了一个白眼。

"说真的。当我们正在找你的时候，你就出现了。你拍了一张表情狂野的面部照片。现在听完这个故事，我觉得这一切都非常有趣，因为我对韦尔斯说——韦尔斯，当我看到米莉安面部照片的时候，我是怎么对你说的来着？"

韦尔斯说："他说，'她的头发看起来就像 JBF 一样。'"

"'刚刚做过爱'的头发。"格罗斯基澄清道。

"机智过人。"米莉安说道。

"我就喜欢这样。管他呢。问题在于，你可以思考你想要怎样的命运，但它今天让我们相聚了。在这里，在这个沙滩上的一个小窝棚中。周围一个人也没有。真是浪漫！"

"连一个官方 FBI 审讯室都没有。"米莉安接了下去。

"这是便衣审讯。"韦尔斯说道。

"就目前而言。"格罗斯基补充道。

"所以，你们两个真的是联邦调查局的人吗？"

他们微微一笑，相视了一下对方一脸诡异的笑容，然后点了点头。

"那么你们想要我干吗呢？如果我是一个杀手，那就把我带走。如果我是一个连环杀手，那就把我扔在椅子上，然后剖析我的大脑，找出问题所在。相信我，我很乐意看到那些结果。可是，为什么是我？为什么我在这里？你们的计划是什么？你们两个疯孩子！"

格罗斯基笑得更加夸张了，"我们会走到那一步的。耐心点儿，米莉安。"

21 囚犯

米莉安以为一切都会像她在电影中所看过的那样：有着灰色竖条栏杆和食物插槽的大牢房，与暴徒和凶手肌肤相碰，他们将她视为一顿性爱早餐佳肴。但实际情况是这样，那些竖条栏杆实际上只是一个黑色锁链组成的围栏，这让她觉得自己就如同狗窝中的一只德国牧羊犬。而这儿除了她之外，只有另外一个人：一个古巴懒汉。他半睡半醒地坐在板凳上，他的双下巴压着他那挂在胸口上的呕吐物。突然，她朝他大喊道："你究竟有没有咀嚼你的食物啊？"但他却无动于衷。

一切都发生在一瞬间。他们把她带来，问了她几个问题，录了她的指纹，给她拍了照片。照片上的她有着最具野性的眼神，仿佛一只被饕餮吓了一跳的狂热浣熊。他们拿走了她所有的一切，扣押了她的车，把它拖到了院子里，作为她的个人财产拘留。

现在她开始担心那笔钱，因为那张凭证上没有列有八千（呃，给人或者拿走了一百）美元。她把钱藏在了汽车的各个地方。难道他们不会去搜索吗？这是一个气派的波敦克派出所。他们会更加厉害吗？

她不得不召唤起她所有的意志力来平息那要击垮粉碎掉她威胁的尖

叫。她想问问关于那笔钱的事情。但是，这意味着他们将会发现那笔钱。

去你大爷的。

相反，她咬紧牙关，点了点头，然后微微一笑。

一路上，她知道了几个警官将会如何死去。

多恩·奇休利警官——他蓄着汤姆·塞立克那样的胡子——会在二十年后的某一天死在手术台上，医生试图从他的肝脏里取出一团什么东西。盖尔·帕尔特罗维奇警官，这个女人的身体如同一个被床单覆盖的木偶，她会在九十二岁的时候被布鲁塞尔豆芽呛死。卡洛斯·门德斯警官将在五年后的某一天被一个醉酒的司机偷袭。米莉安突然感觉很不好，然后她告诉卡洛斯·门德斯警官，她很抱歉。但他并不理解她到底在想什么，于是警告她闭嘴。

在法官到来之前的那个早晨，提审就已经开始了。那个法官看起来好像在前一天晚上出去喝了个酩酊大醉一样。他是一个衣衫褴褛、满脸皱纹的老绅士。他告诉她，她被指控酒后驾车、无证驾驶，以及无保险驾驶。然后一切都飞速地进行着，他们把她送回那个小屋子，然后她现在再一次站在这里看着旁边这位呕吐物已经结块了的古巴兄弟。

现在，她等待着去发现接下来会发生的事情。

然后有那么一个时候，奇休利警官走了进来，告诉她，现在如果她想打电话的话是可以的。他说她不需要提交保释金。因为这是她第一次犯罪——并且是一个轻罪——他们可以在她为自己担保过后将她释放出去。

但是，因为"红色火箭"已被扣押，她手头并没有任何证件或者钱……

接着，他的手穿过黑色锁链，递了个东西给她。

几张皱巴巴的纸片。

"这些都是你的个人财物。"他说。

三个电话号码。

史蒂夫——呃，彼得·莱克。

路易斯。

还有她的妈妈。

她把头靠在铁链上。它挤压着她的鼻子。她像一只海狸一样啮咬着铁链。"谢谢！"她喃喃自语着，她希望能有一个肮脏的付费手机，闻起来有咀嚼烟草的味道与厌世的气息，然而取而代之的是他把门打开了一个六英寸的小缝，然后递进来了一个便携式无线手机。监狱，事实证明，远不如她所预期的电影中那般趣味无穷。

那个警察退后了十英尺，坐在附近的一把折叠椅上。

他奶奶的。

她不想给这些人中的任何一个人打电话。

她绝对不会打电话给彼得。于是只剩下两个选择。

给这两个号码打电话无一不意味着用她那沉重靴子的高跟来砸晕她的耻辱传感器——猛烈抨击它们，直到它们不再把罪恶视为沟通的减速带。这对于她来说非常艰难，如同狠狠去拔一颗牙齿一样，戴着手套拼命去拔一匹狼的牙齿。

如果她现在有车的话，她就可以驾着车逃离这个鬼地方。如果她有钱的话，她便可以叫一辆出租车。你好，小倒霉蛋儿。欢迎来到苦难之所。

她大声咆哮。

路易斯。好吧。如果她给路易斯打电话的话，她将不得不告诉他——到底要说些什么呢？嘿，大个子。咱俩已经有一段时间没见面啦！还记得我抛弃了你，并且还没有打电话或写信给你吗？我这段时间真的已经取得了一些前瞻性的进展。我刚刚有没有说，我现在是从监狱给你打电话？

如果给母亲打电话的话……

应该是同样的谈话吧。不过她已经走了太久，太久了。已经走了好几年了。这样的一通电话将会多么令人发指啊！多么令人大失所望！这么多的愤怒、怨恨，以及被遗弃了的感觉。这种关系如同虚空之中一只号叫的厉鬼，那么遥远、陌生，甚至都不再真实了。

打给路易斯吧。

还是打给她的母亲。

她畏缩了，仿佛她要去做一个肾结石手术一样。

好吧，好吧。

她做出了选择。

她拨通了电话。

第三部分

海边的小村落

此时此刻

　　"我想要问你一些事情。"格罗斯基说着，掏出一个露娜棒，撕开它的包装纸，如同一只狒狒优雅地剥着一个橙子。

　　"这是你的权利。"米莉安大声咆哮。

　　"一些关于你的……天赋。"

　　"这不是一种天赋。"

　　"好吧。告诉我们一点点嘛。"

　　"这一点儿也不好玩。真是超级无趣。谈话告终。"

　　韦尔斯傻笑了起来，这是那种当有人想要对你耍一下幽默，而实际上却觉得你是一个真正的大蠢货时的笑容，"这真是一个好故事啊，布莱克小姐。"

　　格罗斯基掰断了一块格兰诺拉燕麦棒——里面有巧克力碎片夹心，不过米莉安也捕捉到了薄荷的味道——然后他伸出手去喂她，仿佛在动物园喂一只动物一样。

　　接着他开始吃剩下那一部分燕麦棒。

　　她接过它，嗅了一下，扔进了嘴里。"露娜棒是给小女孩吃的，你知道吗？"她说道。

"什么？"他说道，"不，才不是呢。"

"本来就是。百分之百的。它们的销售对象是女性。它们可能含有……雌性激素在里面。水中含有氟化物，而露娜棒里面则含有雌性激素。你可以看看包装。"

他翻出了包装，把包装纸翻过来，然后说："我不知道你在——"但随后他停顿了一下，"啊，噢。是啊，看看这个。爱上你的美腿。黑色字样，粉色圆圈。哈哈。"他耸了耸肩，吃掉了它的其余部分。

"你那男人的胸膛将会变得圆鼓鼓的，并且充满了乳汁。"她说。

"你总认为我就像是一团死胖子。"格罗斯基说道，"但我向你发誓，我非常健康。在我妻子心中，我可是一个帅哥呢。我强壮有力。我坚忍不拔。"

"你坚忍到可以吃下露娜棒，我可没有讽刺你。"

"噢，拜托，看看你什么样。"格罗斯基说道，用手做了一个翻转的小手势，"骨瘦如柴，面色严厉。你浑身上下都是棱角。如果谁想要拥抱你，一定会流着血回去。"

"你又不知道。"

"我是不知道，但也许你会告诉我。因为尽管你通过让我对你的羞辱做出回应来消磨我的时间，我仍然有问题要问你。关于你的天赋。"

"好吧，去你大爷的，管他呢！"

他凑了过来。这个距离如此之近，如果她想要抓住他，她完全可以不费吹灰之力。她可以坐直，去把他的眼珠抠出来——当然，她将会用她那被咬得只剩下柔软的指甲肉的指甲去完成这件事情。

"你有没有用过你的天赋去……你明白的，去预测未来？"

"你的意思是去中彩票之类的东西。"

"没错，或者在体育比赛之前去赌博。"

"我从来没有那么幸运过。我从来没有看到过任何彩票号码，或体育赛绩。也许有一天我会看到，但到目前为止，未曾有过。"

"不过，你一定看到过一些非常疯狂的未来。我的意思是，你应该看到过有人将在五十年之后的某一天陷入永久的灰色睡眠时段，你可能瞥见过……什么，会飞的汽车和机器人，嗯，我不知道，比如一些真正的类似《星际迷航》的什么东西……"

"并非如此。我在那些预见的画面中倒是见过汽车。它们仍然是汽车的样子，我能认得出来。它们在道路上行驶。衣服仍然是衣服，而衣服的风格只是模仿过去几十年前的样子。大多数情况下，我看到的是病房。医院的房间都是一样沉闷，未来的它们和现在的它们并无二致，都一样令人作呕。关于未来，我知道得不多。我只知道人们是怎样死去的。"

"好吧，好吧。"他说道，"这可真遗憾哪！我想至少在五十年之内我们还能开开心心，笑口常开吧。全球变暖杀不死我们。"

可我们其中的某一个会被杀死，她心里这样想着，但没有说出口。

"还有一件事我不明白。所以，当你发现某个人将要死的时候，你决定要去阻止这件事的发生，那么唯一的办法就是让你亲自去完成那件血腥的事情，去杀死那个凶手。"

她点了点头，"没错。"

"真是胡闹。你有没有尝试过……不那样做呢？"

"我没明白你的意思。"

"我的意思是，你有没有尝试过不杀人的干预呢？"

"好几年了。很多次了。也许有一百次了。"

"从没起过任何作用。"

"不，不是这样。"她不喜欢他这样的方式，不喜欢他自作聪明地打断她的话语。她厌倦了这一切。她想问问他现在几点了，因为时间，对她来说非常重要，但他一直在喋喋不休，不断推进这个进程。

"你就能不能改变一下当时的环境，让杀戮变成一件不可能完成的事情？浑蛋乔伊·蒂森打算要杀黑蓝玛丽·苏，他会用一把口径九毫米的伯莱塔来完成这场杀戮，你就可以把那把口径九毫米的伯莱塔拿走，付之一炬。"

"命运会将自己重组，然后完成它的使命。比如，乔伊·蒂森会去拿到一个相同的武器。或者他会从那个火炉里将那把枪拿回来——我把那把枪扔进那个火炉里不久，火很快就熄灭了，你知道的，命运想要，必会得到。我想要去拯救玛丽·苏，乔伊必须得死。"

"如果你打断了他的双手呢？用管子打断它们。"

"他总会找到办法的。他能忍受得住那种痛苦。"

"如果你……把他的手砍断了呢？"

她翻了个白眼，"那样他很可能就死了，玛丽·苏仍然能去参加舞会，或是成为一名宇航员，或者其他她本该拥有的人生。如果他没有死，他也许会找到一种用嘴开枪打死她的方式，或者用他的脚，或者他妈的用一双机械手。命运会予以还击，格罗斯基警官。它如同你手中的一条蟒蛇一样在扭曲挣扎，你唯一可以做的事情就是在它咬你之前将它的脑袋拧断。我已经试过这样去做。你想要一个例子吗？好吧。让我给你举个活生生的例子——"

她向他讲述了黛利拉·库珀的故事。

"那发生在我离开家的几年之后。我见到了这个女孩，她当时还只是个青少年，只比我小一岁。在这一点上，她是'整个未来人生的画卷都铺陈在她眼前'的一个很好例子。她即将高中毕业，即将在那个秋天前往耶鲁大学学习环境法。她有一个英俊潇洒的男朋友。她有一个爱她、珍惜她而不是那种会把女孩锁在地下室的连环强奸犯的家庭。她的一生就如同这样满满一篮子小礼物的原潜力。然后，我与她相遇，我恨她，因为在那个时候，我已经见识过世界的真实面目了。然后我想，当现实生活瞥见这个女孩的时候，她将会很快被扔进一个带着隐喻含义的木材削片机中。你知道的，她会去上学，被欧治吸引，开始与她的一个教授约会，在她退学之后，她的父母将与她断绝关系，然后有一天，她会变

117

得和我一样。

"所以，我想看看她会在哪里终结。比如，在阴沟里的某个地方，电车轧断了她的手臂？在别人车子的后备厢里？或者，也许只是在某个灰色模糊的小隔间里悲伤地结束了她的生命。所以，我伸出手去摸了一下她的前臂——仿佛我试图在安慰我已经为她设想好的生命一般——然后我被打击到了。她在那天稍晚些时候就死去了。她在她那个貌似是运动型的黑色丰田里，驾驶速度过快，并且还给她那可爱的小男友发起了短消息，冲断了护栏，倾斜到马路的另一边，护栏被撞翻，然后'轰'的一声，那辆车滚下了河堤，撞在了一棵树上。她还活着，但随后车子着了火，她无法脱身，被困在了那里——茫茫迷烟，滚滚热浪，安全带并不能保证火灾时你的安全，如果你相信，火开始透过通风口蹿了进来——火焰如同小手指一般在空气中挠着痒痒，熔化了仪表盘。她在车内被活活烧死了。这太可怕了。"她听到自己的声音颤抖沙哑。振作起来，米莉安，"顽强挣扎，惊声尖叫。头发在熊熊烈火之中燃烧成为灰烬，皮肤被火焰一寸一寸地吞噬。瞳仁的青春光芒在火灾中泯灭殆尽。"

格罗斯基面色苍白。

韦尔斯看上去却未受任何影响。

"所以我想，我可以阻止这一切。我可以轻而易举地改变这件事情。她死在了她的车里，我们坐在一家冰冻酸奶店的外面，就在她的车外，然后我想，这简直太简单了。我可以拿走让她陷入死亡困境的这个设备，让死亡无法发生。然后，她去了洗手间，我出去，走到了车前，我拿出我的刀，蹲了下来，我开始划伤那些轮胎。或者，其实是我开始在尝试去——而刺破轮胎比看起来要困难得多，但我设法划开侧壁，它们开始嗞嗞地漏气。这时，有人发现了我，于是我的下一个也是唯一的举动便是像兔子一样抱头鼠窜。所以我逃跑了。"

"你会告诉我那个女孩还是死了，对吗？"格罗斯基遗憾地问道。

"嘿，插话狗，臭浑蛋。但是，你说中了。是啊。几个小时之后，我经过那个她本应该要离开的地方，停下来却只看到了警察、救护车，以及一具烧焦的尸体从一辆被烧成黑色的丰田里抬到了现场。"

"她把轮胎修好了。"他说，"修好了一个轮胎。"

"实际上，并非如此。但是，也有那个可能。我花了那么久才将它们拼凑在一起，但实际情况是，她给她的孪生姐妹打了个电话。同卵双胞胎姐妹。你知道那个双胞胎姐妹开的什么车吗？"

"一辆一模一样的车。"

"太 TM 正确了，格罗斯基长官。那个双胞胎姐妹——莱拉——开来了她的车，然后她决定留下来，和一个可爱的男孩共享一个冰冻酸奶，所以黛利拉开走了她双胞胎姐妹的车。然后……同样的情形。发短信。撞上去。人被活活烧死了。"

格罗斯基开始呼吸急促，鼻孔张开，仿佛他身临其境一般，"我明白为什么这会让你这样心烦意乱了。"

"问题在于，我不知道我那样做究竟正确与否，或者如果——命运介入进来，然后做出了一些重要的调整。也许我一直是她命运的一部分。也许她正发短信给她的甜心小男友说有一个疯了的臭婊子划破了她的轮胎呢。也许这是我促成的。这是另一个把戏，格罗斯基长官。当我以那种方式出现的时候，我成了那个支点。那个核心人物。如同我一定会出现在那里，尽管我一点儿也不愿意参与。仿佛我是约翰尼·阿普尔西德的后续版本，在全国四处闲逛，要么引起要么阻止人们的死亡——"

"你只能通过造成其他人的死亡来阻止这些人的死亡。"

"是啊！"

"你相当清楚这些为你准备的使命。"他说道。

"我猜是的。"

"你有没有想过……"

"想过什么？"

"这到底是真的吗？"

"如果我的天赋——该死的——我的诅咒是真实的。"

"啊——哈。"

"闭嘴。我知道这是真的。"

格罗斯基耸了耸肩，"因为也许你正在编造一切。也许你的大脑只是在发明一些什么东西来修补你精神层面的漏洞。创伤会将我们吞噬，米莉安。创伤后紧张性精神障碍对某些人来说如同常年立于刀刃之上一般。而对于其他人来说，这就像那把刀把一切都切得四分五裂，让我们困于现实之中。而当我们失去了自己的某些部分的时候，我们开始用某些看似理智和现实的东西来填补精神层面的空虚，但却如此离谱……好吧，你开始与我这样的人来进行这样的谈话了。"

"这些都是真实的。"她极力辩解道。她的双手攥成了拳头。但是，如果他是正确的怎么办呢？她赶紧把这个想法撑到了天边。

"你知道谁可能说这种事情吗？"韦尔斯突然问道。

"你这个头发毛糙的臭娘们儿。"米莉安说道，"难道是你吗？"

"一个连环杀手。一个发明创造了一种复杂的超自然理由让她可以继续杀害和救助的愧疚行为的连环杀手。一个开始相信自己是一个在命运与自由意志的宇宙大战中被俘虏的超自然特工的连环杀手，只有她可以让潮汐消失，解除命运的险恶力量。"

"真是诗情画意啊！"米莉安情绪迸发，"而曾经，我真的很担心，也许这一切都是我脑海里上演的虚假幻想。但你们会看到的。你们俩都会看到。在这一切都结束之后，当这一切都水落石出的时候，你们就不会怀疑我了。"

"这听起来像是一个威胁。"韦尔斯说道。

"也许是这样的。"

"好吧，好吧。"格罗斯基敲着桌子大声嚷嚷道，"让我们继续吧。所以，米莉安，你需要打一个电话。我想要知道：你会给谁打电话呢？"

22　察觉

那天下午晚些时候，热浪如潮，仿佛被攥在一个满手是汗的拳头之中。米莉安站在基韦斯特东北方向的门罗郡看守所外面，这是她可以想象到的阳光最充足的监狱大楼：如骨骼般苍白，被海洋泡沫的蓝色缠绕。海就在不远处，海水拍打在海岸上的声音传入了她的双耳。一只鹈鹕在附近的一个标杆上打着小盹儿，铲状的鸟喙埋入了被潮湿的羽毛覆盖的胸膛。

快要落山的太阳在一辆正在驶来的汽车上投下了闪耀的余晖。

一辆绿松石颜色的雪佛兰迈锐宝如同一条晕了头的鲨鱼一般在那个小地方原地绕着圈，在最后一圈结束的时候，车停在了她的身旁。

伊芙琳·布莱克从车上走了下来。

她的母亲。

上帝啊！

那个女人一直都如同一只迈着小短粗腿儿的黑色小麻雀——一块人类胆结石，一粒苦涩的苹果籽，或是 CT 扫描片上一块黑色癌症阴影。她还是那个留着黑色头发（现在夹杂着灰色的条纹）和刘海的女人，那刘海看起来仿佛是被人用野营斧砍断了似的。她戴着深色墨镜，噘起的嘴唇仿佛她刚刚干吞下了一片阿司匹林，努力想要让它咽入她的喉咙。

然而她衣着打扮也充分体现了佛罗里达的特色：海滩风的桃红色 T 恤上印着一棵棕榈树，卡其色短裤，一双人字拖。

人字拖。

这就仿佛是看着魔鬼把他的脚指甲涂成了粉色。

她们两个人站在那里，之间隔着一海洋未曾说过的话。米莉安来回磨蹭着她的牙齿。她的母亲开始说些什么，但随后那些话语变暗，消逝，如同葡萄变成了葡萄干。

最后，米莉安开口说道："嘿，妈妈！"

她的妈妈点了点头，"你好，米莉安！"她的目光瞟向那幢拘留人的建筑物，随后她朝着车子径直走去，"门没有锁。"

"好极了。"

"很好。"

"真是太棒了。"

23 我们到了吗

选择变成了这样：

米莉安听到了自己脑海中加比的声音——他们将自己强加于其他人身上——她心想，是的，这是对的。她是一个诅咒，一个武器，一个惩罚。一只缠绕在脖子上的信天翁。于是，她问自己：她想要去惩罚谁呢？谁应该被鞭笞，被刀割呢？

路易斯，好吧……她已经厌倦了去伤害他。她最后一次见到他的时候，他正准备放弃、投降，准备成为为她扭曲的世界观服务的一名杀手。但是，这不是他的本性。他不是一个杀手。他已经为她杀过一次人了。如果她了解路易斯，她就会知道死亡与他如影随形，永远想要将他吞噬。

她给那个可怜的浑蛋带去了无尽的伤害。她将自己的名字嵌入了他的花岗岩中，如果她再去伤害他的话，将可能摧毁掉他的整个根基。想想他曾让她的灵魂一会儿下沉一会儿腾飞，填补了她的心脏与那生长着惊慌的蠕虫与爱情花瓣的腹部之间的空洞，而实际情况是，她太过于在乎他，以至不想再去伤害他了。

（尽管现在这个紧要关头是她需要拿起电话给他打过去，这样她就可以向他哭诉所有的这一切了。）

啊。但是她的母亲。

她那残酷的、保守的母亲，拜读《圣经》的母亲。那个用一盒火柴、打火机油，在一圈石头堆旁烧掉了米莉安潜藏在家中的书籍、漫画和CD的母亲。会做祷告的母亲，喜欢评头论足的母亲，心怀内疚的母亲。

始终心怀愧疚。

这样一来，选择瞬间变得易如反掌。

妈妈做过伤害米莉安的事情。

所以，也许现在是米莉安去伤害她报复她的时候了。

现在，她坐在迈锐宝的乘客座位之上，鬼鬼祟祟的目光在这个女人的身上瞟来瞟去，这个女人声称是她的母亲，然而实际上可能是一个披着偷来的她母亲躯壳的外星生物。

因为事情并没有与事实吻合起来。

桃红色的衬衫、卡其色的短裤、人字拖。

这只是一部分。

她的母亲是一个非常讲究、有品位的时尚女人。或者说曾经是那样的。长大后，如果米莉安在房子里留下了泥巴脚印，她便会被罚跪几个小时，以此彻底洗刷掉那些污点，而她的母亲则在一旁看着，轻轻地摇晃她的脑袋四处嗅着，当米莉安觉得污渍终于无影无踪的时候，她的母亲就会屈膝跪下，用她那过度紧张兮兮的神经仔细搜寻地板上那些污渍的鬼魂。

每一块泥土，每一粒微尘，都是一名敌方战斗人员。她如同一个摘着虱子的猴子妈妈。挑拣，挑拣，不停地挑拣。

不过，那辆车……

这真混乱。

杯架上有一个古老的咖啡杯。有些邮件堆积起来放在后座上——通告、优惠券和穷人报纸。朦胧的尘埃在风挡玻璃与仪表板之间的夹缝中堆积汇聚。

还有一个烟灰缸。

它放在那儿，一半露在外面。

它装满了烟蒂。

她心想，这一定是别人的车。

它必须是别人的车。她可以闻到车内烟雾的味道。这让她想抽烟。而她只是凝视着某个地方出神，凝视着这个冒名顶替者，这个身披她妈妈皮囊的神秘女人。

她们一言不发，两个人都心怀警惕地看着对方。当米莉安觉得她的妈妈没有看向自己的时候，她看着她妈妈。而她的妈妈也在她觉得米莉安没有盯着自己看的时候去看米莉安。而她俩都在看着对方。她们都心知肚明。终于——

"你需要我在哪个地方把你放下吗？"她的母亲问道。

她眨了眨眼睛。"我的车被扣押了，我需要去处理一下，但是扣押的地方今天不开门。"反正这辆车已经坏了，我可以用那笔钱啦，"所以，啊。呃，不用。不需要。"

"我可以带你回我家。"

"好的。是啊，真好！"米莉安清了清嗓子，"你的，啊，你的房子在哪儿啊？"

"德拉海滩，要开车过去。"

"要开很久吗？"

"挺久的。要四个小时呢。"

"噢。"反正她也没有其他地方可去，"好的。"

又一段七英里的沉默旅途。

"那么，你一直在忙什么呢？"她的母亲开口问道。这个问题如同一个被缓慢抛掷出去的垒球，这是一个你会问一个半年未见的旧识的问题，而不是问一个在十年前离家出走的女儿。

噢，你知道的，和平常一样，看看人们都是如何死去的，从他们那里窃取所有金钱，或者通过杀死别人来拯救他们的生命。我是一个流浪汉和小偷。现在，我是一个对抗命运的通灵杀手——对不起，我是不是让你觉得无聊了？它是如此平凡，我明白的。但是，嘿，这是一个工作，我非常擅长这个，所以你终于可以为我感到骄傲啦，亲爱的妈妈。

而她却回答道："旅行。"

（仿佛你问约翰・韦恩・盖西："你最近一直在忙什么？"他回答说："娱乐儿童。"）

"噢。挺好的。"

"是啊。对了，呃，你最近怎么样？"

"我搬到了佛罗里达。"

"我知道这个。"

"是啊，当然。"她的嘴唇形成一个小小的噘起的笑容，不过很快就消失了，"我做了一些关于国际仁人家园的工作，当然我主要还是……还是在这里退休养老啦。挺好的。"

"好热啊！"

"这可是佛罗里达啊。"

"可是现在是冬天啊。"

"你涂防晒霜了吗？"

"什么？没有啊。我觉得涂上防晒霜之后，自己就像被黏糊状的液体所包裹覆盖了一样，一整天都闻起来像果汁朗姆冰酒一样。真恶心！"

"你应该涂一下的。你皮肤那么白皙。你会被晒伤的。"

"呃。"

"然后再喷一些蚊虫喷雾。这里蚊子特别多，并且它们已经开始传播登革热了——"

"但是蚊虫喷雾的气味比晒黑乳液闻起来更加糟糕，就像脱衣舞女郎喷的香水一样，当然它也足以杀死飞虫。"

"你现在是短发啊。"

"是的。去年挺长的。"

"噢，还染了一些……颜色。"

"那是因为……"米莉安举起了她的手，"因为，我不知道，我TMD就是喜欢这个颜色。"

米莉安扔下了一句"TMD"只为了看看她母亲的反应——你这个假装正经的女人，但她并没有退缩或者做出任何表情。她只是平静地盯着前方，然后说道：

"你和以前不一样了。"

"并非如此。我还是曾经的那个女孩，我表里如一。"她的母亲看了她一眼，没有生气，只是有些难过。

"你来佛罗里达做什么？"她的母亲突然问道。她小声地补充说："除了醉酒和被逮捕。"

啊！啊！就是这个。还有那些评头论足。木槌开始敲打。刽子手的斧头沉重地落在了地上。哈哈！"我来这里工作，妈妈。"

我来这里是因为有人想给我传递一个信息，不过我还不知道那是一个什么消息。

"你的穿着看着不像来工作的。"

"你说话的方式听起来不像是我的母亲。虽然你现在已经开始听起来像她了。"

"这样说来我们俩都和以前不同了。好吧。"

"好吧。"

"好吧。"

接下来三个半小时的旅途都处于沉默之中。

失去父亲的女孩

"我想去看看他的坟墓。"米莉安说道。

她的母亲从厨房餐桌上抬起头来，这个女人——她每个月都会有一次这样的情况出现——低下头去，算算她面前积累的一大堆支付账单。

她的母亲什么都没有说，只是给了她一个古怪而恼火的眼神。

"其他女孩在学校里总是拿我开玩笑。"米莉安说道，仿佛在解释什么。

"我难以想象这究竟是为什么。"

"因为我没有爸爸。"

"我不明白为什么会有人拿一个没有爸爸的人开玩笑，米莉安，别放在心上。"

然后她又回到了她的账单之中。

然而米莉安仍然坚持。

"他们说我是一个孤儿。也有人说，爸爸离开我是因为我长得太丑。也有人说，你甚至都不知道他是谁。还有人说，你是一个女同性恋——"

听到这里，她的母亲突然竖起了耳朵，她的眉毛如针织一般拧绞在一起，"不要对我说那句话。上帝不会允许那种生活方式存在，他也不允许我们承认它的存在。"母亲搁下了手中的笔，双臂交叉抱在胸前。她的心情变得像被黑色水彩涂抹过一样灰暗，"孩子们总会找到一个方法来取笑你，任何事物都有可能。你的名字、你的衣服、你说话的方式、你吃饭的方式。这只是意味着他们内心自卑，他们试图通过把内心的虚弱传递给他人来让自己好过一点儿。正如我所说的，别放在心上。"

米莉安心想，说当然比做要轻松许多。

谈话应该结束了。

米莉安十二岁了。她知道事态的发展。她的母亲已经因为她的打扰而生气了。

她不应该再强加什么。

然而在反抗的这一罕见时刻——

她继续坚持。

"我还是想去看看他的坟墓。"她说道。

"不，你不能。"她的母亲说道。简短的话语，清脆利落，终结语。

然而米莉安还在继续。

"你说他死于癌症。"

"是的，肠癌。这不是什么令人开心的事情。"

"那么我应该可以去看看他的坟墓。我们为什么不去他的坟前放一束花呢？他在哪一天去世的？我们没有为他祈祷。我甚至都不知道他的名字——"

她的母亲如同弹簧一般跳了起来，"不要管他，他已经死了，我们还要背负他的医疗费。他没有照顾好自己。死亡会降临在那些拒绝担负责任的人身上，米莉安。"

"你在生他的气，你因为他的死而大发雷霆。"

她的母亲伸出一根短小的手指戳在了她的脸上。

"再给我多说一个字，女儿，你今晚睡觉前就别想吃饭。我要把你锁在房间里，我自己吃饭。你应该祈祷你将来会节制地说话，要不然小心你那小舌头就没有了，我会祈求上帝把它授予合适的人。"

米莉安吓得嘴巴都忘了合拢，泪水在她的眼角凝聚。她到底应不应该说话？哪怕是一个肯定的回复？一句"是的，妈妈"？一句"上帝保佑"？

她只是点了点头。

她的母亲也点了点头，作为回应。

然后那个女人回到了她的茫茫账单之中。米莉安跑去楼上放声大哭。多么熟悉的一个流程。

24　罪人不许睡

　　米莉安斜倚在铺着菠萝床单的床上，感觉她的血液在她的耳畔悸动，她的皮肤发热，感觉像是长了痱子，或是被毒藤缠绕，或是被看不见的蚊蝇叮咬了一样。她唯一能做的就是躺在那里，静静地望着呈一个旋涡状的竹吊扇默默旋转，想想她的母亲，以及那个女人让她多么愤恨不已。

　　她突然意识到，她给她母亲造成的影响并没有她母亲给她带来的影响那么大。

　　哎呀！

　　米莉安睡了一小会儿，梦到了那片黑暗的水域，梦到那条曾试图淹死她的冰冷河流。雷恩的脸出现在那片阴森之中，一直被埃莉诺·考尔德克特那如木乃伊一样的手紧紧抓住。埃莉诺那被鱼嗑噬残缺的嘴唇张得很大，一大口鼓着泡泡的话语消失在河水之中，然而却如同一个阴魂不散的回声回荡在米莉安的脑海里：命运有它自己的途径，你介入进来，你通过结束别人的生命来改变命运。中毒的女孩、被损坏的女孩、被摧毁的女孩、变成了毁坏者的女孩。她的惊声尖叫穿过混浊搅拌的河水，好东西，真正的好东西，没有牺牲相伴的好东西！

　　然后米莉安醒了过来，他们处在德拉海滩中部的一个小房子里，这是一个被潮湿的、耷拉着脑袋的悲伤棕榈庇护的小小的、米白色的两居室。夜幕悄无声息地降临，几个老年木乃伊遛着一条患了关节炎的狮子狗，步履蹒跚。

　　他们走了进去，屋子里的一切都流露出一种英国殖民装饰的凯马特^①风格的气息。黑暗的树林、棕褐色墙壁、人造竹子，装电视遥控器和其他杂物的编织篮子，苫垫（不是毛绒地毯）。所有这一切都透露着廉价的光泽，如同"史蒂夫·麦克斯"那个租赁房屋的廉价版本。

　　这个房子其实也并没有那么乱七八糟、不堪设想。

　　不过它也没有一尘不染。

　　吊扇上积满了尘埃，炉灶布满污渍，餐盘堆积在水池之中。

　　然后，还有一条狗。

　　一只体形小小的、年幼的、拖把头约克郡小猎犬，像一辆拔锚了的碰碰车一样在木地板上滑来滑去，小爪子四处挠抓——那只小狗围着她转圈，哇哇乱叫，声声咆哮，不停地打转绕圈，分不清它对米莉安到底是喜欢还是憎恶。然后它跑开了，在角落里撒了泡尿，最后窝在了一个沙发枕头里美美地小憩了起来。

　　多么美好的时光！

　　母亲除了说了一句"你的房间在这里"以外什么也没有说。然后，她带领米莉安前往第二间卧室。

　　这就是她现在斜倚的地方。

　　她翻身，然后又翻了回去，试图找到某种舒服的姿势——

　　然后她突然惊声尖叫了起来。

　　路易斯躺在她的旁边。

　　他那只被毁的眼睛没有被任何东西遮挡，如同土地上挖出的一个洞。

---

① 凯马特：凯马特公司（Kmart）是美国最大的打折零售商和全球最大的批发商之一。凯马特公司经营包括凯马特大卖场以及凯马特超市，在美国、波多黎各、关岛和维尔京群岛等国家和地区的 50 个州提供方便的购物。

丰富、肥沃的泥土从那个洞穴之中撒落出来。亮晶晶的甲壳虫在尘土飞扬之中搏斗。他露出了微笑，"家，甜蜜的家。"

"你 TMD 吓死我了。"

"你似乎很厌倦。我觉得你可以找一些东西陪你。"

"请你吃掉一麻袋微熏的阴茎。"

他笑了起来，他的牙齿如同尼古丁染色壁纸那般泛黄，"你有工作要做。"

她的手臂、双手、脖子后面突然萌发了一阵肌肤的刺痛感。

"我已经有一段时间没有听到你说这句话了。"自从考尔德克特学校有女孩开始死去之后就没有再听到过了。

"这很重要。有人想伤害你。"

"我敢打赌，你一定知道他是谁。"

他完好无损的那只眼睛眨了一下。

"告诉我，告诉我事情的全部。我会去的。我会去处理的。"

"那样很有趣吗？"

"我可以抉择哪些对我有用，而哪些没有用。你不是我的老板。你更不是我的父亲。"

路易斯端坐了起来，更多的尘埃从眼眶里撒落出来，这一次携带着被分成一段一段的面包虫，落到了菠萝床单之上。"也许我就是你的父亲。你真的不知道。他已经死了，或者你一直被告知如此。也许我是他的鬼魂，回到我的宝贝女儿身边，在这个多事之秋来给予她一些指导与帮助。"

"也许你是我的父亲，也许我并不关心。"

"你应该关心一下的。"他说道，"因为如果你不赶紧处理这件事，你所知道的一切、你所珍爱的一切都将会被四分五裂。你知道你需要做的是什么。你要找出究竟谁租了那幢房子？"

她的母亲有一台电脑，客厅后墙的一个角落里坐落着一个电视柜，而它旁边盛放着一盒茶叶罐。米莉安在那儿的角落里发现了这台电脑。

那个恶魔只知道它连上了互联网——她很难想象她的母亲使用互联网。还是那句话，关于这个地方，没有任何一件东西能够和那个女人产生共鸣。这就像在别人的房子里一样。

米莉安正要说些什么，然而——

香烟的烟雾袅袅升起。

这是它的幽灵。

新鲜的烟雾，并不陈旧。

从那个破损的窗口飘了进来。

一位邻居，她心里这样觉得，但随后她听到她妈妈回来的脚步声，她正在同那只小狗说着话，那只小狗的名字显然就是鲁珀特，"去吧，去拿你的曲奇。鲁珀特，曲奇。鲁珀特，曲奇！"

然后她听到了嘴唇含着烟嘴发出的声音。吸气，呼出。

她的母亲正在吸烟。

"我一定要看看这个。"米莉安说道。她的手指开始发痒，急需夹一根烟来缓解一下这种不适感。

"时间正在从指缝间溜走。"入侵者用路易斯的声音说道。但是，当她看到他的时候，却发现是本，她高中时期的男朋友，那个夺走了她的贞操，给了她一个宝宝，然后他的母亲用一把红色雪铲将宝宝带离了人世的男人。此时此刻，本与当年的他做着相同的事情：他拿着一把枪，斜抵住他的脑袋，嘴巴张开，枪管伸到口腔上颌——

手指一阵抽搐——

米莉安的哭声消失在枪声之中——

砰。

她本能地紧紧闭上了双眼——

当她再次睁开眼睛的时候，入侵者已经消失了。

25 分享就是关爱

"这个得记在记录簿上。"米莉安说道，走出来，穿过庭院门，来到一个小阳台上。母亲坐在一个小板凳上，细小的手指夹着一根长长的香烟。约克郡的鲁珀特开始"哇哇哇"乱叫。

"我不太明白你什么意思。"伊芙琳·布莱克说道，如同一只饥饿的蚊子吮吸着鲜血一般吸着烟。她朝着那一片有着高高的篱笆与粉色爬墙花的八英亩小院子呼出了一口烟。

"我说的是你。你在抽烟。"

"我在你出生之前就抽烟了。"

"你少说一些狗屎吓唬我。"

"不要用那种词汇。谢谢！"

"当然，如果我说'你在对我拉屎'，这是不一样的。"

"那就完全不要说出来嘛。"

"我只是说说而已。"米莉安说道，在凳子旁边徘徊，"我很难想象你那个时候吸烟是什么模样，或者永远无法想象。即使你坐在那里抽烟，我也觉得很难想象，你干吗要抽烟呢，就像你觉得你不会马上得癌症似的。"

　　然后她心想，去触碰她，看看她会怎样死去。她心中有一种想法迫切想要知道。这是一种报复。但这也让她感到恐惧。她害怕看到在黑暗中等待她的究竟是什么东西，害怕去钻进那个黑洞，去看看等待在那里的究竟是怎样的剧毒恶怪。她憎恨这个女人，反正她是这样告诉自己的——不过"想一想"与"行动"，还是有很大区别的。

　　突然，她的大脑后部传来入侵者的声音——

　　她是你的妈妈。可怜的小女孩米莉安并不想知道她那老女人母亲是怎样步入坟墓的。

　　"我没有得癌症。"她的母亲大声嚷嚷了起来。

　　"给我一根。"

　　"什么？"

　　"香烟。"米莉安捏响了她的手指，"拜托了！"

　　"我不会把烟给我女儿的，尤其是那个不知道如何说'请'的女儿。"吸气，呼气，"我的女儿可比你有教养多了，年轻的姑娘。"

　　真的吗？

　　"好吧。请给我一根烟。"

　　"我不。"这个回答真他妈贱，仿佛这能让她获得快感。

　　"那我就抽我自己的烟吧。"米莉安说道，从她后面的口袋里抽出一个皱巴巴的盒子，"但是，我要提醒你一下，你违反了成立于 19 世纪后期由斯莫基·冯·斯莫金顿先生和他的妻子埃斯梅拉达·坎瑟菲斯共同颁布的吸烟者代码，他们宣布吸烟者在吸烟的时候应该像那些友善的小猴子一样一起分享香烟。"

　　米莉安点燃了她的打火机，点燃了香烟。愉悦的快感在她大脑中绽放——这是一种让她身体中所有的恐慌与沮丧都抛之脑后的肾上腺素。

　　"你怎么这么粗鲁，这么奇怪？"母亲说，"你简直不像是我养大的女儿。"

"你也不是那个把我养大的母亲。"

"你太没有礼貌了。"

"粗鲁，奇怪，没有礼貌。关于我你还知道什么呢？离家出走。这显然是一个错误。你还是好好享受你的香烟吧。"

她转身，甩开了庭院的大门。

"等等。"她的母亲叫住了她。

她停下脚步等待。

暂停了一下，然后，"对不起！"

"现在我知道你真的是一个外星人了。"

"请不要把话说得这么刻薄。"米莉安听不到这些字眼背后的怒火。这句话多么软弱无力，多么忧郁辛酸。这是一次诚实的认罪。

米莉安只能回答："好吧。"

"你会和我坐在一起吗？"

"是的。"她感到五雷轰顶。她不知道为什么。她不喜欢这个女人。她甚至不了解这个女人。米莉安告诉自己，她留下来只是因为她的好奇，仿佛她在阅读一本书，只是想知道结局而已。

她去了。她坐了下来。她们一起吸烟。

那只小狗跳到了米莉安母亲的腿上。它舔着女人手臂上的肝斑，仿佛它尝起来如同冰淇淋一般清爽可口。吧嗒吧嗒吧嗒。有点儿恶心，米莉安想要说些什么，但在那么罕见的一瞬间，她在精神上管住了自己的嘴。

她的母亲终于开了口："你已经离开很长一段时间了。"

"我知道。"

"那个男孩……"

"本。"

"我不清楚你们俩之间究竟发生了些什么——"

"你知道的。他——"她险些吐出了"他把我抵在树上和我做爱"

这样的话语，不过她还是在这些字眼飞出嘴巴之前将它们抓了回来，"我们发生了性关系，我怀孕了。"

"但是他自杀了。"

"他……是的。"

"我不明白这是为什么。"

"因为……因为，因为，因为……"突然，她开始咆哮，然后开始咬她的拇指关节，并且心想，我一点儿也不想坐在这里谈论这个。相比较而言，她觉得表现得尖刻、卑鄙，用锋利的字眼去刺激她的母亲反而更加容易一些。而这种真切的谈话，她和母亲未曾有过，她记忆中真的从未发生过。然而现在，它来临了，如喷油井、间歇泉一般，她是无力去阻止的，"因为他是一个浑小子，他来自一个混乱不负责任的家庭，因为我对他来说非常可怕，因为我们都是激素分泌旺盛而且思想欠成熟的青少年，我们有着关于生死的浪漫想法——现在她想用情感纱布塞住胸部的伤口，然而，噢，天啊，血不断涌出。这是我的错，我是个浑蛋，并且这个词甚至都不足以来彰显我的恶行。我不是浑蛋，我是一个怪物，在某种程度上，只能成为一个遭人唾弃的尖刻少女。接下来我知道的便是，他已经死了，我怀孕了。然后……"接下来的话语消失在她的嘴里，因为如果她继续说下去，她肯定会哭出来的，她不能在这个女人面前流下一滴眼泪。取而代之的，她开始抽烟，凝视着某处，瑟瑟发抖，"你知道接下来发生了什么。"

"我想杀了她。"伊芙琳说道，"我想杀了那个可怕的女人。"

哇哦。

米莉安坐得笔直，"我……我不知道，你竟然会有这种感觉。"

"我想过这个问题，你知道的。"米莉安的母亲抬头凝视着她们头顶上方颤抖的棕榈树叶，"我想去那儿，然后……用她打你的方式去揍她。我的小棚屋里有一把我平时使用的园艺铲。我可以把它带到她家。我去敲门。然后，我就把她往死里揍。因为她夺走了你身上的一块肉，而你是从我身上掉下来的那块肉。"

"上帝啊!"米莉安说道,然后意识到因为这些,她的母亲将会被亵渎刺痛,于是她赶紧嗫嚅着道了一个歉,但她的母亲似乎并没有听到。伊芙琳·布莱克只是坐在那里,夹在她的 V 形手指之间的香烟越烧越短。那段烟灰却变得越来越长,如同一个巫婆弯曲的手指,"啊,在我离开之后,本的妈妈怎么样了呢?"

"她进了监狱。他们在医院里采集了你的证词。"

"我记得。好像是的。"她还记得吗啡。

"他们在不久前把她放出来了。那个监狱已经人满为患了。"

"噢!"

"我希望她在她儿子身上学到了一个教训。我希望他们那把猎枪还在,我希望她愿意像她从你身上带走你孩子的生命那样将她自己的生命带走。"

她子宫内的一阵小小的绞痛让她险些哭了出来——如同一个开瓶器那样的螺丝锥刺穿皮肤,扭曲旋转。她甚至不知道该说些什么,只能听到她母亲嘴唇发出了某些声音……

"就是这样。"米莉安的母亲突然说道,"一切都会向前发展,一切都会好起来的。等一下,我们需要某个东西。"

她走进了屋内。

米莉安坐着,心脏怦怦直跳,肠道抽搐搅动,嘴唇干燥。她听到了在某个遥远的地方孩子的哭声,几栋房子以外的地方,而且这差点儿要了她的命。

伊芙琳·布莱克拿了两个玻璃杯回来。

以及一瓶薄荷甜酒。

这个女人选择的饮品。

这就是那天晚上当她去小树林与本约会之前偷的她母亲的那个饮料。他们喝了下去。他们做了爱,非常笨拙,并且他们自己甚至都没有意识到，他们的嘴巴尝起来有着薄荷的清甜味道。

她的母亲不记得这些了。这太残酷了。一个邪恶的纪念。当那杯酒递过来的时候，米莉安接了过来，凝视着它，她的母亲倒出了几指宽的液体——如同小精灵的血液一般的饮料——一种不可思议的绿色。米莉安的母亲与她碰了一下杯，米莉安喝了一口。薄荷太甜，她不由得噘了一下嘴，恶心如轮船的甲板上棍棒鱼一般在她体内翻腾挣扎，但她一直不停地喝着，因为她不知道下一次再有机会与母亲共饮将会是什么时候了。

然后她的母亲触碰了她一下。

手碰到了她的袖子，不是皮肤，只是接触到了布料而已。

米莉安想用手指去触碰一下——也许不经意之间，或者伊芙琳以一个庄重的姿态去握住女儿的手。那么死亡的通灵幻象将会快如闪电一般呈现，然后米莉安就可以看到这个女人究竟会遭遇怎样的悲惨结局——

然而米莉安的母亲马上撤回了她的手。

"我们向前展望。"她的母亲说着，"我们向前迈进。八年也不算长，一眨眼就过去了。你的前方还有一整个未来。你可以……遇到一个好人。你还可以……再生小孩——"

"妈妈——"

"因为我想要孙子孙女——"

"妈妈。"

她的妈妈望着她。

"他们告诉我说，我不能生孩子。"

她的母亲凝视着她，"你这是什么意思？这又不是……我不明白。他们告诉我那会对你的身体造成伤害，但是，但是……"

"他们告诉过你，他们肯定告诉过你。你刚刚是没有在听吗？"

"这是一个困难时期，米莉安，一个非常困难的时期——"

米莉安的牙齿咬住了玻璃杯的边缘。她真的不想谈论这个。她感觉自己要吐了。她的舌头舔湿了她的嘴唇，她用双手拿住了香烟与玻璃杯，"它死在了我的内心深处。"因为它，别的东西获得了生命，"当他们把它取出来的时候发现了……问题。感染。我……我不知道，那是很久以前的事情了。我仿佛神游一般，医生在那里，他握着我的手，告诉我，他说我以后再也不会有孩子了。那个疤痕……它……"她松开了她的双手，仿佛防御着什么一样举起了它们，"我不会再有孩子了。好吗？"

"咱们可以领养的——"

"我不……我不能。"

"你有很多选择。"

"我不想要他们！"米莉安激动地说道，"我不想要孩子。在任何时候我都不会是一个好妈妈。我 TMD 将会是一个可怕的母亲。我如果走运的话，将会有一个女儿，我会像在一次晚会上毁一条漂亮的裙子那样将那个孩子毁掉。她会恨我，我也恨她。冤冤相报何时了？"

"如果你没有……"她的母亲叹了一口气吞掉了接下来的话，她抱起了那只小狗，让鲁珀特坐在了她的腿上。

"如果只是什么？说出来。"

"如果你没有……用你的方式，对那个男孩。"

"本。"

她的母亲轻轻地点了点头。

米莉安站了起来，"他奶奶的。他奶奶的，奶奶的，呸！"她端起那杯薄荷甜酒，把它泼向地面，冰滚到了草坪上，然后她把玻璃杯也狠狠地摔了下去。

"米莉安！"她的母亲抬起头，一脸惊恐。

"我应该早就知道我们会走到这一步。"

"你不能就……像这样。"

"你怪我。所有的一切，你都要怪我。"

"如果你曾对他好一点——"

"噢，那全是一些表面光鲜亮丽的瞎话，不是吗？你在这件事里面，难道看不见自己的影响吗——因为你头上套着这个狗屁袋子，是吗？让我把那个袋子摘下来，然后告诉你，我所看到的：我看到一个差劲的母亲把我的美好生活变得异常糟糕。"

伊芙琳起身，眼睛湿润，闪烁着光芒，摇了摇手指，"我把我最好的东西都给了你，米莉安，我试着教你正确的价值观——"

"价值观。价值观！价值观？噢，去你大爷的。你让我去祈求神灵，结果他什么也没有给予我们。你根本不会告诉我关于我父亲的任何信息。你烧掉了能给我带来乐趣的所有宝藏。第一次我有机会跑进树林里和一个男人做爱做到筋疲力尽的时候，你表现得那样震惊。你认为你教了我什么样的价值观？因为我学会了无知、愤怒，以及自我憎恨。还有愤怒之上的愤怒！不要因为我内心有着这个日本摇滚乐一般的恶魔而感到惊讶。就像他们说的那个老浑蛋药商一样：我看着你的一言一行长大的，长大后我就成了你。"

她将烟头弹进了附近的一个水盆里。刺刺刺刺。

然后，她转身离开了。

她的母亲起身，"米莉安，你给我走出去试试——"

"来，让我们统一一下意见，我们都让彼此失望了。对吗？你想知道为什么我再也生不出孩子而我很高兴吗？因为我怕有一天我会变成像你这样的女人，而我的孩子会变成可怜的我。晚安！"城堡被夷为平地，土地一片干涸，她如风暴席卷一般回到了屋里。

暴风雨打碎了茶杯。

此时此刻

"你把她弄哭了？"格罗斯基问道。

"我把她弄哭了。"米莉安回答道，把那个烟灰缸推来推去，如同两个守门员之间被推来搡去的冰球一样。她闭上了双眼，试图清空忘却所有的一切。所有的噪声、所有的记忆。她试图忘记那个故事的结局，然而怎样才能做到呢？这是一个被太多怪物阻拦守护的不可能完成的任务。

"我曾把我的母亲弄哭过一次。"格罗斯基说道。现在他站了起来，开始来回走动。米莉安也不得不承认，他的脚步很轻盈，仿佛他更像一个不倒翁气球，而不是一个肉肉的鹅卵石，仿佛他的骨头是空心的，就像如果他想要快速移动，他一定可以做得到。"当时我十七岁，我以为我自己非常顽强，我对她说了那个带有女性生殖器的肮脏字眼。我甚至都不记得到底是为什么了。也许是她不让我出去和那些家伙一起玩还是什么别的破事。于是我对她说了那句脏话。她搧了我一耳光，自那之后，我就觉得我脸上将会一直有一个手印，直到我毕业，直到我举办婚礼，甚至直到我的葬礼。她打了我之后，倒在了厨房的桌子上，默默抽泣。"

"这真是一个感人肺腑的故事。这难道不是诺曼·洛克威尔 [1] 的一幅名画吗？《矮胖儿子骂快乐妈妈遭耳光》？ 20 世纪 50 年代真是一个天真的年代。"

格罗斯基这一次并没有笑，他只是用他那褶皱的眼睛看着她。韦尔斯插了进来。

"所以，你怎么办了呢？"这个有着一头如泼墨涂鸦的黑发的女人对米莉安说道，"你把她弄哭了，然后呢？"

米莉安说："我走了进去，躺在床上，等待着。我的妈妈……还待在外面，好像会永远哭下去。那不是普通的哭泣，而是怨声号啕，上气不接下气，淹溺在自己的伤悲之中，无法自拔的那种悲恸哀鸣。我想过要回到那里，但我明明刚给自己找了一个安全出口，为何还要去毁了那个剧院呢？我仍然处于精神错乱之中，所以我等她出来。她走了进去。最终躺到了床上。然后，我找到了她的电脑。"

"为了去找出究竟谁租的那幢房子？"韦尔斯抢先猜道。

米莉安点了点头。

"然后呢？"

"我找广告就花了一些时间——但是你在火炬岛上找不到太多的房屋租赁。最后，我发现了它，然后给那个人打了一个电话。一个好人。也许是一个同性恋。我编造了一个关于我和我的男朋友彼得·莱克在那儿拍摄一部色情电影的草率瞎话。我说，全都非常有品位，大多是肛交，我觉得很有趣。他却不这么认为，这是关键所在。他生气了，然后我解释了一下，是啊，噢，我也很生气，因为那个导演逃离了那个小镇，并欠我们一张支票——然后我说，我们都应该给他打个电话，但我只有他的号码，他却不接我的电话。这样，嘿，你能不能帮助这个色情明星腾出一点点时间，给我他的另一个电话号码？然后他就给我了。"

---

[1] 诺曼·洛克威尔：诺曼·洛克威尔（Norman Rockwell, 1894 年 2 月 3 日——1978 年 11 月 8 日）是美国在 20 世纪早期的重要画家，作品横跨商业宣传与爱国宣传领域。他一生中的绘画作品大都经由《周六晚报》刊出，其中最知名的系列作品是在 20 世纪 40 和 50 年代出现的，如《四大自由》与《女子铆钉工》。

"你喜欢撒谎。"格罗斯基说道。

"其实并非如此，真相往往更有意思。"

"但是，你撒了很多谎。"

"真相是一把锤子，而谎言是一把螺丝刀，一个更为优雅精致的工具。但是有些时候，你只是想撬一个锁，不想把窗户弄碎。尽管打破窗户会带来更多的乐趣。"

韦尔斯掏出一根烟，点燃它，把它递给米莉安，然后点燃了自己手中的烟，把胳膊肘撑在桌子上，脑袋斜靠在她的手上，"所以，你打了那个电话。"

"我拨通了那个电话。"

"然后呢？"

"那是一个俱乐部，在南海滩。一个叫'飞碟客'的夜总会。"

韦尔斯突然神经紧绷，就是这个，"飞碟客。"

"啊哈。"

"所以，你做了些什么呢？"

"你觉得我做了些什么呢？我去了迈阿密。"

"那么你在飞碟客遇见了谁？"

"拜托，凯瑟琳。我想你肯定知道。"

现在韦尔斯真的陷入了紧张之中——下巴离开了她的手掌心，胳膊肘离开了桌子——有那么半秒钟她的眼神如此炙热，仿佛要把米莉安钉在墙上一般。但随后格罗斯基歪了一下脑袋，看着她，然后韦尔斯假笑着恢复了正常，"不，我不知道，所以我才会问你嘛。"

"我在那儿遇到了啪啪。"

第四部分

直到我灵魂升天

26　年度女儿

她偷了她妈妈的车。

没有办法。趁着她的母亲睡着的时候，米莉安潜入厨房，在前门那个鹈鹕形状的挂板上，也就是挂钥匙的地方，取走了迈锐宝的钥匙。

鲁珀特朝她咆哮。汪汪，汪汪，汪汪，汪汪，汪汪，汪汪。

她从附近的一个衣柜里拿来一个拖把水桶，罩住了那只小狗。拖把水桶像跳着伦巴一样四处摇摆。犬吠声回荡在空桶内部，最终小狗选择了放弃，只是静静地待在他那片小小的圆顶空间里。

米莉安离开了。

不过，她停了下来。在门前的小门廊那儿。这让她颇为惊奇。她的意志支配着她的双腿前行，督促它们往前走，如同她在努力使一个老人的驾驶提速一样。但她那倔强的双脚只是站在原地，仿佛它们被纯粹的内疚铁钉钉在了走道上。

妈妈会崩溃的。你又一次选择了离家出走。

我会回来的，她告诉自己。

狗屁。

我至少会把她的车还回来。

多么贴心啊！你是一个多么体贴的女儿啊！

噢，不要讽刺我。

你自己在与自己吵架，公主。

她咆哮了一声，然后回到了屋内。

她在她存放钞票的地方拿了五百美元，然后放在了早餐桌上。她留下一张便笺：

我要租用几天你的车。

这些钞票是租金。

过几天见。

——小米

米莉安内心灼痒，想要撒尿，在她产生除了这些以外的其他欲望之前匆匆忙忙、尽她所能地以最快的速度逃离了这个地方。

27　佳音福音

夜。夜空犹如一片黑暗无穷的大海。公路循环围绕着其他的公路——如同动脉连接处一般。路灯晕染，弥漫了整个城市。

米莉安正在前往迈阿密海滩，她非常困乏疲惫。她靠边停在了沿途的一个加油站，补充了一些从机器里喷射出来的像泡沫状腹泻物一样、可能会让牙齿腐烂的廉价卡布奇诺作为能量。

这让她能够保持清醒。它非常有效。但它给她的感觉就像是她正沿着锯齿刀片跑步——仿佛她每向前走一步，每前行一英里，都是在为自己被锯成两半而努力，感觉她快要将她体内的一切都吐到她母亲这辆迈锐宝的座位之上。

她经过了一个水果摊，废弃的水果摊，散乱地摊在公路边。她看到了一个扭曲的夹心板的标志，她确定上面滴落的红色油漆写着"你好，米莉安"，但当她眨了一下眼睛之后，上面写的却是"橘子和香蕉"。

"你相信上帝吗？"

她内心震惊了一下，吓了一跳，几乎是突然冲进了超车道。一辆原色的皮卡车鸣笛蜿蜒驶了过去。

那个死去的浑蛋孩子坐在副驾驶座上。脑浆沾在他那破碎的头骨上，乱蓬蓬的头发贴在座椅靠背上。他手指上缠绕着一根长长的黑色羽毛，如同一个摇滚明星手持一个鼓槌。当他动的时候，他那浮肿的冬季夹克会因摩擦而发出咯叽咯叽的声音。

"走开。我不想和你谈话。"

"不过，也许你非常需要这次谈话。也许现在是时候问问自己一些事情了。关于上帝，关于宇宙，关于魔鬼。所有这一切。"

邪恶的波利……但愿魔鬼义无反顾地将你带走。

"我不担心这些事情。"

"你现在应该开始关心一下这些了，也许这些事情在担心你。"

高速公路一圈圈地环绕下来通往迈阿密。经过桥梁，她向前方眺望，看到了似乎非常宏伟巨大的白色建筑，然而之后她意识到了：它们是游船。史诗般的白鲸停靠在码头，一个接一个的，如同鳞次栉比的摩天大楼。

"我 TM 才不在乎什么上帝呢。"她说，"现在你说也许上帝在乎我，但我真的不认为他是这样的，我甚至真的不确定他是否存在。所以……"她耸了耸肩，然后打开了收音机。一阵突如其来的桑巴音乐充斥了整个汽车内部——恰咔砰，恰咔砰，嘘，嘘，嘀嘀叭叭——

但那个浑蛋小子把它关掉了。

"也许你站在天使的那一边。"他说道。他用那根羽毛的末端从他的牙齿之间挑出了一点儿红色的生肉，然后弹到了窗户上。啪。"也许上帝给予了我们自由意志，你站在了他那边。或者，也许你是叛军，哟。也许你是站在我们肩上的恶魔，搞乱了上帝的宏伟大计。"

"这种形而上的谈话真是想让我一个铁拳头打向你的嘴。"

"让我用另一个方式来描述一下这个事情。"他通过他牙齿之间的缝隙吸了一口气，"你活着吗？在享受生命吗？或者你死了吗？一个流氓收割者拯救了那些本来应该死去的人，而杀死了那些本来要继续活下去的人？"

"打个哈欠。"

"我知道这件破事困扰着你。"

"你怎么知道的？"

"因为它也困扰着我。"

"所以你承认了你是我的。"

"可能吧。或者，也许我承认，我在你的身体里面。或者说，你是我的。又或者是我们有着共同的大脑——特别是自从你把我的大脑从你的大脑里面吹了出去，噗！"

"如果你要继续讲下去，我就要开着这辆车冲向那个灯杆，然后撞成两半，把你留在路边的机械堆里。"

他俯身向她倾斜过来。她闻到了他的气息。它闻起来如同一只路毙的动物在肮脏潮湿的阴沟里腐烂发臭的味道。他轻轻拍了拍仪表盘上的羽毛末端，咔嗒咔嗒咔嗒，"我只是警告你，米莉安·布莱克。你已经与力量对抗有一阵子了。你已经和这个积木塔纠缠太久了，过不了多久，这一切都将会咔嗒咔嗒地倒下，前功尽弃。"

她板着脸，"什么力量？你到底要——"

一辆柠檬黄的玛莎拉蒂在马路中间阻拦了她，在飞速前行的过程中不停鸣笛。她转身回到了乘客座椅上。

入侵者消失不见了。

28 死亡翩翩起舞

这里是飞碟客。

那个低音鸣笛就如同一只霸王龙在她的心房上沉重地踩脚：每一次咚咚咚的声音都让她的血压骤然上升一回，经过她的双脚，通过她的骨骼，她的牙齿如同托盘上的茶杯一样瑟瑟发抖，震颤不已——陶瓷与陶瓷之间的咔嗒碰击之声。

炎热难耐，潮湿黏腻，串联着的人群形成了一只长形的由肉体、汗水和欲望组成的野兽。身穿比基尼、睡衣的女孩；穿着时髦的、撕裂开衩的背心上装或者根本没穿上衣的帅哥。站在上升平台上的女人，假装是黑色耀眼的假模特——米莉安心想，这可能是她们的工作吧，一晚上一百美元，来到这里，装扮性感，让台下的男人们身体僵硬、饥渴，花钱去给那些隆了假胸的女人买饮料，并如此循环往复。

光束在他们头顶上空舞蹈——这样，那样，然后两种共同进行。蒸汽从那些舞动的肌肤上缓缓升起，被光束缠绕。

米莉安沿着边缘移动，相比壁花而言，她更像一条潜行追踪暗礁阴影的梭鱼。

她憎恶这个地方。她讨厌那种音乐。她厌烦这些人跟随那个音乐翩翻起舞。某个头戴粉色古巴软呢帽、身上着瓜亚贝拉衬衫①、胸前开到了耻骨部位的家伙一直扭动着身躯，开始对着她摇晃他那被卡其布料包裹的阴茎，如同一只啄木鸟在树上寻找着蛴螬一样——如此用力，她很惊讶她竟然没有看到火花。米莉安猛然一胳膊肘挥向身后——

四年后的某一天，他处于一家夜总会的浴室里，一切都是黑白银三种颜色，镜子破损，但他却一副毫不在乎的样子，因为他已酩酊大醉，并且已被毒品迷得神魂颠倒，如电流一般嗡嗡震颤。外面的音乐节奏与他静脉振动的频率以及胸腔里振动的频次一致——这个家伙只是想继续享受这个派对，所以他跪在水槽边，打开一包成了块状的白色粉末，打开一满罐麻药。他把一根吸管的一头插进他的鼻子，然后开始吸那些粉末。毒粉的眩晕让他如同被高压电流穿过一般戛然，然而这种颤抖一直持续，麻醉后的极度兴奋，不断升温，然后他的身体突然停止，仿佛被老虎钳夹住了一般。他翻了个白眼，鼻子开始出血，口吐白沫，服毒过量，体力耗尽——

——那个头戴粉色羊绒软呢帽的家伙折了腰。他说了些什么，甚至大声嚷嚷了几句，然而那些话语被那沉重的电吉他音吞噬。

没有时间去和这个浑蛋大打一架。她是来寻找答案的，而非斗殴，她也不知道她是否能够战胜那个肌肉男，所以她急速向左，冲进了悸动的人群之中。

她不假思索地就这样做了。

然而这却是一个错误。

肉体、皮肤，严严实实地将她包围。

第一个通灵幻象将她击中——

她与她的三个朋友，她们现在老了几岁，她们在那个有着如同融化的太阳和圆润的柠檬黄色、古老的、艺术装饰风格的咖啡馆一隅，手挽着手。她们纵情大笑，身旁放着大大小小的购物袋，从她们脚趾之间的那些如同小枕头一样的指甲分隔器可以看出她们刚刚去进行了美甲。然

---

① 瓜亚贝拉衬衫：瓜亚贝拉衬衫（guayabera shirt），一种宽松、舒适、胸前打褶的四兜衬衣，在拉美和加勒比地区随处可见。

后那个女孩的人字拖被挂在了路边——被扯开了，她向前栽了一个跟头，她的鼻子直挺挺地撞到地面上，说时迟那时快，正巧一辆50年代的粉色凯迪拉克带着轰鸣声直冲过来，轮胎碾过了她的头颅，像碾碎一个毛茸茸的小疙瘩一般爆破了——

米莉安一路跌跌撞撞——

二十三年之后的某一天，一个小伙子站在一个铺着抛光地板的空荡荡的房子里，吊扇位于他的头顶上方。这个房间里唯一的一件家具是一把椅子，那个家伙的臂弯里有一根又粗又长又结实的绳索。他走了过去，将吊扇关闭，然后就已经开始感觉到汗水顺着他那小妖精一样弯曲的鼻尖滴落下来，他用他那裸露的脚趾踢开了吊扇（在椅子倒下之时，那把椅子的腿与抛光的木材地板相摩擦，发出了一声滑稽的呻吟），他随即拿起绳索较松的那一端，将其套住他的脖颈。他将绳索的剩余部分缠绕住吊扇的基座。然后，在他的T恤上贴上一张便笺，上面写着"我爱你，珍妮"，下面一行是"去你大爷的，珍妮"，然后在他把那把椅子踢开之前，那个该死的东西竟然在他脚下裂开了，突然它发出了咯吱咯吱、咔嗒咔嗒、唑唑唑唑的声音，然后他那甜菜一样红的双眼突出，舌头掉了出来，脑袋肿胀成紫色，如同一只精心喂养却突然猝死的壁虱，他胸前的便笺掉落下来，划过一个加热记录器，他在空中胡乱地想要抓住什么，却徒留一眼繁星于他的眼际——

米莉安大叫一声，然而她的声音却淹没在了嘈杂的音乐之中。倒退，转弯。更多的肌肤——咚咚咚——

——他因为被麻醉了，所以不会记得任何事情，然而那个医生在他的动脉上划出一个小口，血液喷涌而出，他们无力控制，一片红色漫漫无际——

汗水滴进了她的眼睛。她收回手臂，不能再看到更多的通灵幻象了，拜托，不要再看到了，然而她却身陷囹圄，一座肌肤的牢狱，翡翠的灯光，一阵从上方水管中突然喷出的水流，扑哧。有个人推了她一下——

——一块面包噎在了喉咙里——

有人抓住了她的手——

——大黄蜂的尖锐锋刺——也是一个大笨蛋——大如拇指，大到可以随身携带弹药去轰炸一个蓝精灵的村庄。然后突如其来的一阵肿胀，头晕目眩，厚重的感觉，咽喉封锁，过敏性休克让那个家伙如同一个婴儿一般脆弱，突然发作——

米莉安闭上了双眼，似乎这样做能起到什么作用似的。她睁开双眼，透过强烈的光束，透过升起的迷雾，窥望着酒吧，然而人群再次将她围绕封闭了起来——

——那辆卡车以每小时一百二十英里的速度击中她的车——

屏住呼吸，开始在拥挤的人群中移动——

——乒乒乓，夜晚的枪声，手抓钱包，脚步声退去，倒地身亡——

她快要吐了。沙沙振翅之声，一只大黑鸟飞速越过头顶上方那些频闪的光束——

——那些烟花在她的手中一根接着一根熄灭，她活活被火焰烧死，由红变绿，众人惊声尖叫，呼啸声不断传入她的鼓膜，这个独立日真是——

——他触碰到粉刷墙面上伸出来的石膏板，然后扑哧一声，全身抖动——

——那幢房子的大火将他像一个微波热狗一样活活烧熟——

——她淹没在自己的肺液之中——

——他被自己的呕吐物呛到——

——小飞机撞击地面，然后蒸发——

——心脏病——

——犬类攻击——

——血——

——不——

她将自己从舞池中强行拽了出来，已经支离破碎。她觉得自己醉得厉害，而这并非一件好事。她感觉反胃，体内油腻腻的，仿佛她的内脏在鲜血淋漓的光滑地板上滑来滑去。

那个酒吧，在红色灯光顶端的背后，在雾中逡巡徘徊。这将是一片绿洲，但它却被成群结队的人压得喘不过气来，成为另一面人墙。每个人都触碰着进入另一扇消亡之门：通往地狱的另一扇门。她不能再一次这样去做。她感觉就如同一颗隐裂牙在隐隐作痛。

相反，她绕路来到距离酒吧稍远的那一端。那儿空无一人。这是调酒师的盲点，不过管他呢。现在，饮料对她甚至都没什么吸引力，因为她迫切需要一个可以让她独处的时间与空间，去思考、去呼吸、去生存，不知何方传来一个微弱的声音。

这根本毫无意义。这是一个挤满了摇滚公鸡和多重干扰信号的地方，所有的一切都输给了性、声音、豪饮与皮肤的遐想。然后她闻到了自己的气味：她浑身上下洋溢着啤酒的臭味。一定是有人把啤酒洒在了她的身上。真棒啊！她幻想着她把这个地方付之一炬，然后静静地锁上了身后的门，享受着独处的时光。纵火者式复仇。或者，也许她会像魔女嘉莉①一样去报复他们。她记得那时她的母亲烧的两本书，然而现在，她只是掌握了其中的讽刺之处。

管他呢！今晚在这儿可是什么都没有学到。她明天还会再来。她其实可以提一个到三个问题。

她正要转身，准备紧贴着墙壁，像一颗飞掷而出的石子一般悄悄逃离此处，而那个酒保——一个摩卡皮肤，方下巴，身穿一件过紧的深领上衣的人——说："嘿，姑娘，你要喝啥子喂？"

她讨厌别人称呼她为"姑娘"。

不过她喜欢别人给她饮料喝。

怎么办，怎么办？

---

① 魔女嘉莉：1974 年的《魔女嘉莉》（Carrie）是史蒂芬·金第一部出版的小说，故事主角嘉莉是一个晚熟、内向、孤僻的女孩，母亲是个宗教狂热者，她也因此备受同龄人的嘲笑，因而产生一种不可思议的超自然能力。有着超越自然能力的少女嘉莉·怀特，总是受同学的欺侮蔑视，为此她要努力摆脱身边满怀恶意的同学及沉迷于病态宗教的母亲所带来的阴影，最终在毕业晚会上成为"女王"，但由于对手的恶作剧，她全身被淋满了鲜血，再次受到极大的污辱，在极度愤怒之下，她就用意念，展开恐怖的大报复，她的超能力开始发威，为了报仇将会场变成了血流成河的屠杀场。

她举起一根手指，"伏特加。蒂托伏特加。"

他手持各种各样炫目的器皿，旋转、摇动，她看到伏特加酒瓶中的流光溢彩。他转过身，接下来她所知道的便是有一个边缘上镶嵌着一片青柠并且鼓着泡泡的高脚杯呈现在了她的眼前，他说："伏特加汤力。"然后匆忙去了吧台的另一边。

她并没有点伏特加汤力——你加汤力进去还不如加点儿水，如果你加水进去，还不如把这杯鸡尾酒直接扔到地上。不过，她看到了玻璃侧面汩汩的气泡，她觉得还是喝到肚子里比较好。

于是，她拿起它。向空气敬了一杯。

猛地灌入腹中。

气泡在她的喉咙里燃烧。

她把玻璃杯放回吧台，哐啷。

然后，她离开了那个鬼地方。

酒吧外面，空气依然炎热不堪，不过尚有微风拂面，把她那湿透的衬衫按压到了她的胸脯上，她突然感到自己貌似可悲地来错了地方。这里的一切都令人炫目，星光璀璨，霓虹闪烁。她看到了身穿超级无敌小短裙、挺着硕大圆滚滚假胸的女人，炫耀着她们的翘臀与美腿。然后是那些同性恋小伙子——那些大放异彩的小伙子，踩着硕大的高跟鞋走来走去，网眼衬衫随着他们的动作发出嗖嗖的声音，戴着心形的墨镜，用他们如狼人一般的指甲在空中胡乱挥舞。米莉安不属于这儿（不属于任何地方）。她如同一只深处在一片漂亮迷人的孔雀之地的黑色秃鹰，一条光彩夺目的礼服上的一枚脏指印。

她心想，我需要找一个旅馆过夜。然后她估摸着自己应该会穿过俱乐部后面的那条小巷子回到她的车上。她已经感觉到伏特加汤力的酒劲了，这让她很惊奇——但也许它不应该这样，她已经累得快要虚脱了，已经他妈的一整天没有进食了。她的身体如同一间儿童游戏室，藏着她找到的任何酒瓶。

她跌跌撞撞地走进了巷子。在她的口袋里摸索着香烟，但她的手指却似乎并不想把烟从包里拉出来。然而最终还是拉了出来，却扑通一声，落入了水坑，她想要咒骂什么，而出口却成了一句软绵绵的肉麻的话语——话挺粗俗的，但却没有特指什么。

米莉安抬起头。

然后突然一阵警醒。

她来过这里。

这是完全不可能的，因为她从来没有到过迈阿密。

然而——

巷子里充斥着长长的阴影，巷子口边缘处的霓虹灯若隐若现，金属台阶一直延伸到门的后面，金属脚步声从门背后一直传到了后面，音乐的扑通闷响声，镜像阴影，弯曲的刀片——

噢，上帝啊！

她曾来过这里。

在通灵幻象里面。

英格索尔——

她想要转身，但她的膝盖却不听使唤。她的脑袋感觉就像浸泡在油漆里的棉花一般，滑腻，湿厚，所有的颜色开始混合在一起。

我被下了药。

突然，一只戴着手套的手捂住了她的嘴。她试图尖叫，却徒留呜咽的闷响。一只靴子朝着她的腿踢了一脚，她倒了下去——

另一只戴着手套的手捂住了她的眼睛。

一个人拎起了她的脚踝。

她的身体，被完全抬了起来。

胶带撕扯缠绕的声音。

有人笑了起来。

然后，他们开始把她搬往某处。

29　午夜先生与无毛怪的鬼魂

话语穿过水流传到她耳朵里的时候已变成喃喃之声：

"……这就是那个臭婊子？我不相信……"

"……现在把她砍掉？我可以去拿锯子……"

"……希望她能亲眼看到，希望她能醒过来……"

她的下方传来一阵踢打的沉闷之声。

"……这个小松鼠是怎么偷了我们的药呢？"

"……她看起来就像一只落汤鸡……"

"……嘿，嘿，把那根管子递给我……"

点击声、咝咝声。火焰、烟雾、尖锐刺鼻。

"来吧。"

胶带从她的眼睛上被扯了下来。

然后，她的嘴。

还撕扯下来一点点的皮肤，一抹鲜血从她的红肉上渗了出来。

边缘渗出一点点血液，洗刷了这一切。

她躺在地上，双手被束在一起，一条腿被压在身下，另一条腿伸出去，她的靴子被一个她不认识的男人握在手里：一个噘着嘴、用苍白的舌头舔舐着他那满口金牙的厄瓜多尔男人。

她的身边还有另外两名男子。

她认识他们俩。

这两个男人看起来都很眼熟，这她还是能看出来的。不过还是花了她一点儿时间才辨别出来。她的大脑现在是一堆肉糨糊状，需要付出努力才能思考问题，就如同试图通过吸管吹一颗葡萄干一样。这是一个脸上都是结痂的坑坑洼洼、好久没洗头导致头发缠绕纠结的瘾君子。另一个是一个大浑蛋，如机油一般黝黑，身穿一件红色的小背心，金色的纽扣挂在他那如牛轭般宽广的双肩之上。裸露、汗水湿滑的胸膛挺在外面，闪亮的项链窝藏在他那黑人般蓬松的胸毛之中。

这让她心中一惊。

他们是通灵幻象中的那些人。英格索尔的死亡，那个没有毛的浑蛋，那个带着他的杀手哈里特和弗兰基来寻找她的家伙，那个切断了阿什利一只脚的毒枭，那个让路易斯失去了一只眼睛的浑蛋。

她杀死的第一个人。

当她第一次见到英格索尔的时候，她有机会触碰了他，她看见了关于他的困境的一个通灵幻象。英格索尔从一个俱乐部里走了出来，走下一段金属台阶，然后两名男子出现，并袭击了他。午夜先生——那个硕大黝黑的狗娘养的浑蛋——头顶上戴着一个弯曲的修枝剪刀。在英格索尔的身后，那个瘾君子——长腿爸爸——手持一把小手枪。

英格索尔把他们俩带了出去。把午夜先生当作一个苹果一样咬了一口。把那个瘾君子的脑袋切割成两半，而那个瘾君子瞄准了英格索尔的双眼之间，乓。

这是本来将会发生的事情。

然而米莉安干预了进来——这块石头打破了波光粼粼的平静水面，一位旅人踏上了一条无人应来的征途。命运扭转者，掘墓盗尸者。

她哭笑不得，因为这真是太 TMD 讽刺了。她带走了英格索尔，拯救了那两个男人的性格，而现在这两个男人将她捆绑在了一张桌子上，可以对她做出任何他们想做的事情。

命运兜兜转转又回到了她的身边，并甩了她一记响亮的耳光。

那个无毛笨鬼肯定正如同一个无毛的桃子一样欢呼雀跃。

"我不知道你是谁——"米莉安开始说话，她的声音迅速而沙哑，然而午夜先生用他那如树干一般粗壮的手指压住了她的嘴唇。

"嘘。"他说道，"你是米莉安·布莱克，四（是）吗？"

她从他的声音里听出了海地的方言味。

她脸部抽搐了一下，点了点头，"那么你是谁呢？"

"他们叫我啪啪。"

"这个名字好蠢哪！"

他举起了一只手，朝她的脸挥过去——而正当他的掌心快要接触到她的脸的时候，他放慢了速度，轻轻地拍了两下她的脸蛋，"啪，啪。哈。看到我做了什么吗？不过，这不是他们那样叫我的原因。不是那样的。在海地的时候我开的是一辆小卡车，公共汽车，出租公交车，庞大而且色彩斑斓。前面有一个蓝色骷髅的图案，侧面漆着许多花朵。很多人挂在上面。这是一个赚点儿小钱的好方法，我给那些能够买得起的人提供毒品。"

"这是一个非常不错的故事。"她回应道，试图掩盖她咆哮背后的恐惧不安，"我期待着那部终身的电影。"

"你自以为你自己很有趣，要我给你讲讲另一个故事吗？"

上帝啊，为什么每一个人都会讲故事啊？

他在她点头同意之前就开始讲述他的另一个故事了，"我的母亲，在海地的时候，每天早上都会到一个非常小的阳台上去。对于她来说，那么小，刚刚好。对我来说却太小了，即便是现在也是如此。她会端着一杯咖啡和'海地的痛苦 ①'站在那里，她会将面包放入黑咖啡里喝

---

① 海地的痛苦：一种海地特产面包。

下去。那个瞬间会产生一种小小的快感，你明白吗？我的母亲，她是一个……怎么说呢？夫人。一位富商的夫人，一位毒枭的夫人。那个海地裔美国男人名叫杜蒙特·德唐特。在我成为青少年的时候，我为他效力，开车——啊！你猜猜。啪啪。

"于是，她就每天早上都会去那里，吃面包，喝咖啡。她做完这些之后，他起床了，然后他开始索取他想要从她身上获得的东西——她的阴道、她的嘴巴。他打她，让她打扫地板或者铺床。所以这一刻，对她来说非常重要，相当珍贵。但是有一天，一只海鸥出现了。一只海鸥——一只鸟。一只硕大、灰色的鸟。呈片状的羽毛，仿佛它生病了一样。"他说的是"森鬟"，"海鸥出现了，俯冲下来，并抢走了她的面包。"他把他那双宽大的手放了在米莉安的双肩之上，轻轻地按了下去——这是一个不经意的提醒，告诉她他不用花多大力气就可以控制住她。

"这个场景发生了一遍又一遍。海鸥出现，偷走她的面包。她试图将面包藏起来。她想去保护她的面包。而那只鸟就一直等待着，直到她把它拿出来去浸泡咖啡的那一刻，鸟就把面包夺走了！有几次鸟没有成功得到面包，于是便在她的咖啡里拉了屎。最糟糕的是，海鸥现在有了一些朋友。其他的海鸥也会一同前来，它们都觉得我的母亲是弱者，看到她就觉得可以享受霸王餐了。

"现在，你和我说的是同样的事情，我说，马曼，进去吧！吃掉里面的面包，然后到阳台上去。但是我的母亲，她说不要这样。她有这样一件事，她希望能够保持。所以她怎么做了呢？

"有一天，她把咖啡放在了地上，拿起温热的面包，然后把面包撕碎。用她的手把咖啡的味道扇上来。她把面包拿得很低。在她的腰附近。那只鸟出现，与它那丑陋肥胖的朋友们一起来盗窃面包，然后她把它们当场活捉！"他用他的手和拳头做出了一个快速俯冲的动作，"现在，她抓住了那只鸟。当着其他海鸥的面，她像撕碎那个面包一样将那只鸟五马分尸。她把它的翅膀一个接一个地撕扯下来。然后，她用拳头握住它的脚，用劲一扭——羽毛弹到了其他鸟身上，她的手上沾满了那只鸟的鲜血。她最后做了些什么呢？当那只蠕动挣扎的时候，啪啪啪地一阵振翅，她摁着它的脑袋来到了阳台边缘。她把它的鸟喙摁在铁栏杆上。然后，她用手'砰'的一声按了下去，仿佛她在试图打开一瓶普雷斯蒂奇啤酒 ①。鸟喙呢？断裂了。"

"你似乎认为——"

"啊啊啊。"他让她别出声，"布莱克小姐，当有人从你身上盗窃东西的时候，你就应该这样给他们一个教训。这是一个让他们刻骨铭心、杀鸡儆猴的教训。这让那些盗贼明白，如果他们作恶的话，恶报终有一天也会发生在他们自己身上。她手里的那只海鸥并没有死。当时没有死。她并没有杀死它。那只鸟，在阳台上翻滚，直到不久之后，它一路挣扎来到了铁栏杆处，然后跌落到了地上。然后，它才死去。海鸥先生是自杀。畏罪自杀。"

"我没偷你的东西呀——"

"你偷了我们的毒品。"

"我没有——我没有！冰毒那件事情和我无关——"

"嘿，杰杰。"啪啪对着一个她认为是长腿爸爸的人说道，那个白色的垃圾瘾君子，"她说的是冰毒？我们怎么在谈论冰毒？"

杰杰只是发出了紧张的笑声。

米莉安想要转移话题，然而——

啪啪用手抓住她的脸，用力挤压，她觉得她的下巴很有可能会从她脸上蹦出来，"冰毒？你偷的不是冰毒！你偷的是可卡因。你杀了三个我们的人。你毁了我的潜水！"

什么鬼？

当啪啪开始给站在她腿旁边的那个男人——那个她差点儿忘记的男人——点头示意并做了一个不耐烦手势的时候，她的内心开始慌张地上

---

① 普雷斯蒂奇啤酒：海地当地的一个著名啤酒品牌。

演一出杂技。戈尔迪突然从桌子下面拉出来一把生了锈的钢锯。那个男人的身体大幅度倾斜过来，靠近她的腿的时候，米莉安蠕动挣扎，开始号啕大哭，然后——

两个星期之后的某一天，朝着一辆骨白色凯迪拉克直面倾斜而来的是一把鲁格迷你14机枪，它搁在引擎盖的前端，他的手指以他最快的频率扣动着扳机，乒——乒——乒。有一个人，一个高大的家伙，躲在一个沙丘之后，用一把盒式手枪予以还击。戈尔迪的手指最后一次扣动扳机，这把枪最后一次发出咔嗒的声音，然后他面露困惑疑虑之色，仿佛他觉得自己应该拥有无限神奇的视频游戏子弹一样，然后就在他再次开始摸索更多弹药的时候，那个躲在沙丘背后的男人再一次开火，正中戈尔迪的牙齿之间。子弹穿过他的头颅，金牙从他的嘴中飘出，鲜血如风车一般旋转喷洒而出——

——戈尔迪将锯齿搁在她的腿上，疼痛噬咬着她的胫骨。

即将切断双腿。

这是英格索尔的惯用伎俩。

"我的老上司。"啪啪说，"他喜欢切断身体的一些部位，就像马曼肢解了那只海鸥一样。英格索尔先生会说，牙和爪的自然红色。然后，他便砍掉某些可怜的混账东西的胳膊或腿，甚至也可能切掉他的阴茎。我跟你说实话，我当时放弃了那样做，就好像我忘了它可以带来多少欢乐一样！但是，接着我们知道了这样一件事。这个人给我打电话说：'喂，啪啪，兄弟，我知道是谁偷走了你的麻药。我知道是谁把你们的潜艇搞砸了，并杀死了那三个哥伦比亚男孩。'然后他告诉了我，你的名字，你身处何方，以及你何时会走进我的俱乐部。然后他说——你知道他了说了什么吗？他说：'啪啪，你必须用一些老学院派的方法对待她。你可以砍断她的腿，教训一下她别去多管闲事，自己的烂摊子都收拾不好，还一天到晚假装助人为乐，舍己为人。'"

突然，她脑海中的杂技停止了。

因为，噢，该死的。

所有正在翻跟头的杂技演员依次就绪，门突然打开，她心里琢磨着这究竟是谁，谁给她设计了这么大一个圈套呢。

是阿什利·盖恩斯。

他是个大骗子，一个反面人物。他们最后一次见面的时候，那个风流倜傥、高傲自大的家伙把她拖了进去，接下来她知道的便是他告诉她，他偷了满满一手提箱的冰毒。从一个名为英格索尔和他的两个杀手——哈里特和弗兰基——的手中偷来的。由于这次盗窃行为，他需要付出被英格索尔的 SUV 后面的钢锯砍掉一条腿的代价。她知道他没死，但她以为他被彻底毁了，被殴打，她应该再也见不到他了。

这是报复。

盗窃毒品。

由她来做这只替罪羔羊。

她的腿也要被砍断。

……她多管闲事……

她突然结结巴巴地说道："有人在骗你，啪啪，把你当成一个大傻子一样忽悠得团团转——"

但他显然不喜欢这个答案，他对她脚下的那个男人用力点了点头，她想要把她的腿拉出来——

那个男人把钢锯使劲拉了回来。

锯齿划到了她的腿，咬进她的胫骨。

就那么一拉。然后，他停了下来。

她撕心裂肺地尖叫起来，她身体下方形成了一片血泊，浸湿了她的袜子。

辩解脱口而出，那些字眼在一纳秒之内联结在了一起，"我知道是谁干的，我知道是谁干的，我 TM 真的知道这究竟是谁干的。"

啪啪伸出了他的下颌，仿佛一头野猪正在炫耀他的獠牙。然后，他对着米莉安脚旁边的戈尔迪轻微地摇了摇他的脑袋，突然被锯齿压住的疼痛消失了。

她情不自禁，开始大口喘气，眼前的痛苦的撤退是一种令人惊讶的——准确来说，不是快乐，而是放松。

啪啪的脸向她靠了过来。

她闻到了大蒜和雪茄烟雾的味道。

"你——你——你——"她结结巴巴地说着，诫勉自己一定要振作起来，你这个结巴白痴，你比你现在优秀多了，你可以做得更好，你可以更坚强，别让他的吓唬得逞了。然而，当你真的面临着一个人打算把你的腿作为战利品这样的恐吓之时，你想要不害怕的可能性是极小的，"你不会真的以为我能够劫持你的潜艇，还窃取你的毒品吧？"嘲弄着他的沙文主义，"我只是一个小女孩。我都不怎么吃东西。我有鸟的骨骼和折断了的翅膀，我甚至连一只海鸥都不是，我只是一只黑色的小麻雀。"

"那么到底是谁呢？"

"他的名字叫阿什利。阿什利·盖恩斯。他从你的……人手上盗窃。英格索尔砍断了他的腿。他想要把我交给你们，这样他就可以脱身了。他想要惩罚我，他想要伤害我，就像伤害那个无毛浑——"哇噢，你不要口无遮拦好吗？"用英格索尔伤害他的方式。我……我可以确定，你只要，你只需要给一个为你效劳的人打个电话即可，他的名字叫弗兰基·加洛，嗯。弗兰基·加洛。"

插　曲

弗兰基

在雪地里奔跑实际上并非真的算是一种奔跑，当弗兰基从松树林中穿过的时候，他这样想着，他就像黑色的矛尖被困于一片白色宽阔的地方，这更像是在慢跑。鞋面上沾着水泥，靴子里夹着狗屎，缓缓前行。

他的双脚穿透了厚厚的积雪。他追逐着迪基·莫宁达夫，一个有着二分之一乔克托族①血统的浑蛋，他从韦恩·普莱维特那儿盗取了一堆政府债券。韦恩·普莱维特目前雇用弗兰基保护着他的非法采伐作业。由于他的双腿一直在这条该死的落基山脉的冰冻荒原的雪地上做着活塞运动，而导致它们如同着火了一般发烧。

弗兰克心想，上帝啊，我到底摔了多深？

他怀念那些美好时光。虽然它们曾经一样可怕。

他想念哈丽特。虽然她以前那样可怕。

英格索尔，好吧，那个令人毛骨悚然的人体模特可以去见鬼了。把人剁碎，保留他们的骨头，这样他就可以尝试——然后失败——去看到未来。捉摸不定的浑蛋值得他现在所拥有的一切。

---

① 乔克托族：乔克托族（Choctaw），北印第安人。

现在仍然如此。为英格索尔效力显然比在这里工作要好得多。现在处于"天知道这片冰冻荒原是哪儿"之中，追逐着迪基·莫宁达夫：那个弱视，喜欢药丸，喜欢一堆炫耀着那些有着 20 世纪 70 年代的浓密蓬松毛发的女人的摩托车杂志的失意者。弗兰基在试图找出迪基下车去往哪里的时候，看到了一摞旧杂志，对于他来说，这些页面上的每一个小妞双腿之间都看起来像是顶着一种戴安娜·罗斯的黑人圆蓬式发型（或更糟的是，一头唐纳德·特朗普的假发）。

前方，迪基正在雪地里搅动，弯曲着膝盖的双腿乱蹬，如同一只正在穿越整个炎热的停车场的蜥蜴。

弗兰克心想，直接开枪射他吧。

他有一把手枪。一把瓦尔特，在他的胳膊上挂着。

不过如果他开枪射击的话，他可能会杀死这个小浑蛋。然后，他们将永远也找不到韦恩的钱了。

相反，弗兰基觉察到了他臀部附近的那个东西。那儿挂着一把斧头。到现在为止，他也不知道他会拿着那把斧头做些什么——韦恩只是说："你来了这里，你为我效劳，你随身携带一把斧头，加洛。别问什么，谁，或者为什么。"然而现在，弗兰基正想着，也许韦恩说得对。因为在这里，他从那个环上卸下了那把斧头，然后举起了他的手臂——

他用力抛掷了过去。

那把斧头在空中旋转前进，冷空气的阻力让它的声音渐渐微弱。

然后斧头的木把手击中了迪基的后脑勺。

哐啷。

一个笨拙的打击，极度不完美。只是同样，它让迪基摔了一个跟头——像一个粗心的顾客一样一条腿卡在了另一条腿之前，弗兰基知道接下来的一件事情，便是迪基正面朝上扑进了雪地。

当然，他的原计划是用斧头的刀刃那一头击中那个浑蛋的，不过他想，也许这就是人们常说的"为了正当目的可以不择手段"的意思吧。

就在迪基挣扎着想要站起来的时候，弗兰基一脚踩到了他的身上。

他气喘吁吁地将一只靴子踩在了迪基的左肩之上，拿出了他的枪，用莫宁达夫的左手开了一枪。

白雪，被染成了一片血红。

那声枪响在山谷的上上下下回荡。

一桩关于乌鸦的谋杀案在附近的松树旁发生了。

迪基大口呼吸着空气，然后哭了。

弗兰基吸了吸鼻子，把兜帽拉了下来，双手穿过了他那油腻腻的头发，"我恨你，莫宁达夫。我不想这样做。上帝啊！你偷了，那个什么，你从普莱维特那儿盗窃了两千美元？真的值得吗？值得用你的手作为代价吗？告诉你吧，迪基，你的另一只手也只是看着不错而已了。我这一次把你的左手弄废，但下一次我就开枪射你那——"

"我是左撇子！"迪基怒声咆哮。

弗兰基翻了个白眼，"我操，管他呢。只要告诉我，你把那些钞票藏哪儿了，我就不会——"

他的手机响了起来。

在这山区有一件事他可以说的的确确有所进步了，就是这伟大的电话信号服务，屎一样的无线电，不过他的手机上的信号却很强。

他看着显示屏。

迈阿密。

呵呵。

他接通了电话，"我 TMD 正在忙呢。我不再为你工作了。最好听话点儿。"

"我认识的一个人说她认识你。"他认出了那个似弦一般的声音。啪啪的人。他的第二个人。那个瘾君子叫他妈什么名字来着？杰杰。是约翰·雅各布还是什么玩意儿的昵称来着。

"就像我说的那样做。真他妈的忙。"

"她叫米莉安。"

弗兰基浑身血液都凝固了，匆匆忙忙地翻出了他的木偶绳，"什么？"

"是啊，是啊，米莉安·布莱克。她说你可以为她担保。"

担保？"她说了些什么？"

"她说——嗯，上演了一出关于麻药失踪的戏剧，所有的麻药都消失了，她说这不是她做的，她被陷害了，说你可以告诉我们究竟发生了什么。她之前从英格索尔那里偷过毒品吗？说她被另一个名叫阿什利的女孩欺骗了——"

"阿什利不是一个女孩，他是一个男人。"弗兰基说道。

"所以，你知道她在说些什么？"

现在弗兰基心想，是时候做决定了。

是米莉安把子弹射进了英格索尔的脑袋，以他的行驶里程来判断的话这算是极好的。那个该死的家伙是个怪物，看到他死去是一件令人高兴的事情。

不过，哈丽特。

她也杀死了哈丽特。

子弹穿过一扇卫生间的门射中了她。

哈丽特是一个怪物，与英格索尔如出一辙。她对她的老板心怀崇敬之意，为了英格索尔，她愿意划伤她的双脚，徒步横渡一个灌满柠檬汁的游泳池。她想要成为他那样的人。然而，她和弗兰基在一起工作。他们俩不仅是合作伙伴，更像是两块怪形的拼图碎片，看起来没有什么相似，但不知何故，却异常相配，一个挨着另一个，每一项工作都配合完美。

他很想念哈丽特。

现在，在他脚下的迪基觉得自己看到了一线生机，想要翻身，然后站起来。

弗兰基叹了口气，开枪将一颗子弹射进了迪基的屁股里面。那个男人失声咆哮，惊声尖叫，左右捶打，鲜血从他的屁股蛋上喷涌而出，仿佛他是一个旧时在水里面扭曲摆动的玩具。有一些血溅在了弗兰基的牛仔裤上，尖叫声越来越大——

弗兰基把手机贴在胸前，然后一枪射进了迪基的后脑勺。那个有着二分之一乔克托血统的小偷跌倒在一摊他自己的脑浆之中。

好吧，他妈的。现在，他要去艰难地寻找韦恩的钱了。不过，话又说回来，去 TMD 韦恩·普莱维特。

弗兰基举起了手机。

"我知道她。"他说，他一五一十地告诉杰杰想对她做什么就去做吧，因为她就像一份周日的报纸一样，满是负面新闻。然而，他想起了他最后一次见到她的场景。在那个灯塔的基地。英格索尔在楼上，正准备挖出那个卡车司机的眼珠。米莉安出现了，把枪瞄准了他的脑袋，告诉他，他终有一天会成为一个祖父。问他是否喜欢这样的生活。他说不喜欢。然后，就像那样，她让他离开了。

突然，他对杰杰说："她不是那个人。她不是那个针对你的人。她是对的。如果那个浑蛋阿什利还活着——我们就砍断他的腿——那就是他了。米莉安并没有偷走你的毒品。"

然后，他挂断了电话。

他低头看着雪地里的尸体，蒸汽从鲜血和脑浆中缓缓升起。他对着尸体喃喃道："我真的需要摆脱这种生活。"

然后他把枪放回了口袋，抓起他的斧头，头也不回地朝山里走去。

30 一笔小小的买卖

杰杰挂断了电话，耸了耸肩，点了一下头。

啪啪面露失望之色，如同一个央求父母带他去马戏团却遭到拒绝的孩子，而米莉安意识到的下一件事情便是他将她的双手松绑了，戈尔迪放开了她的腿。

那个高大壮硕的海地人把她抱了起来，然后放到了地上。

她的腿不受控制地几乎快要从她身下踢了出来。小腿上的伤口没有生命隐患，但却像一头被割了喉的猪一样血流不止。伤口疼痛难耐，一阵一阵的削骨之痛泛起层层涟漪。来自俱乐部的那个电吉他没有任何帮助。她能感觉到伤口之下如贝斯般回响的每一处哇哇震颤，如同拳头般大小的心跳。

啪啪从房间那头的一张蛛网密布的台球桌上拿来一块抹布，扔给了她。

"自己擦擦。"他说道，"你流了太多血。"

她紧咬牙关，抑制住一阵阵刺痛，然后用那块肮脏的抹布按住了自己的腿。

然后，啪啪跨了过去。保龄球般大小的拳头放在他那宽厚的屁股上，"就是这样的。你的腿完好无损。你的性命无忧。但是，这不是一个礼物。这是我的一笔交易。一笔……怎么说来着？一笔买卖。你要把那个有着那个女孩名字的男人给我带来——那个小偷。如果你不带他来见我，我会回来找你，到时候我要拿走的就不是你的腿了。我会切掉你的乳房，我会在你的身体里灌满蛇和蠕虫，我会把你的头变成一个蜡烛。因为我一直都如此傲慢无礼。因为这个宇宙一直都遵循着守恒的运转规律。"

她生硬地咽下一口口水，"让我猜猜。关于巫术的东西吗？"

"呸！"他否定地挥了挥手，"英格索尔相信鬼和鸽子内脏。我才不相信那些狗屁玩意儿呢。但我相信复仇。我相信，如果你从我这儿拿走了什么，我会以十倍的量要回来。债是一定要还的，这笔债现在就算在你的头上了，布莱克小姐。"

他向她伸出了手。

她还能怎么办呢？

她与他握了握手。

他用力地将她的指关节握在一起，仿佛他想要把它们捏成骨粉。

她没有看到任何通灵的死亡幻象，没有看到他的，没有长腿爸爸——杰杰——的死亡幻象。她已经看到过他们俩的死亡方式了，然后她在那场宿命中拯救了他们。

现在，她只需要拯救自己。

这意味着需要找到阿什利·盖恩斯。

31　海鸥之心

米莉安开着车，她尽量让自己不要恐慌，但是她此时此刻的心情就如同那只可怜的海鸥：双翼折断，腿从身体里被扭曲扯出，鸟喙折断，挣扎着四处拍打，鲜血不停冒出。

她前方的世界：高速公路，夜幕降临，迈阿密被雨水冲刷的街道上空灯光交错，所有的一切似乎都是那么绝望地无穷无尽——地球、道路、海洋、天空都延伸至各个不同的方向，长长的影子延伸了无数英里。阿什利·盖恩斯可能藏匿在沿路的任何一个螺栓孔或者门内。寻找他的过程将会像在一窝肮脏的海洛因注射针里面寻找一根干净的针那样艰难。她不知道应该开向何方，她发现她的脚已将油门踩到了底。

车速直线上升：55，65，75……

她怒不可遏。他，他，阿什利。那个浑蛋杂种。他们欺骗了她，她就那样上钩了。和他扯上关系，就像在荆棘之中被钩到一样难以脱身。逃不掉，理还乱，你越是挣扎，流血越多。

现在，他再一次把她引诱了过去。

他是那个在火炬岛上杀死那个浑蛋的幕后真凶。

他是那个引她上钩的大骗子。

他知道她会出现在那个俱乐部。怎么做到的呢？究竟是怎么做到的呢？

他一直在默默关注着她吗？

一定是这样。

他也一直看着她去到了那个群岛吗？

可能是的，见鬼了，可能是这样的。还有跟踪，不是吗？如果他可以在这里把啪啪的毒品乱搞一通，那么他肯定就在本地。他们没有派一艘可卡因潜艇去往加拿大，它应该就在这儿，沿着海岸的某个角落。

也甚至可能在那片群岛上。

这意味着他就在这里。在佛罗里达。

现在。

很好。这是一个有用的信息。它没有帮助解决问题，没有一道闪电把他带到她的乘客座位上，但它缩小了她的选择范围，从"整个世界甚至到月球"这个范围缩小到了"佛罗里达的某个角落"。他就在这里的某个地方，正在嘲笑她。

75……85……95……加速。

他想要对她施加一些惩罚。

她现在知道了。他指责她。难道不是吗？他觉得他们之间有点儿什么。上次他们在一起的时候，他说：你爱我。她告诉他，他在做梦。他说，她要他。需要他。然后那个无毛笨蛋和他的两名歹徒就出现了，就是这样。他们把他们带走了，砍了他的脚，本来很可能会砍更多的部位，但米莉安冲了进去抨击，开始猛踢——阿什利挤爆了那扇门，留下他的一串足迹。

她可能救了他一命。

但是，他并不是这样认为的，对吗？

他觉得她从他身上带走了一些东西。

现在他要她还债。

他会走多远呢?

她把车速提到了 100。

噢,上帝!

米莉安突然知道应该开向何方了。

32　两个米莉安的故事

　　现在还早，太阳公公都还没睁开眼睛呢。米莉安来到门前，发现她的母亲已经坐在了早餐桌旁，双手握成尖塔状，米莉安离开时留下的那张字条现在被她举在胸前。

　　伊芙琳·布莱克开始抗议，把她的手指伸向空中，并开始说一些关于背叛和谎言的事情，一些关于逃债、逃避履行义务的事情。然而米莉安却几乎听不见那些话语——仿佛她就像《花生漫画》①中听大人说话的一个孩子，听到的都是哇啦哇啦哇啦的声音。

　　她迅速来到了她母亲的身边。

　　她的母亲站了起来，满脸沮丧，那根手指仍然摇摇晃晃，如同一只报复性的尺蠖蠕动前行——

　　米莉安伸出了手。

　　她握住了那根手指，握住了那只手，然后——

① 花生漫画：《花生漫画》（PEANUTS）简称《花生》，是一部长篇连载的美国漫画，作者为查尔斯·舒尔茨。漫画的主人公为查理·布朗（Charlie Brown），以及其饲养的米格鲁猎兔犬史努比（Snoopy）。《花生》的故事以查理·布朗和史努比的视野为核心，并围绕在漫画登场的各类角色一起，观察这个看似普通而又微妙的世界。

海洋在他们下面汹涌，船只随着海浪上下波动，附近一个小岛上的红树林整整齐齐地排成了一条线，站在水中的树木如同踮着脚趾的蜘蛛，仿佛它们不想把脚弄湿似的。

母亲被捆绑着坐在一把折叠椅上，她的背后是甲板护栏。她的鼻子破裂，鼻血顺流而下，如同燕尾一般双管齐下。她的嘴里被塞进了一个网球，然后被胶带缠了起来——皮肤绽开，撕裂，血流不止。

伊芙琳·布莱克看着她那在机舱舷窗背后的女儿，恐惧如有生命之物一般爬过了她的身体。

可怜的米莉安猛烈地砸着玻璃。她的双手都在流血，留下一道道油腻的番茄酱一样的条纹印记。窗户毫不为之所动，完好无损。

阿什利一瘸一拐地走上前来。

他的膝盖被一个从窄窄的金属旗杆上突出来的黑色橡胶支架托支撑。金属的另一头消失在一只肮脏的灰色运动鞋里。当他走路的时候，假腿的金属发出小声的吱吱嘎嘎与嗞嗞的声音。

他来到了舷窗面前，就是米莉安在另一侧一直尖叫、猛击玻璃的地方。他晃了晃他的手指，仿佛在对她打着招呼。

"两个米莉安的故事。"他说道。他指着那些血迹斑斑的手印，"这个送给你，那个现在在这儿的米莉安。"说完，他的手臂划过天空，"这个送给你，那个触碰到了她的母亲，并目睹了她死亡的米莉安。你来这儿是为了观赏一场表演，所以我肯定不想让你失望！"

他弯下他的脑袋，耳语。喃喃的话语没人听见，似乎他对着一个隐了身的阴谋家在商讨着什么。

他笑了起来。然后，从他的皮带里掏出了一把猎刀。

"你知道他们做了些什么吗？"他突然问道，每一个字都带着振动——满载恐惧与眩晕的黑色静脉穿过，"他们去找了我的母亲。我不知道你是否知道这件事。这就是他们如何找到了我们的。他们去找到了她，我之前给她寄过一张明信片，那就是他们是如何知道从哪里开始寻找我的原因。你知道他们对我的母亲做了什么吗？他们开枪杀死了她，把炉子放在灶上，然后打开了她氧气罐上的管口。"他拍了拍手，"咳咳。我的母亲是一个喜欢'收藏'的人。房子里有大量的垃圾。这是制造商贝尔小镇见到过的最大的篝火晚会。"

他拿着刀，用刀尖抵住伊芙琳的下巴。伊芙琳被网球撑满的嘴巴想要尖叫，却是徒劳，白忙活一场而已。

"我要带走你的母亲。你在思考，但这是为什么呢？现在我告诉你，因为你已经知道一件事。难道不是吗？以眼还眼，以牙还牙。以你的母亲还我的母亲。我听到了你在窗户后面的尖叫声，我知道我们已经结束了这个对话，但我们将不得不再来一次，为了——"在他把那把刀插进米莉安母亲的下巴之前，他再一次拿着刀对着天空说道，"——我想让你知道，我妈妈的死亡都怪你。我那么那么信任你。正是因为你，我甚至去了北卡罗来纳那个鬼才知道是什么地方的破地方。有很多华夫屋、反叛旗帜、设备装置，还有那些人。我去找你，因为我以为你就是我的唯一。人生伴侣。真正的人生伴侣。然后，你坑了我，你把我坑了过来，他们彻底害了我。我的母亲死了，我又怎么能脱离困境呢？你对那个公牛脑袋的卡车司机摇尾乞怜。而我失去了我的腿，还被情人抛弃在道路上。而你却离开了我！"

米莉安在机舱内惊声尖叫。她的尖叫声被玻璃阻挡，渐行渐弱。

她开始用她的胳膊肘捶击玻璃窗。

慢慢地，它开始出现裂缝。咔咔咔咔，唑唑唑唑，如同一个人行走在结冰的湖面上一样。一丝希望在伊芙琳体内被唤醒：她在这样做呢。米莉安正在挣脱，追逐自由。

阿什利大声嚷嚷道："但现在我有了我自己的天赋，你这个哑巴臭娘子。现在我也有一把机枪，吼吼吼。我要拿走属于我的东西。"

泪水从伊芙琳那破裂的鼻子上流下，流过那褶皱的胶带，落到了网球的边缘。拜托，米莉安，拜托！

米莉安的胳膊肘冲破了舷窗，她的胳膊上面沾满了星星点点、闪闪发光、沾着血的光滑玻璃碎片。

阿什利笑了起来，然后猛地扑了过去。

他将那把猎刀插进了米莉安母亲的胸部，接着抽了出来。他刺得如此用力，那声音听起来如同他在捶击她一样。刀的刀柄和他的拳头根部对着她的胸部猛烈撞击，砰砰砰。一遍又一遍。米莉安母亲的身体抽搐痉挛，痛感冰冷刺骨，阵阵惊魂——

然后阿什利停了下来——

把手伸到了椅子底下——

抓住了椅子的两个前腿——

然后将她举过了船的边缘，抛进了水中。

水中一片漆黑。它抓住伊芙琳，把她向下拉扯。冰冷的水钻进了她的鼻孔。鲜血漂进了浩瀚的蓝色海洋之中，消散开来。她头顶上方的船只如同一条白鲸漂浮在红色的云朵之上——

米莉安，对不起——

伊芙琳·布莱克在水中死去。

33　河水正在涨潮

不不不不——

米莉安假装向左倒下，跟跄着倒向水槽。

她一阵干呕，呕吐物连串被吐出，像是红牛和盐水交杂在一起的味道。血液的腥锈味，伏特加的内烧，以及沙砾的摩擦。

"米莉安！"她的母亲尖声把她拉回了现实。她来到了女儿那一边，仿佛她们之间的隔阂消失了一般。这个女人现在触碰着米莉安的手臂，揉她的背，拿起一条毛巾，浸湿她的肩膀，然后压到了她的脖子后面。"没关系的。没关系。嘘。如果你是喝醉了，都会过去的。每次宿醉最后都会漂洋入海——"米莉安等待着评头论足的到来，如同一杯清爽的水中的一滴毒药，但是她的妈妈却说："我也曾经有过这样的早晨。没关系的。"

上帝啊，妈妈，你到底是谁？

米莉安终于坐了下来。她感觉潮湿冰冷，瑟瑟发抖，仿佛她已经身处那艘船，随波逐流，来回摇摆，看着她的母亲死去。

这让她心中一惊：尽管她看着她的母亲死去，旁边也有一个人在看着她。阿什利。他在对她说话，就像他知道她会与她的母亲出现在这里，在这里去触碰她的母亲。他现在在这儿吗？他在跟踪她吗？她从椅子上跟跄着栽了出去，差点弄翻了椅子。

"米莉安，没关系，回来坐下吧——"

"你有没有看见谁？"米莉安问道，"任何可疑的人？特别是装着假腿的人。和你说话、看着你。新邻居。人行道上的怪异家伙。任何人？"

"没有，没有，你在说什么呀？"

米莉安大声咆哮，遏制住体内的恶心，冲出了房子，冲向街上。一切都是宁静安详。空气非常潮湿，甚至可以直接张开嘴巴漱口。小平房被"大腹便便"的棕榈树树荫笼罩。在街区的那一头，有一个身穿粉色V领上衣、凌乱的夏威夷短裤的蠢货在他邮箱旁边的花坛除杂草——米莉安冲了过去，她的母亲尾随其后。那个满头银发的退休老人抬起头，吓了一跳。

"你。"米莉安冲着他大声说道，"你有没有看到什么人在这里？"

"什么？你是谁？"他的眼睛望向了米莉安的母亲。

"伊芙琳，是你吗？这是谁啊？到底发生了什么？"

"厄尼，这是我的女儿，米莉安。"

"噢，你好，米莉安！"他伸出了一只戴着园艺手套的手。

她拍开他的手，"不要跟我说'你好，米莉安'，你这个糟老头儿。我需要知道你究竟有没有在这附近见到过什么奇怪的人。任何人。一个一条腿的家伙？也许闻起来像猫尿的味道，看起来长期吸食冰毒，也有可能戴着一副望远镜。"

"没有，我——我发誓。"

"别骗我，伙计！上帝正在天上看着你，并且随着你年龄的增长，你可比我离他近得多呢。上帝不喜欢说谎的人。如果你不想去天堂的话，他已经做好了十足的准备将你一屁股踢到地狱里去——"

突然，她的母亲拉着她的胳膊，"噢，米莉安，我们走吧！"

她犹豫了一下。但随后，她看到了她母亲眼中默默恳求的目光。从什么时候开始我在意我的母亲的想法了？

这个问题的答案很简单：自从你知道了她会在三天内死去。三天。被阿什利·盖恩斯杀害。

当米莉安任由伊芙琳把她拽回屋子的时候，厄尼对她们说了再见。刚一进入门厅，米莉安心想，好吧，妈妈，我现在要告诉你一件事，她打算告诉妈妈在本·霍奇的妈妈在学校浴室用一把雪铲揍了她一顿之后发生了什么，打算告诉她的妈妈关于她的诅咒，她的超能力。她心想，也许我需要借用一个虔诚的委婉手法来告诉妈妈，比如告诉那个女人，这是上帝赐予她，或者从她身上带走的，或者，或者——

然后她才意识到。

她环视了一下厨房。

目光越过，眺望客厅。

看到她母亲的脖子。

墙壁上没有上帝的画像。

没有十字架的金链子。

没有祈祷者的喃喃之音。没有人对着上帝祈求救命，救救她的女儿，拯救这个世界。连一句宗教话语都没有。

"你把上帝弄丢了。"米莉安突然说道。

"什么？"

"你不……你不再去教堂了。"

"你怎么——"不过马上，她点了点头，"是这样的。我想你环顾了一圈四周，发现有东西没了。其实，我没有想到你会发现。不过确实如此。我不……我不再信仰那个了。"

"为什么？"

"我失去了我的孩子。我失去了我的孙子。上帝都没有帮忙去阻止它的发生。这让我相信，他要么可怕残忍，要么压根儿就不存在。信仰他实在是太痛苦了。相反，去怀疑这一切只是一个幻想，会让人心胸开阔许多。"

"《圣经》表现了一位非常残忍的上帝，妈妈。"

"是的。"她的母亲表示赞同，话语简短，声音利落，"但我从来没有感觉她如此针对我。我无法去处理。我又不是约伯①。我无法恪守信仰的压力测试审判。"

"对不起！"

"这不是你的错。"

"你认为它是我的错。"

此时此刻，她的母亲沉默不语。

"有一件事我必须要做的。"米莉安说道。我有三天时间来拯救你的生命。我有三天时间去找到阿什利·盖恩斯，然后把他的身体沉入海底。"我还需要用一下你的车。"

"米莉安，我的车——"

"这至关重要。这意味着一切。如果你想弥补失去的岁月，那么就给我，我需要的东西吧。"

母亲抽离开来，怒发冲冠，"我怎么知道你不会再一次逃跑呢？偷走我的车，让我怒不可遏。"

"因为我这次回来了。今天晚上，我一定还会再回来。"

"我想如果我要出门的话，我可以让隔壁的海伦开车载我去吧。"

"谢谢你！"

"你至少先吃点三明治好吗？你看起来……真可怜。"

米莉安舒了一口气，恶心的感觉散入了大海，因为一位好多年未施善举的母亲的助力。

"好的，我吃一个三明治，是的。谢谢您，妈妈！"

伊芙琳拿起了一个面包。

---

① 约伯：《圣经》中的一个人物，历经危难，仍信上帝，转义指极能忍耐的人。

第五部分

马西亚

此时此刻

　　"这条项链真漂亮呀！"米莉安说道，中断了那个故事。她的目光移到了凯瑟琳·韦尔斯与那个女人脖子上的金项链上，一根细长、笛形的如同香槟酒杯杯干的脖子。

　　韦尔斯板起了脸，她虚弱的笑容变成了一座通往蔑视不屑的桥梁，"你甚至都看不到它。"唯有黄金消失在她上衣的高领下的一阵耳语般的摩挲声，"这没什么特别的。"

　　"你听起来很有防御性啊。"

　　"我才没有防御性呢。"

　　"当你这样说——'我才没有防御性呢'——的时候，你听起来具有双倍的防御性。就比如当一个人大声抗议他从不吃驴，不吃公鸡，你就可以确信这个家伙绝对不会放过任何机会去吃掉驴，去吃掉公鸡。我可以看看那条项链吗？"

　　韦尔斯犹豫了一下。现在格罗斯基更加饶有兴趣地看着她们——一边的眉毛挑了起来。他的好奇心犹如线上的一条鱼：刚好被钩住了脸颊。终于，韦尔斯用一根蜘蛛脚一般的手指把项链摘了下来。

钻石闪闪发光，它们几乎看起来如同一个光环——在萨克斯第五大道精品百货店柜台出生的天使。

格罗斯基吹了一声口哨。

"这手表也非常不错啊！"米莉安说道，"这是摩凡陀，对吧？"

韦尔斯在桌子下面卷起了她的袖子，这只会让她看起来更加像是在隐瞒证据。

米莉安说："我也有一块。一块非常耀眼夺目的计算器手表。我没有用它计算过太多东西，如果我把我的手腕翻转过来，你可以在上面打出'咪咪'两个字。我真的很喜欢那块手表。有一次，我坐在一个家伙的对面——就像我们现在坐在对方对面一样——他……把它给了我。"

"你杀了他？"韦尔斯问道。

米莉安笑了起来，"我没有杀他。"但他已经死了。

格罗斯基打断了她们，"集中注意力。我要回去了，而不是对着珠宝以及一堆喵喵叫唤的猫咪说话。我不明白这一点，米莉安。"

"没明白什么？"

"你刚才背弃了她，你的母亲。你得知了她在——一二三——天之内会被刺伤，然后被抛进海里，你却背弃了她。你为什么没有留下来？检查一下房子里有没有机关或者隐藏的摄像机？那只是对你的一种刺探。所以他一定就在附近。"

她身体的每一寸都紧绷着，仿佛被一根绳子扼住了咽喉，"他不在附近。我有一种预感。"她吸了一下鼻子，凝视着某个地方，"我想成为那个猎人，而不是猎物。因此，这意味着找到他的这个任务，还是留给我的母亲吧。"

"如果你留下来的话，也许事情会发生转变呢。"

她抽搐了一下，"也许是的，但我喜欢做糟糕的决定。"

一切都感觉不那么平衡，仿佛她正在向这些人出口权利，而一无所获。进攻，而非防守。猎人，而非猎物。所以在那个肥胖浑蛋或者那个瘦骨嶙峋的贱女人说出别的之前，她把话题牵到了一个她想要的方向。她目不转睛地盯着韦尔斯说："那么，精妙绝伦的手表，熠熠生辉的项链。你从哪儿得到这些金闪闪的东西，物质小姐？"

"我们现在谈论的是你，不是我。"韦尔斯说道。

然而格罗斯基的嘴唇再一次抽搐，又是那个鱼钩……

"我没有和你谈论。"米莉安说，"但我只是说说。你看起来不像能够负担得起那么贵重、那么闪亮的饰品的人。你有了一个新欢，嗯？"

韦尔斯吞吞吐吐。

格罗斯基一定察觉到了韦尔斯的沉默，而他显然不是那种让空隙去填补沉默的人，"你有了一个新的男人，韦尔斯？"

她点了点头，"是的。"

她在说谎，米莉安能够辨别得出。

时间会告诉大家真相。

"好样的，韦尔斯。"格罗斯基说着，拍了拍她的背，仿佛在鼓励赞扬一个刚刚为球队触地得分的下属球员，"我总是说，你需要一个男人，和他上床。"他一脸俏皮，"噢，等等。这是一个男人，对吗？你会像米莉安一样经常对人张开双腿吗？没关系，我不做评判。我想他们应该能够结婚。我总是想，或许你对大胡子塔科有那么点儿意思。"

"郑重声明。"米莉安说，"我是一个超级低俗的人，并且甚至连我都觉得大胡子塔科是一个非常恶心的词。我的阴道是一朵美丽的花，非常感谢你，不是一个玉米卷饼。"

格罗斯基只是耸了耸肩。

韦尔斯说："我不想继续谈论这个话题了。"

这个警官在她的座位上移动着姿势，看着很不舒服，很不自在。

这就是米莉安想要的。

不安，不适。

34 空白

三天。

三天以后，米莉安将会看到阿什利·盖恩斯回到她的生活，并在船上将她的母亲刺死。

她不能让这种情况发生。

她甚至都不能让他得到这个机会。

她拯救路易斯性命的时候，只有毫厘之差——路易斯获救与死亡之间只有半秒的距离。那个窗口太小，她不能够再像那次一样在几秒之间爬行。

这就意味着需要在事情发生之前找到阿什利。

有三天时间来找到他，有三天时间去杀了他。

他就在群岛上的某个地方。他必须在。所有的一切都说明他在那儿。在那个通灵幻象中，他在一艘船上。那个幻象并没有为她展现太多场景、太多细节，不过那个地方看起来就像她在那个群岛看到的场景：那片水晶般的蓝绿色海水。那片沼泽红树林。他也可能追随她去过那些地方。在火炬岛上，甚至在基韦斯特。

另外，整个群岛透露着一股神秘感——这是零英里碑。这是路的尽头。她赞赏的那首诗，他也可能赞赏过。或者他会至少希望她去赞赏，因为这似乎是关于她的……

这一天的炎热气息都从车窗透了进来，而米莉安将这些都吸了进去：海风的咸涩，鱼的腥臭，阳光的清新，以及海盐和沙子的味道。

她看到了一个这样的潜水汽车旅馆：海螺客栈。

那个硕大的风蚀痕迹斑驳的标牌位于黑色的棕榈树之上，如同邮箱上的一面旗帜，但这个标牌的形状犹如一只海螺，大部分颜色都已被摧毁，除了明亮的珊瑚色的几道斑马条纹。

在标牌的下方是另一个标志：空房。

这正是她所需要的。

她把迈锐宝开到了停车场。

还有时间来开一间房。

35　事物的精神

　　米莉安从那个旅馆的主管——杰里·吴，一个脸颊胖乎乎的，有着纽约口音的中国小伙子——手中拿到了钥匙。杰里说，他在几年前把这个地方买了下来，并试图将它修复。现在它是一堆乱七八糟、胡乱草率的大杂烩，不太像一个汽车旅馆，而更像是与极其不搭的石头铺路材料制成的走道相连接的一些建筑与拖车（甚至是一个小小的匡塞特小屋）。一条在棕榈树之间蜿蜒的人行道，这些棕榈树的布局如同麻风病人的皮肤一般斑斑点点。

　　她手中的那把钥匙挂在一个巨大的船锚钥匙扣上——貌似是由锡或者什么金属做成的。这让她的手上有了一种怪怪的味道，也挺沉的，她也许可以用它让鲨鱼窒息。

　　那个锚上写着"佛罗里达群岛"。

　　群岛，群岛，无处不在的群岛。一路都是群岛。

　　带着锁的钥匙 [①]，她至今还没有找到呢。

　　那个房间朝向后面。不远处是一片水域、负荷的船只，以及一片由

[①]　钥匙：在英语中"群岛"与"钥匙"的英语单词是同一个，都是"keys"。在这里，这个钥匙环上写着"佛罗里达群岛"，也可以理解为"佛罗里达钥匙"，有双关之意。

史前九重葛组成的摇摇欲坠的篱笆，她在那儿可以看到邻近不远处的一个停车场——一个房车停车场（她突然意识到，她似乎永远无法摆脱房车停车场了。她就如同苍蝇永远都被垃圾吸引那样被重力作用吸了过去）。

当她去打开那扇门的时候，有人对着她吹了一声口哨。

她转过身，通过那个长满了紫色小花的篱笆，她看到一个老家伙坐在一把破烂的布艺躺椅上。他那紧张的肌肉线条如同一张皱巴巴包着精液的纸巾。他的皮肤如同炸鸡一般，满是被烤焦的褶皱。他有长长的傅满洲①一样的胡子。秃顶，但有着长长的头发——灰色飘带，如蒲公英的种子一般纤细。

"去 TMD 税收。"那个家伙说道。

她稍作停顿，拿着钥匙在门锁前徘徊，"什么？"

"你 TMD 进进出出都需要纳税。"他说道，对着她来回摆动手指。他的节奏略显疲惫，带着吸食过大麻的气喘吁吁的声音，与 LSD②带来的呆滞目光，"姑娘，我们在这里属于叛乱分子。海螺共和国。你可以查一查，查一查。1982 年 4 月 23 日，他们在群岛上成立了什么狗屁边境巡逻队，缉查车载毒品、古巴人，以及其他乱七八糟的一些什么东西。然后我们就说了一些'TMD，不，我们不能慢慢走'的话，接下来我们就只知道我们从'美利坚镇压国'被分离了出去，形成了一个海盗、流氓无赖和自由出生的离经叛道之人的微型国家。市长宣布了我们的独立，并自称为总理。然后，他以联合征服者的无政府国家为名义宣战。"

米莉安转过身来，双手放在臀部，"战争持续了多长时间？"

---

① 傅满洲：英国小说家萨克斯·罗默创作的傅满洲小说系列中的虚构人物。1875 年在《福尔摩斯遭遇傅满洲博士》一书中首次出现，号称世上最邪恶的角色。傅满洲是一个又高又瘦，高耸肩膀，长着竖挑眉，留着两撮下垂胡子，面容如同撒旦，穿着清朝官服的邪恶博士。他的胡子形象如此深入人心，甚至"Fu Manchu moustache"是一种理发店胡子的剪法名称。

② LSD：麦角酸二乙基酰胺（Lysergids，简称 LSD）是一种无色无嗅无味的液体。LSD 是已知药力最强的迷幻剂，极易为人体所吸收。LSD 的精神作用变异极大，使用者的感受可以从感知增强到出现幻觉，对时间、空间、声音产生错乱，情绪变化起伏无常，注意力不集中，对事物的判断力和对自己的控制力下降或消失，常会出现突发的、危险的、荒谬的强迫行为。此时，在生理上常伴有眩晕、头痛及恶心呕吐等症状。

"好像，五分钟吧。他把一个面包摔到了一些海军家伙的脑袋上，然后自首，要求十亿美元的援助和赔偿。"

"我敢打赌它肯定妥善解决了。"

他耸了耸肩，"姑娘啊，这一切都取决于事物的精神。"

"谢谢你和我分享这些！"

"你看起来是新来的。"

"我并不住在这里。"

"你最好涂一些防晒霜啊，姑娘。你看起来像要被烤焦了。"

"是啊，是啊，是啊！"没问题，汤米·钟①。

她打开门，走了进去。

她关上了身后的门。

拇指推上了插销。

当看见阿什利·盖恩斯坐在床上的时候，她吓得都快要尿裤子了。

---

① 汤米·钟：汤米·钟（Tommy Chong），脱口秀、喜剧演员，他在 60、70 年代常以嬉皮士的形象出现在影片中，而他的笑话也以抽大麻为主，所以，他成为当时大麻合法化运动的形象代言人。

36 狐狸

他像一只狐狸一样坐在一堆血淋淋的鸡毛之中嘻嘻地笑着。

米莉安在行动之前思考了一下。她看到附近的梳妆台上有一盏贴满了贝壳的玻璃灯，她抓起它，朝着阿什利的脑袋扔了过去。

他拍了拍手——

那盏台灯撞到了木质嵌板，摔碎了——

一幅俗气的跳蚤市场淘来的灯塔画摇摇欲坠地挂在墙上，垂到地面，画框的拐角连接处已断裂错位——

他走了。

从床上消失了，仿佛他从来没有存在过一样。

一块小小的如瘀青般紫色的贝壳翘了起来，拍到了她的靴子。

突然，有人在敲门。她一阵慌乱——

倦怠的"傅满洲"直勾勾地盯着窗口。"嘿！"他声音很大，传了进来，"你还好吗？"

她赶紧猛地拉上了百叶窗。

"没事，挺好的。"她大声回应，"只是……在做一些空手道练习而已。"

她转过身，把她的背包扔到了床上——

然后阿什利再一次出现，坐在房间的另一侧，就在窗机空调的旁边。在那个空调那儿上下扑扇着一根黑色羽毛尖，发出刺耳的摩擦声——滋滋滋，滋滋滋。

"你会喝掉它。"他说，"还是说这仅仅是前戏而已？"

米莉安的舌头发出咔嗒咔嗒的声音，"真可爱呀你！你——他——见到我之后对我说的第一句话，你怎么这么可爱！你 TMD 入侵者。"

这个入侵者对于她的通灵幻象中的阿什利的模仿非常成功。深色的眼眸，如崭新的二十五美分硬币一样闪闪发光。他的头发不再像某些非法获得的鸡冠一样高高置于头顶，而是垂在他的耳朵周围，凌乱不堪，呈现出如焦油和羽毛一样的黑色。不过，他的脸上仍然挂着那个邪恶的回旋镖一般的微笑。他不知从哪儿弄来了一把猎刀，旋转着抛掷了出去。

"你太漂亮了，死了太可惜！"他说道。

"带着你的台词滚开吧。"她说，"我早就读过那本书了。"

"这个怎么样？"他说，"时间永远是你的敌人。你有没有注意到，它追逐着你，而你也在追逐它，如同一只小狗和它的小尾巴？"

她坐在床边，"这就是生活，难道不是吗？"

"就像一个你输了的游戏？"

她嘴里发出"嗯……"的声音，若有所思，"像弹球。无论你在游戏过程中得了多少分，你在最后总会输掉那个球。"

"三天。"阿什利说道。他吹了一声口哨，低沉而又缓慢，"对于需要做的工作来说，时间并不算充裕。"

"我遇到过更糟糕的情况，并且圆满完成了任务。"

"但在这件事情上，你的母亲性命攸关。"

突然，他握着的那把刀不再是刀了，变成了一根细绳。它的末端在一个红色的聚酯薄膜气球的底部系了一个死结，那个气球在空调的微风吹拂之下上下跳跃，左右摇摆。

鲜血从气球的底部滴落出来，顺着阿什利手中的细绳流了下来。

她突然看到他现在戴着一顶圣诞老人的帽子，俏皮地倾斜地耷拉在他的头上。他眨了眨眼睛，抛出了一个飞吻。

有人敲了敲门。

那个气球突然砰的一声爆炸了。

阿什利——那个入侵者——消失了。

米莉安舒了一口气，她并没有意识到自己之前一直屏住了呼吸。她猛地甩开了门。

"我告诉你，你这个老瘾君子——"

但这并不是那个老瘾君子。

这是杰里·吴，这片土地的持有者。

"哎，嘿，布莱克小姐！"他说道，"我之前忘了说——"现在，他试图越过米莉安去看一眼那盏躺在地上、已经粉身碎骨的台灯。但她倾斜着身体，阻碍了他的视线与道路，"我每天晚上这个时候都会做一道炸鱼。免费炸鱼啊，是我白天捕来的。"

"噢，好啊，真棒！谢谢你，小杰！"

"我正准备出趟门呢。我会邀请所有宾客和我一起出去。你平时会去钓鱼吗？"

从这个亚洲的小个子兄弟嘴巴里传出正宗的纽约口音听起来挺怪异的。她琢磨着他是一名种族主义者，但这些都是一些天马行空的想法而已。

"难道我看起来像一个渔夫？渔妇？渔……人？"

"别担心。也不是所有人都一定要去啦。五点钟，免费钓鱼。一会儿见。"

他转过身，当他转身的时候，她看到了——一只硕大的鸟站在附近的一个被砍断的棕榈树树桩之上。长长的脖子，黑色的羽毛，弯曲的、如黄油一般明亮的鹅黄色的鸟喙，与那双眼睛，仿佛是人工安置于鸟头上的两颗晶莹剔透的祖母绿宝石。

那只鸟展开双翼，如同立即要猛扑出去的蝙蝠侠。

杰里走到那只鸟的跟前，抓住了它的脖子。

令米莉安惊讶的是，那只鸟似乎毫不介意。

当杰里把那只鸟像好伙伴一样拥入怀中的时候，她开口问道："这TMD是什么东西？这好像是某种邪恶的鸭子。"

"它是一只鸬鹚。"他笑着说，"它的名字叫科里。"

"鸬鹚科里。"

"对，鸬鹚科里。"

"你用鸬鹚科里来干吗？你会和它发生性关系吗？"

他哈哈大笑，不是那种紧张兮兮的笑，而是"这个女孩把我吓坏了"的笑容，"不，我没有和这只鸟发生性关系。它帮助我钓鱼。"

"还是不太明白。"

"你想来看看吗？我可以展示给你看。最后一次机会哟！"

她心想，我没有时间去看了。

现在，她只剩下七十二小时，不到了。

然而，那只鸟。那双眼睛，就像是那个该死的东西在注视着她一样。

一年多以前，当她在那只知更鸟手中面对死亡的时候，她能够完成一些她从未接触过的事情。通过意念，她能够进入附近的一只乌鸦的内心之中——不只是作为一个过客，而是它的操纵者。

它救了她的命。

自那以后，她再也没有那样的经历。

她站在那儿，试图在内心支配那些家鸽、野鸽、乌鸫、乌鸦、麻雀、知更鸟——在这个愚蠢的地球上欢快蹦跶的任何一只小傻鸟——然而没有任何一只给予她很好的回应。

它们大多只是振翅飞走了，有些带着鸟屎。

尽管如此，现在还是有一点点的时间与附近的鸟练习一下。一只宠物鸟。一只训练有素的鸟。她可以询问杰里关于那个群岛的一些问题，这总比坐在那儿轻拍她的阴蒂要好得多。

并且，我碰巧喜欢最后一次机会。

"你知道很多关于那个群岛的事情吗？"她问他。

"我知道一些事情。"

"那么我加入。"她说，"我们去钓鱼吧。"

37 钓鱼女王

米莉安心想，噢，我们就站在岸边，放线、浮子、诱饵、撒饵、鱼竿、卷轴，但是，噢，不。他们在距离岸边不远处的一艘船上。米莉安没想到会在一条船上。她不喜欢船，不喜欢水。特别是自从差点淹死在萨斯奎汉纳河中以后，只是想想就让她不寒而栗，即使身处炎热酷暑之时。

这不是一艘大船，只有双人座位。所以他们就漂浮在水面之上，河水拍打着船沿，米莉安的脑海中上演着一些奇怪的事情。她心里想着这些河水拍击船身的声音让她想起了性交时发出的那种声音——皮肤与皮肤相撞，大腿与大腿交合——现在在她心里正想着加比，不过这多少有些许尴尬，因为杰里正目不转睛地盯着她，仿佛他能看透她这些不纯洁的思想，而那只鸟也在看着她。

它像猪一样对她发出哼哼的声音。

"这个小畜生对我哼哼。"米莉安说道。船只来回摇摆，她的肚子与船只摇晃的方向相反。

"是'小姑娘'。"杰里纠正道。

"这个'小姑娘'对我哼哼。"

"是啊。"他说，"它们是有点儿喜欢咕噜是吧？"

她用手指按住太阳穴，并试图向那只鸟传递一些事情，任何事情。跳跃、飞翔、点头、拉屎。而它只会哼哼。她不知道为什么她的手指按住了她的太阳穴，除非在电影里看到过一次，并且觉得就应该这样做。

杰里再次看着她。

"你有涂防晒霜，对吗？"

"什么？是啊，当然！"她在用意念去命令那只鸟张开它的嘴，为她叼一根香烟。那只鸟闭上了它的鸟喙，别无其他，仿佛在嘲笑她。"嗯——小姑娘——在嘲笑我。"

"它没有嘲笑你。"

"我觉得它完全就是在嘲笑我。"

杰里再一次哈哈大笑起来，开始把一根绳子缠绕在鸟的脖子上。

"你在干什么？"米莉安问道。

"这是我的鱼线。"

"这真是太愚蠢了。"

"我知道，但它很酷，不是吗？我的家人都是漓江的渔民。或者曾经是，反正，他们中的很多人都用鸬鹚捕鱼。它是这样工作的——"他停止了缠绕绳子的动作，然后把那只鸟的位置调整了一下，让它面临水面。"鸟会在水中下沉——"他温柔地推了一下那只鸟，鸟叫着俯冲下去，消失在海水之下，"然后给我捕来一些鱼。"

"它为什么不吃掉它们呢？因为如果我是那只鸟，我肯定会吃掉那些鱼。"

"它想要去吃那些大鱼，但它脖子上的绳子会阻止它吞下去。它可以吃掉那些小家伙，不过没关系——我不想要小鱼。同时，大鱼会卡在它的喉咙里。你会看到的。"

"所以你让一只鸟在水下被鱼呛住。"

"它也会吃的。它喜欢这样。"

"每一个男人都会这样说。"

然后现在，她发现她触碰到了杰里的底线。这最终都会发生的。与米莉安·布莱克聊天，很少有人不会被触碰到底线。

和她在一起，每次谈话都如同一个地雷。

最后都会，砰。

只有为数不多的人才可以破解它，那便是阿什利·盖恩斯。

那是一件多么操蛋的事情啊！

杰里从紧张尴尬之中转移了出来。

"你不是附近的人。"杰里说道。

"你也不是。"她快速回应道。

"是的，但我现在一直在这里居住。你，你只是路过。"他把"过"说成了"郭"，"你是谁？"

她想了一会儿，想用事实来捅破这层窗户纸，看他将会如何处理所有的碎玻璃和那丑陋残酷的现实，但这需要一把"螺丝刀"的帮助，因为一个谎言其实将会更加有用，"我是一个赏金猎人。"

"就像在电视上的那种？"

"啊哈！我在寻找一个，呃，罪犯。"是这个词吗？罪犯？"他藏匿于这个群岛上的某个地方。"

"这些群岛看似很小，但实际上它们幅员辽阔。"

"别开玩笑了。哪儿会有一个——"但在她问完这个问题之前，那只鸟已经从水里钻了出来，溅起阵阵浪花，喉咙鼓鼓的，如同一条吃了一只肥兔子的蛇一样。杰里帮助那只鸟站立于船只边缘，他将手伸进了它的嘴里，仿佛在乱翻垃圾桶里他不小心扔掉的一件东西——

然后，他翻出了两条鱼。

扑通，扑通。

海水与那些小生命的味道扑面而来，钻进了她的鼻子，鸬鹚科里开始发出哼哼唧唧的牢骚。

然后，它看了一眼米莉安。

她非常肯定。它用它那奇特的绿松石眼睛直勾勾地盯着她，眼珠周围的皮肤褶皱而坚韧，有点儿像她想象中恐龙的肛门模样。它闪烁了一下但不是在眨眼睛——有个什么东西滑过了它的眼睛，一个混浊而不透明的东西，让眼睛失去了光泽，却没能掩盖遮挡住它。

杰里一定看到了米莉安脸上的表情。他说："那叫'瞬膜'。它把那层膜滑过来，盖住它的眼珠，这样，当它潜水的时候，它便能看到水底。这好像是爬行动物的一种特性。"

"但它是一只鸟啊。"

"恐龙从来都没有彻底绝迹，它们只是变成了鸟而已。"

这解释得通，"所以它们都是用爬行动物的大脑在运作。"

"比爬行动物的大脑更加先进，但核心都具有异曲同工之妙，是的——这仍然是史前'杀戮——扭转——睡觉——吃饭'这样的事情。"

米莉安心想，这听起来好熟悉啊！

也许这就是她喜欢鸟，而它们也喜欢她的原因吧。

不过这一路上这个家伙都没有服从过她任何一个意念的指令，她也不知道为什么。

突然，那只鸟回溅入水。

"对不起！"杰里说，"你刚刚说什么来着？"

"噢，啊！是啊，我要问，你觉得……一个罪犯通常会藏匿在哪里呢？"

他将舌头伸进他脸颊的窝里，若有所思的样子，"嗯，其实可能有很多地方。那儿有非常多的岛屿，将近两千个的样子。它们当中的很多小岛屿还没有这艘船这么大。但它们不是连接道路的岛屿——它们就像一些小小的局外人。"他伸手指向那些水平线之上的土地与手掌的小小黑色口袋，"现在，大多数岛屿都与基韦斯特相连。那儿有非常多藏身之处。这就是为什么那个群岛因为一些……不那么美好的行为而众所周知，你明白我的意思吗？"他说的是"您明白我是啥意思嘛"，"走私大麻，走私麻药，制作冰毒。从群岛向外走私古巴移民。把尸体隐藏在群岛里面。"

这个情况的严重性相当于一场海啸席卷了她的海岸。只有三天时间去寻找那个魔鬼。三天之内找不到就会惨败。

"你听说过用潜艇携带毒品吗？"

"噢，是的，当然。有时他们会从古巴或哥伦比亚过来。'毒品潜艇'，他们是这样称呼的。他们以前习惯用快艇，然后换成这种无法深入的小潜艇。不过他们已经相当深入了。雷达从它们上面滑落，如同水从鸬鹚科里的后背滴落一样。"

"难道这些都需要经过那些群岛吗？"

"当然需要。通常向下穿过那些我刚刚说到的小岛屿。你在找一个贩卖毒品的人吗？"

"是啊。他们可能在任何地方。"

"你不会通灵的巫术，简直太糟糕了。"杰里说着，笑了起来。

然后她也开始和他一起哈哈大笑，但这是一个虚假的强颜欢笑。噢哈哈哈吼吼吼，你这个傻×，我就是一个通灵女巫，不过我是非典型的那种，我不能就那样——

整个世界陷入水中。

这仿佛她的心灵从她的体内被扭曲拽出。向下拖拽，向下，深入海底，向下穿过一阵混乱的气泡，越过纠缠不清的杂草。她的喉咙被海水灌满，有什么东西在她的食道里蠕动，挣扎。她无法呼吸，无法转身上浮，如同一颗石头一般沉溺，下落。

拜托请停止下沉，帮帮忙救救我。

在她下面，一个巨大的深渊被光束点亮——鱼儿游动的波光粼粼，捕捉着阳光，在那脑状的珊瑚色凸起上闪闪发光。她如同一个箭头一般朝着那片宽阔的海域一路下沉。

我是那只鸟。

天啊，我是那只鸟！

但是接着，下沉到珊瑚之中——

她看到了一具尸体，被鱼吃掉的尸体、被水浸泡得肿胀的尸体。皮肤上灰色的肉已蜕皮，如同海草一样在海水中摇曳。

她认识那具尸体。

她认识那张脸。

是埃莉诺·考尔德克特。

女人的下巴张开，发出吱吱嘎嘎的声音。更多的气泡漂浮了出来，漂流到水面。一条绿色的鳗鱼隐藏在她如井一般的喉咙之中——

不可能的。她已经死了。她死在河里，不是死在海中……

然而接着，那个女人开口说话了——腐烂的下巴张开，合上——然后米莉安听到了她脑海中的那个声音，那些字眼像泡沫一样一个接一个地破裂：

你并不孤单

我们注定悲剧

黑暗与喧嚣

这时，传来一个稚气的声音，雷恩的声音从很深很远的地方传来，如一条卷曲的蠕虫一般在泡泡边缘滑来滑去：除掉一个才能知道另一个……

然后世界发生了变化，围绕着一根轴线开始天旋地转，背后的光芒现在置于头顶，阳光洒在水面，犹如一粒一粒晶莹剔透的液体宝石。

所有的一切都闪烁着微光——

米莉安大口大口地喘着气，她的身体仿佛被金刚圈击中了一般抽搐不已。她快要窒息了。呛了很多水。当那只鸬鹚从海湾出来的时候，她吐在了船边，喉咙里被鱼儿堵塞。

杰里盯着她，"嘿，你没事吧？"

他伸出手去抓她的胳膊——

她试图抽离开来。不不不不——

七天后，在海螺酒店的停车场里，杰里对着阿什利·盖恩斯挥舞着一个鱼叉钩，而阿什利巧妙地避开了。杰里把自己手头所有的东西都抛掷了过去——他把所有的精力都投入到那个摆动的鱼钩之上——但即使装着一条假腿，阿什利也丝毫不狼狈。他轻快随意地移动着，仿佛他只是想要摆脱太阳的照射一般——随着他每一个小而精确计算过的移动，那把鱼钩在空气中穿行，沙沙，沙沙，沙沙。

阿什利就如同一只正在与猎物玩耍的猫。

终于迎来了那么一刻，他看起来觉得无聊乏味。他翻了个白眼，然后杰里试图再一次挥舞那个鱼钩，而阿什利只是斜倚在椅子上，任由那个鱼钩在距离他鼻子一英寸之处的空中挥舞——

然后，他从髋关节处的皮套里掏出了一把口径0.357的手枪，仿佛他是一名狂野的西部射手，他将一颗子弹射进了杰里的肠道。那个鱼钩咔嗒一声落地了。

阿什利扼住了杰里的咽喉，把他拉了过来，低声对他耳语："她住在哪儿？她有一个包。包里装满了钱。我想把那个包要回来。"杰里试图向他吐唾沫。阿什利一拳打在了杰里的喉咙处。杰里难受地喘息。

阿什利把头转向天空。

他又在对她说话。

"你喜欢这个节目对吗，米莉安？你触碰过的每一个人都被我杀了。你是一颗毒丸，一朵毒云，你是人类的等价物——"

突然，一个黑色的影子笼罩于他的头顶。那只鸬鹚落在了他的肩膀后部，用双翼殴打着他，用它的鸟喙戳刺他——一次笨拙而不雅的攻击——然后阿什利像女人一样开始尖叫，松开杰里，举起那把手枪——

那只鸟继续袭击他——

乒、乒、乒——

那只鸬鹚降落到地面，喷出鲜血。

杰里捂住了自己的腰部，跌跌撞撞着向前迈进，跌落下来，跪在了地上，在地上四处寻找那个鱼钩——

却突然发现那把口径 0.357 的手枪抵住了他的太阳穴。

一阵粉末的迸射，与一声雷鸣般的枪响，他的生命之光随之泯灭了。

米莉安打开他的手，然后弹回到了船遥远的另一头，其实并没有那么远，但她现在不想被任何人触碰，她不想看到这个可怜的家伙的命运从此与她挂上钩，只因为她选择了他的旅馆，她不想看到那只鸟与它那奇特的宝石眼睛，不想看到任何地方，除了自己的大腿。

她坐立不安地点燃了一根烟。

摸索着她的打火机。

丢开它。怒声咆哮。

那个通灵幻象一直萦绕徘徊，就如同如果你用家用录像带来记录这一切的话，你可能会看到旧影像记录的鬼魂仍然在屏幕上萦绕逡巡。

在那个通灵幻象中，阿什利出现在这个汽车旅馆，杀死了杰里，杀死了那只鸟。然而却是七天以后——？这个场景发生在她的母亲死去之后，他实际上做的是清理工作。他只是想要那笔钱。那笔她从"史蒂夫·麦克斯"手上拿走的美元？

杰里凝视着她。那只鸬鹚抬头望着其他鸟——鹈鹕——掠过头顶。一块磨石在米莉安的脑海中研磨。这感觉就像把她研磨粉碎成尘埃。然而突然有个东西跳了出来——

……你不会通灵的巫术，简直太糟糕了……

……你并不孤单……

她知道别人也像她一样存在于这个宇宙之中。有通灵能力之人也不会增益几分，那都于事无补。她之前遇到过一个开了店面的女巫——南希小姐——她告诉她，她是死亡之手。然后，埃莉诺·考尔德克特拥有她自己的特殊能力：她有能力看到一个人生活的后果，链接在一个单一的通灵幻象里。

这就是她会找到阿什利的方式。

她需要找一个该死的心灵。

至少需要找到另一位通灵人士，一个真实的通灵人士，她这个想法不带任何讽刺性。一个能力价值千金的通灵人士。

"我需要回到岸上。"她说道。

"是啊，你说对了。"杰里回答道。然后，他发动了电机，一直都没有把目光从她身上移走，仿佛他害怕她会咬人一样。

只有他知道了什么叫被她的重力吸引，他才会理解这一切。

38 夕阳西下的女巫

返回基韦斯特的一路上，米莉安都感觉自己被跟踪了：被一匹魁梧壮硕的狼追赶，被一条饥肠辘辘的鲨鱼追击，被一头身形已发生变幻、而牙尖嘴利的死亡野兽所缠扰。

那辆迈锐宝穿过了火炬群岛，她想起了那个可怜的笨蛋，在露台上被切成片只为了给她传达一个消息。

她想起了她的母亲，被刺死在一艘船上。

她想起了杰里·吴，在自己的停车场被枪杀。

她努力站稳，避免跌倒坠落，只能勉强撑住。没有一个警察去阻止她。现在还没有。现在需要保持清楚明晰的头脑。这是唯一的办法。她的本能在催促她——那些爬行动物有一股冲动——想要从它们的瓶子里爬出来，然而，如果她想要挽救生命的话，她将不得不塞住它们，并把那个瓶子埋在沙子里。

在她踏上零公里碑的土地之前，她中途在距离监狱一英里处的一个拘留院里下过车。那个家伙让她进去了，然后她跟随导航来到了一个崎岖不平、几乎空旷的停车场，直到她发现了那辆向后停靠的费尔罗。她跳出门，甚至不在乎会惊扰到他人——

最重要的是那笔钱。

她看向车子后部，座位底下。

什么都没有，那笔钱不在这儿。

冰冷的愤怒穿透黏腻的汗水，她的"优惠券"上没有钱。他们的清单上没有写一包现金。这意味着那些警察中的一位把它拿走了。

她的第一冲动就是要回到那辆迈锐宝里，开着它穿过监狱的墙壁，去撞每一个警察的屁股，直到其中一人身上开始撒钱，如同一个打老虎机的锤子。

不过，这并不会起到任何作用。

除了，你知道的，再一次被扔进监狱。

冷静下来。平静呼吸。香烟，对的。

她弹开了汽车的后备厢，用她那颤抖的手向上翻起那层布，揭开那个通常放置备胎的地方——

这儿有一个袋子，装满了钱。

他们找到了第一袋，却未曾发现这儿还有一袋。

这意味着她仍然有五千美元。

她含着烟哈哈大笑了起来，然后抱着试一试的心态想要启动那辆费尔罗。汽车的引擎听起来如同一位将死之前气喘吁吁的老妇人。那么，这刚好回答了她心中的疑问。米莉安把那串钥匙抛到了尽可能远的地方，然后一头栽回迈锐宝，一路驾驶着迈锐宝前往基韦斯特。

基韦斯特门庭若市。人群遍布大街小巷。恶棍与变态的相同组合：吉米·巴菲特的富裕白人粉丝、帆船时髦人士、怪诞秀的海盗。游客、当地人，与外国人。

米莉安把车停下，直面马洛里广场，神奇的是，她最后一次在这里看到的一块标牌仍在这里：通灵术——告知你的未来。

整个广场似乎都在举办某种夕阳西下时分的庆祝活动。市民驻足观望着那一滴橙色果子露融进那片奶昔橘色的海洋——饮酒、唱歌、观看小节目，购买他们能够找到的所有的俗气而毫无价值的小摆设品 [1]（她心

---

① 小摆设品："小摆设品"的英语为"tchotchkes"，读起来如同 B-box 风格的音乐一样韵律十足。

里想的是：把这个词快速念十遍）。训练有素的猫表演哑剧，海盗杂耍朗姆酒瓶子，怪胎喷火，乳头上穿着铁链，如太妃糖一样被拉长的人表演起重杠铃——

那个女巫不在这里。

她绕圈，徘徊，都找不到她。

该死的！真 TM 该死！

啊，等等！那儿。那儿！她在遥远的另一头，在那个码头附近，刚刚摆好摊，用一块吉普赛围巾包裹住她那铂金色的脑袋。那个女人看到米莉安走了过来，说："嘿，洋娃娃。真对不起，我还尚未开张呢！"

"没关系！我会给你钱。"

"因为渴望，对吗？"

"时间在流逝。"

"时间总是在流逝，不是吗？"

"让我们免除这些戏谑，把我的钞票拿去吧。"她手拿着两张二十美元挥舞着——是那个女人标价收费的两倍，"你可以读我的……预兆或者我的牌或者嗅一下我的信息素，或者随便你做什么都行。我需要帮助。"

那个女人耸了耸肩，好像她不用努力去做就能够轻而易举达到目的似的。她盘腿坐下，将一块覆盖着水晶球的扎染布掀了起来，接着打开了一个雕花木盒，拿出一沓塔罗牌。

那张死亡卡立了起来，在那个墨黑色斗篷后面有一颗参差不齐的木刻头颅，像人一样手持一把长柄大镰刀收割着小麦。

这是一个良好的开端。

"你可以叫我吉娜小姐。我可以透过这个水晶球算命。"那个女人说道，"或者，我可以读你的牌，或者你的掌纹。任君选择，洋娃娃。"

"我希望你不要触碰我。除非万不得已。"

"这……不，不会的。"

"那么就无所谓啦。没关系的，快点儿开始吧！我感觉我的屁股上有一个虫子一样着急，女士，我极度渴望一次心灵的空手道。"

她把那两张二十美元扔向了那个女人。

那个漂白的金色头发女巫带着老练的脱衣舞女郎般的挥洒自如拿起了那两张钞票，然后拿出了塔罗牌。她拿出一个小挎包，米莉安闻到了草药那股风头正劲的臭味，"这是一个具备净化功能的挎包，我已经在里面放了鼠尾草、当归和茴香——"

"嗯，不是。"米莉安说道，挥舞着手臂仿佛在暗示"桥已经断裂了，请回头绕行"，"抛开所有的东西，请直奔主题。"你现在面临性命之忧，小妞。

那个女人顿时看上去紧张了起来。她清了清嗓子，开始洗塔罗牌，然后她把手中的一沓牌递给了米莉安，"切牌吧，洋娃娃。"

在马洛里广场的边缘，太阳已经融化成一条黏糊糊的汽油线，在地平线上汇聚。

米莉安将那一沓塔罗牌平分，把其中一沓反向放了回去。

那个女人拿走了那一沓塔罗牌，开始将牌弹开，"这就是所谓的凯尔特十字架 ①——"

"不要整一些玄幻的东西，就……解读一下。"

那个女子翻开第一张牌。

"权杖七。"她说道。

那张牌上的图像是一个头发内卷的男人站在山丘上，手持一个手杖，形似一头山洞怪物的多节阴茎。他被困于一个由形似多节阴茎的棍棒所围成的监狱里。

"那是什么意思？"

"这意味着你即将面临各方面的巨大困难——"

---

① 凯尔特十字架：凯尔特十字（爱尔兰语：cros Cheilteach），天主教十字架的一种，是一个中央交叉处连接着一个圆环的十字之符号。在早期，凯尔特十字通常是指一种立在立方体基座上被称为 high cross 的石碑，石碑中的圆环是被用强化四肢连接的工具。

"每个人都面临着巨大的困难。这就是人们常说的'嘿，你看，这就是现实'。我们都被讨厌的人和不足之处围困。看下一张牌吧！"

翻转。

这张牌上显示着：一位赤身裸体的女神抬头凝视着草甸上空的五角星，附近有羊群在吃草。

"星币。"那个女人惊讶地说道，仿佛米莉安刚刚赢得了形而上的彩票似的，"在你的人生遇到艰难险阻的时候，希望和信念与你同在，并且你会发现，你会像这个女人拥抱着漫天星辰一样与乐观紧紧相拥。"

"不，不，不，这听起来一点儿也不符合现状。嘿！"米莉安把手伸了过去，开始亲自翻每一张牌。圣杯三、恋人、宝剑四。有些被称为"圣职者"，这听起来像"大象"，然而看起来却与大象毫无共同之处。每翻开一张牌，吉娜小姐都会试图解释这张牌的寓意是什么，但她还没说几个字，米莉安就已翻开了下一张牌。最后，快要结束的时候，米莉安翻开了那张倒吊人，"这个！"

"哪个？"

"这是什么牌？"

牌上画着另一个小童花头男孩的脚跟被倒吊了起来，倒挂在树上晃来晃去，"这是一个倒吊人。他的意思是，你需要从另一个角度看待你的问题——"

"你就是我的另一个角度。你。"一颗饱含愤怒的钉子被锤击着穿过了米莉安的心脏。她挥掉了那张毯子，所有的牌掉落出来，遍地凌乱，"他奶奶的！你并不是一个真正的女巫，对不对？"

游客纷纷望了过来，大惊失色。

"什么？我当然是真的女巫。"她紧张兮兮地笑着说道，仿佛这是一个笑话，一场巡回演出的表演，"我被神灵赋予了——"

"别扯这些虚情假意的屁话，吉娜。你只是看了看牌，然后用最平庸无奇的解释来糊弄我。你从那个华而不实的水晶球里读出来的东西，或者通过观察我的掌心纹路其实也都一样。我说得对吗？"

"我觉得你应该离开。"

"我觉得你应该把我的四十美元还给我。"

"好吧。"那女人把每张二十美元都揉成一个小纸球，然后把这两个小小的资产阶级的巨石向米莉安投掷了过去，"拿回去吧，快给我走开。"

米莉安站了起来，伸出她的食指，仿佛她可以用她手指的力量去试图剖析这个女人，"你只是在浪费我的时间。我需要一个真正的女巫。你明白吗？我需要有人可以帮我找到某个东西，时间就像薄薄的一层曾经湿润的沙子，从我手中溜走。我什么都不会感谢你。"

她转身快速离开。

"等等！"吉娜小姐在她身后大叫一声。

米莉安头也不回，继续向前走去，但那个女人追了上来，走到她的前面，双手举起。一张白色的小名片夹在吉娜的食指和中指之间。她将它递给米莉安。

"糖糖就是那个人，能帮助你找到你需要的东西。"

"那个人？"

"她是真正的女巫。她不是一个……"吉娜的目光注视着整个马洛里广场比画着，对着所有的怪胎、表演者和游客，一个仿佛在说"不像我这样假算命的"的手势，"给你这张名片。"

米莉安接了过来。

名片上有一行手写体：MM47.5。

"我不明白这是什么。"米莉安说道。

"里程标记，四十七点五。"吉娜解释道。

"里程标记。基韦斯特是零英里，对吧？"

"你明白了。"

"谢谢，吉娜！你并不像我以为的那么糟糕。"

吉娜耸了耸肩，"你现在是糖糖的麻烦了，小贱人。"

39　又见旧情人

　　明确了自己的目的地之后，仿佛有了自我鞭策的动力。这股动力拽着米莉安穿过了基韦斯特的大街小巷，一往直前，穿过了醉鬼、大麻的云雾烟霾、防晒霜、阿克斯身体喷雾。她拼命不去触碰到任何人，不是因为她不能应对那些通灵幻象愿景（她是这样告诉自己的），而是因为她不想从手头的任务分心。

　　然后，加比穿过马路，站在了她的面前。

　　米莉安想要隐藏，想要冲入人群，却为时已晚。加比此次前来不是随意地过个马路而已。她是一个带着使命的女人，她过街就是为了和米莉安相遇。

　　她金色头发的末端被浸染成粉色，米莉安心想，一个追随着我内心的女孩。不能接受单一的发色，但随后那些情爱的余烬随着加比的愤怒之风烟消云散了。

　　"你在这里。"加比说道。

　　米莉安试图假装经过她的身边，却发现人群已经在她面前封闭了起来，如同爱伦·坡的爱情小说里的人墙场景——《一桶……》"一桶"

什么玩意儿来着？

"我在这儿。"米莉安想不出还可以回答出别的什么。

"而且你并不是要给我打电话。"

"我似乎想到了我们会在这个时候相聚。"她清了清嗓子，"另外，其实我忘了去找你要电话号码。"

"你不能对一个人这样做。我喜欢你，喜欢过你。管他呢。"

"听着，我们都是成年人了，成年人都会做这些事情。她们……她们彼此邂逅，她们的阴部相互摩擦，翻云覆雨，然后她们继续各自的生活——"

"不对，成年人做着成年人做的事，但当其中一个人产生爱慕之心的时候，她们会承担责任。"

米莉安畏缩了，还在寻找一个出口，"坏消息：我不是一个特别好的成年人。"

加比抓住了她的手——米莉安退缩了一下，这是一个当别人出乎意料地触碰她的时候，她下意识的反应。然而接着她想了起来：无论加比将会如何死亡，都败给了米莉安，被朗姆酒醉的汹涌激流吞没。

"跟我回家吧。"加比说道。

米莉安闻到了从她身上飘散出来的酒精味道。

"你喝醉了。"她说道。

"而你没有。"加比回答说，"所以与我一同一醉方休吧。"

"加比——"

加比用她的双手环绕住了米莉安的胳膊。她向米莉安靠拢。米莉安现在闻到的不只是这个女人唇齿之间散发的酒精气息，而是葡萄酒——红葡萄酒，酒气微醺，独特浓郁，葡萄酒染红了她的朱唇，葡萄酒浸渍了她的皓齿，"我可以让你再一次心满意足，飘飘欲仙。我们之前那次非常完美。我喜欢你。你喜欢我——尽管你不愿承认。我们赤身裸体地做着我们喜欢的事情。"她的膝盖紧紧抵住米莉安的大腿，试图让它们分开。

米莉安开始产生了那种微妙的感觉，一股暖流深入蔓延。

米莉安感觉到了她体内一阵小小的抽搐——就像在肚脐眼那儿有一个结骤然收紧，就像两只强壮有力的手将一根鞭子向两边用力拉扯。她心里有一个念头，我想要。她的本我如同一只被关在一个盒子里的猴子，大喊大叫，怒吼咆哮，迫切需要一个出口。她现在只想让这只疯狂的爱情猴子释放出来，因此它便可以再一次肆意奔跑，为所欲为——

然而，她抓住了加比的手腕——然后轻轻地推了她一下。

加比板起了脸。

"我不能。"米莉安说道，"现在不能。我现在有个急事——"

"TMD。"加比啐了一口，面容倦怠无趣，声音消极无力。

"听着，这对于我来说是一个至关重要的时刻。如果在其他任何时间，我都会跟你走的。好吗？我现在像七鳃鳗一样需要自我控制。我闻到了血腥味，我想要尝尝。但是，我……我有非常重要的事情要去做。我会回来。我会打电话给你。也许我们可以一起吃晚饭，就像一个真正的约会那样。"尽管这些话是她自己说出来的，她却感觉这些话听起来很像谎言。她担心自己真的会让它们成为谎言。"当然。"从加比的回答中也可以听出她也知道这些话就是谎言。她伸出一只手，抚摩米莉安头的一侧，撩起了她耳朵上方的一缕如乌鸦尾巴一般的头发。她在米莉安的脸颊轻轻地啄了一下。然后，她把一个东西塞到了米莉安的手心，"我的电话号码。因为你上次'忘了'找我要。万一你这次真的是认真的呢。"

米莉安什么都没有说，把那个电话号码放入了口袋。

加比跌跌撞撞地去了街对面。

米莉安想要回她电话，或跟随她而去。

但是，当务之急是离开这个鬼地方。

40 糖糖，你快给我出来

里程标志 47.5。

眼前只有一个被烧毁的……好吧，它并非一个店面。不完全是。它看起来像是一座覆盖在一个小商店之上的混凝土小屋——像是一个你可能会去那儿购买鱼饵、冰淇淋或者玉米热狗的商店。

玻璃上沾满了烟灰，半挂在上面，摇摇欲坠，但仍紧紧地粘在那个框架上面。混凝土也沾满了古老的篝火舔舐过的痕迹。

在这些东西上面立着一个牌子，上面写着：占卜。

牌子屈曲不平，其顶端有一个鸟巢，蜘蛛在这个标牌上突出的字母之间织网。

它是空的，仿佛被炸毁了似的。

米莉安心里痒痒，心急火燎，紧张不安，仿佛踮着脚站在刀尖上翩翩起舞一般，仿佛每一次屈膝、每一次转体，都会让刀刃插得更深——然而现在，她身处这个越洋高速公路上被火灾侵蚀过的一个小地方。独自一人，彻底冷寂孤独，前所未有。

心中有一个声音告诉她：回去吧，去找加比吧！

然后，或者给路易斯打电话，把这一切都告诉他，他一定会来的。

他一定会来拯救你。

一个寡情、自负的声音从她体内传来：

你不需要被人拯救。你才是那个拯救别人的人，还记得吗？于是，问题来了：我究竟是什么东西，我 TMD 是一个超级英雄吗？

想到这里，世界震颤了一下。

现在没时间来处理内心这两个小人的对话。

"喂？"她开始大声嚷嚷。

她的声音顺着那座混凝土小屋的房屋曲线相回荡。

一只小蜥蜴冲到了她的面前。它在地面上快速窜逃，仿佛身处熔岩之中，甚至连片刻的休息都将他烤熟。

蠓虫在她的胳膊上咬了一口。蚊子也在四周盘旋，盼望若渴地等待着轮到自己的时候。它们都在寻找鲜血。

然后她感觉一阵发热，感觉全身都被蜇尽。她的皮肤感觉很紧，过紧，把她的肌肉和骨骼全部扯在了一起。

她的胳膊变成了龙虾红色。

她感觉她的脖子——

"噢，真该死！"

晒伤。她晒伤了。

她开始嘲笑大家，"噢，米莉安，你应该戴一顶太阳帽呀。"然后轮到她自我嘲笑了，"不，我是经过认证的坚不可摧的小贱人。如果太阳想要烧伤我，我就踢他那火热的蛋蛋。我才不需要什么臭烘烘的防晒霜呢。"她叹了口气，"我太傻了，太愚蠢了。我居然傻到来这儿了，居然傻到永远离开了我的母亲。"

她用双手捂住了脸，甚至连这个动作都让她疼痛难耐。

"太阳公公可真够残酷的！"她身后传来一个声音。

米莉安转过身去，伸手去拿她的小刀——

一个女人站在那儿，手持一柄手提电灯。她身材纤细高挑，身穿一条白色背心裙，腰部被一条黄色的围巾围绕收紧，在那儿徘徊。柔嫩光滑的肌肤，如柔沙颜色的长发。她的脸颊上点缀着星星点点的深色雀斑，双眼苍白，仿佛被人挤干了它们的颜色。

"嘿，米莉安！"那个女人说道。

"你是糖糖？"米莉安问道。

"正是。"

"你怎么会知道我在这里？吉娜告诉你的吗？"

"是她派你来的？"她带着怀疑问道，"没有。她没有告诉我。"

"你是说，你刚刚才知道。"

糖糖眨了眨眼睛，"是的，我刚刚才知道。"

"因为你是一个占卜师。"

"的确如此。"

"所以，你知道我想要什么吧？"

糖糖悠然地走着——几乎是在飘，她走得非常轻，以至看起来就像是她的光脚从来没有接触过地面——围绕着米莉安，"我不知道你想要什么，但你想要的东西和其他人一样。你想找到某个东西，或者某人，或者某个地方。我们都在寻找这些东西。"

"而你能帮我找到他们。"

"这是我的工作。"

"你很真实可靠，不是那些虚情假意的幕后操纵者。"

"我找到你了，不是吗？"

"她可能已经给你打过电话了。我指的是吉娜，只是因为你说她不是指——"

"你也有通灵能力。"糖糖说道，"对吗？"

"你怎么知道？"

"你身上就散发着这股气质。"

"对不起，我肯定是到了生理期。"

"你用幽默诙谐与残酷无情作为捍卫自己与他人交往的盾牌。它可以为你提供距离。"

米莉安发出哼哼的声音，"这是你的通灵能力告诉你的吗？"

"不是。"糖糖的脸上绽放出一个微笑，如同蜂蜜在温热的烤面包之上蔓延，"我自己就可以知晓这些事情。"

米莉安和糖糖步调一致地并行走着，不完整的圆圈对着不完整的圆圈。那个女人盯着她，微笑，甚至有点儿自鸣得意，仿佛她觉得她自己在某个连米莉安自己都不了解的方面对米莉安有着清晰的认知。米莉安突然感到警惕，谨小慎微，她要被俘虏了。

"那么请你告诉我想知道什么。"米莉安先发制人。

"你要找的是一个人，是这样吗？"

"你不需要通过触碰我来知道这些吗？"

"我只需要看着你的眼睛即可。"

"那么，你在我的眼睛里看到了什么？"

米莉安突然意识到糖糖目不转睛，眼睛眨也不眨。她的眼睛睁着，睁得大大的——灰色水域里的每一个漩涡都将她席卷而入，"我可以在你眼中看到很多东西。我看到了愤怒，我看到了死亡，我看到了满天腐臭的鸟，我看到了头骨里的弹囊，我看到了一井的黑暗——而且在那片黑暗之中，我看到了一道微弱的，几乎是微不足道的光，如同萤火虫末端的光芒。我看到了你在寻找的那个人，他——"

"告诉我。"

"现在还不是时候。"

"去你的。现在正是时候。我想要知道。"

"如果你对我这个态度的话，我永远也不会告诉你。"

米莉安心想，我要狠狠地打你那轻柔的屁屁直到你像骆驼一样哀求。相反，她说："如果需要的话，我会保持态度良好的。"

　　"我想告诉你一个故事。"

　　"我不想听任何睡前故事。我不困。"米莉安望向四周，试图找寻一根烟。她找到了一根，含在了嘴里，"我还有事呢。"

　　"这是那个侵入你脑袋中的幽灵告诉你的吗？"

　　香烟一下子突然沾在了米莉安嘴唇较干的那一块皮肤上。它悬在那里，如同一个登山者挂在悬崖上，期待被救，"入侵者。"

　　"你是这样称呼它的吗？"

　　"是啊。你也有吗？"

　　"我有。"

　　"你怎么称呼你的那个呢？"

　　"幽灵。"

　　一股寒气顺着米莉安的脊椎蹿到了她的脖子上：一只四肢冰冷的猫咪，"所以它是真实存在的。它是一个幽灵。我们被它萦绕。"

　　"我不知道。也许不是。关于这个问题，我也没有答案，米莉安·布莱克。也许这是我心灵的一部分，它脱离了我的心智，在我耳畔尖叫。也许这是我已经失去的那部分东西的灵魂。也许这是一个错觉——一场紊乱。我在不知不觉中习惯了安逸舒适。"

　　"你比我更加优秀。"

　　"也许吧。"糖糖说道，但她说话的方式听起来并非自我炫耀，或者卑鄙刻薄，只是一种残酷的诚实。米莉安不能因此指责她。

　　"你现在可以开始讲述你的故事了。"

　　糖糖微笑着将这个故事娓娓道来。

糖糖的故事

我的父亲是古巴人；而我的母亲，是美国人。

我从来都没有见过我的母亲，我出生的那一刹那就是她灵魂归天的那一瞬间。

我见过我的父亲，不过他在我出生的时候就把我送人了。他不说英语，也听不懂英语，所以他带我去了马拉松的医院，把我留在了那儿。

我父亲给我起了这个名字。虽然他不会说英语，但他还是将我裹在了一条破烂的毛毯里，然后字迹潦草地胡乱写了一张字条粘在了上面：

杜尔塞科莫埃尔阿祖卡 ①。

如糖一般甜蜜。

我与其他七个孩子一起住在一个寄养家庭里。

我再也没有被别人领养。

我的养"父母"对我不是特别好。他们不像有些父母那样残酷：用严刑拷打逼问，用唇枪舌剑教唆。他们的残酷在于他们丝毫不重视我。不仅仅是我，我那些所谓的兄弟姐妹也都一样被忽视了。我们根本不是

---

① 杜尔塞科莫埃尔阿祖卡：此处为古巴语的音译。

一家人，我们只是生活在一个屋檐下的人的集合。

他们得到了报应。

我什么都没有得到，但我觉得我得到了生存的机会。

我没有与其他孩子一起玩耍。于是我发明了一个可以一起玩耍的孩子：一个和我年龄一样的小女孩，在逻辑上却比我小，她是我的宝贝女儿。我这个想象中的朋友也是和我年纪一样的女儿——它没有任何意义，但谁说孩子们非得有点儿意义呢？

有些小女孩总是想着自己婚礼的那一天。

我一直梦想着当我有属于我自己女儿的那一天。

一个我深爱的女儿，一个我永远不会拱手让人的女儿。

起初，我以为我会叫她"亲爱的"，直到后来我读了那本书。

之后一段时间，我想我可能会给她起名为"珍爱"。

直到后来我又读了一本书。

所以，我决定，我如果将来有一个女儿的话，我会叫她"珍惜"。

而这正巧发生在十年前。我遇到了一个男人。我们不爱对方，但我们喜欢对方。他是一个古巴裔的美国人。他不是一个酒鬼，或者瘾君子，或者滥用药物者。

他是一个骗子。

我知道哈维是这样的人，然后我就那样嫁给了他。因为我怀了我的女儿，她是他的亲生孩子。

我们在基拉戈租了一个小公寓。我在当地一个谎称有着最好吃的海螺油条的潜水酒吧做服务员。他们根本就不是最好的，他们甚至连新鲜的海螺都没有。

哈维在街对面的码头上担任船舶机械师。

后来，我们的女儿就出生了。我非常爱她。我觉得他一直以来都只是在容忍她。不过他的态度也还不错，我们就这样度过了一个又一个生日与圣诞节。

我也没在意。我想他可以去做自己想做的事，只要当我们需要他的时候，他是她的父亲就够了。

有一天，我正在值班。他——极不情愿地——同意了——照看我们的宝宝。

他对照看她的过程感到十分厌倦。他会说，一个大男人只能眼睁睁地坐在那儿，玩茶话会海盗——这是珍惜最喜欢的娱乐活动——他与他的小女儿一直玩这个。

于是，他把她带到了码头，他有一条他正在研究的船。

反正他是这样说的。

他确实把她带到了码头。

但他到了那儿之后与他的另一个小女孩玩了起来——一个十九岁的游客。一个家境优渥的白人女孩。他告诉珍惜自己去一边玩，珍惜照做了。当她给海鸥喂面包屑的时候，他却在他修理的那艘船上和那个女孩做爱。

我那天很早就下班了，因为那一天我们的海螺卖光了。人们以为我们把海螺捕光了，但其实这里的餐厅出售的海螺都来自加勒比海，而那一天装运船没有来。我们就没有卖了。所以，我就回家了。

或者说，我到码头去接我的小女儿。

我就去了。我寻找着他们。

我终于找到了哈维。他和那个女孩一起，在那个饮料冷却器上弯着腰。

我问他珍惜去了哪儿。

他说："在外面，就在外面，在给鸟喂面包呢。"

我说："不，她不在。"

他笑着看着我，仿佛我是一个大傻子。然后我们便一起走到外面，这样他便可以证明我是多么愚蠢，居然连我自己眼皮底下的东西都看不见。但她却不在那儿。他说："噢，她真的在这儿，当时，在这个码头上。"然后我们去所有的船只和所有的帆之间寻找，她都不在。

任何地方都不见她的踪影。

这就像她刚刚消失了一样。

也许她掉进了海里，也许去到了一艘船上，也许上了一辆车。也许，也许，也许。

珍惜失踪了。

我把她弄丢了。因为我没有好好珍惜她，还因为我的丈夫没有好好珍惜她。

警方不知道该如何是好，他们没有发现尸体，他们没有发现挣扎的迹象。我是半个古巴人，我的丈夫是古巴人，他们似乎并没有很在乎我们的案子。

每天晚上我躺在床上彻夜不眠，都在想着，她可能去了哪儿呢。

陷入了最黑暗的水域，鱼儿在她尸体的嘴中游进游出。或者，也许她被一个邪恶的人带走了，并用于任何一个怪物会想对一个可爱小女孩所做的任何目的。也许她还活着，也许她已经死了。我承认我很愧疚，我能想象的最可怕的情景是她被别人找到了，然后被一个新的家庭领养，一个比我更加深爱她的新家庭。我的愧疚越积越深。

所以，一天晚上，我独自一人去了码头，哈维工作的那个码头。我喝醉了，跳入水中，让黑色的海水将我带走。我张开嘴，吸了一口气，吸进去的仿佛是寒冰与阴影，我记得那天的恐慌与颠簸，但它发生得如此之快，几乎感觉不到任何痛苦，真的……

那天晚上，我就死了。

我没有看到任何光束。

我没有看到地狱以及所有的恶魔。

我什么也没看见。我不在那里了。

然后，突然之间，我又清醒了过来。

我尖叫着醒来，在我的小女儿出生的那个医院，在那个我的父亲将我抛弃并给我起名为糖糖的医院，在那个我出生与重生的医院。

　　哈维发现了我的身体漂浮在海面上。他做了一些不太熟练的心肺复苏工作。它起了作用，虽然我不记得了。他说我喘了一口气，猛烈地吐了一口水，却没有回过神来。他担心我脑部死亡，所以他带我去了医院，我在那儿苏醒。

　　他在第二天跟我离婚了。我没有抗议，我签署了那些文件。

　　我以一个崭新的面貌回来了。

　　某个东西与我一起回来了。我的幽灵。我的小幽灵——那个当我独处的时候跟随着我的小女孩。珍惜。我美丽的小天使，我那面带微笑的恶魔。有时她会像我的小女孩那样说话；有时她说的事情没有一个小女孩会说出口，是一些可怕的事情。

　　我带着特异功能回来了。

　　帮助人们寻找他们想要的东西。

　　当然，这真的挺讽刺的。因为虽然我可以帮助别人找到他们想要的东西，我却永远也找不到我想要的。我永远也不会找到我的亲生女儿了。

　　但是，我可以帮助别人。

　　这就是今天我要为你做的事情，米莉安·布莱克。我会帮你找两件东西，因为我总是帮助人们找到两件东西，我帮他们找到他们想要的东西。

　　我帮他们找到他们并不知道的他们所需要的东西。

　　通常都是两件东西。

41 两件东西

米莉安点燃了一根烟。这感觉就像是一枚炮弹刚刚穿过了她的腰部，打通了她的经脉。她尽量不表现出来，试图不去想她是如何失去了那个她甚至不想要的东西——一个未出生的孩子，一个她只能在回顾中思念的小生命。而这个女人失去的东西是多么糟糕，多么残酷。糖糖想要那个小女孩。她是她生活的一切，那个小女孩是上天安排来修复原本在她的生命中已经损毁的部分——包扎一个破碎的车轮，让这一切又完整如初。

她失去了她以为她绝不会失去的东西。

糖糖把手伸了过来，从米莉安的嘴里把香烟夺了过来。

当那个女人把烟扔出了她的视线的时候，米莉安板起了脸。

"禁止吸烟。"糖糖说道，"你真的应该戒烟，这玩意儿对你有害。"

"一切都对你有害。生命也对你有害。"

"这种态度才对你不好。"

米莉安舔了舔嘴唇，"谢谢你，神秘生活的教练！我敢肯定，你认为这是'玩世不恭'，但我认为这是'现实主义'。"

"这一直是'愤世嫉俗'的另一个说辞。"

"啊，这他妈的是啥玩意儿？你怎么不是一个愤世嫉俗的人？你失去的东西……太可怕了。你不是一个乐观主义者。"

"我只是一个乐观主义者。因为即使在病危的时候，生命都会找到一种存在的方式。毕竟，哪怕是一道微不足道的光，也仍然是一个光源。"

"你脑子生病了。"

糖糖绽放出一个温柔的微笑，"也许我是。"

"好吧。那么告诉我吧，我的两件东西是什么？"

"我会先告诉你，你不知道你需要的那个东西是什么——"

"不，告诉我那个——"

"因为如果我照做的话，我怕你会跑掉。"

米莉安凝视着她。

糖糖眨了眨眼睛，"你在找一个这么大的金属盒子——"她伸出她的双手，大约有一英尺长，六英寸高，"就像一个保险箱。它与其他很多这儿的东西一样，位于水底。长点岛的形状像一根手指——它的半岛指点着方向。在远方的某个地方，潮汐之下，那个金属盒在静静等待着。"

"太好了！金属盒。"一文不值，"那么下一样东西呢？"

"你怎么这么不耐烦？"

"你根本不会懂我多么迫切地想要知道。"

"你要找的人在夏地礁岛上。在它的南部，实际上，是在一个小岛的遥远另一边。他在那儿野营。你看到了那两棵野生酸角树便会认出那个岛屿，因为那看起来就如同一双大手在恳求上天的青睐。"

"多么诗情画意！"

"我也这样觉得。"

"我要走了。"

"我看出来了。"

"关于这个……你想要什么？"

"要什么？"

米莉安翻了个白眼，"对于整个……占卜的事情，你为我指引了方向。我应该给你什么回报呢？这是一个交易。"

"我做这个不是为了获得报酬。"

"那么你到底为什么这样做？"

"我真的不知道。为什么你会这样做呢？"

米莉安眯起了双眼，"你看到了吗，那些幻象？我指的是每一次。你知道每个人都需要找的是什么吗？"

"如果他们看着我的眼睛，我便会知晓。"

"你会告诉他们吗？"

"几乎从不。不，除非他们想要知道。"

"那会不会很难？如果全部都尽收眼底的话？"

"如果它是你生命必不可少的一部分，就不是那么困难了。"她把手提电灯拿得更近了一些，她脸的一侧沐浴在那一片人造的光芒之中，"但仍然会觉得相当奇怪。噢——不要忘记去买防晒霜。"

此时此刻

　　"那么，"格罗斯基问道，"箱子里有什么东西吗？"

　　他敲了敲他手掌之下的金属盒。咚咚，咚咚。

　　米莉安露出了一个嘲讽的笑容，"我不知道，天才。你在我本可以打开它之前打断了我。"

　　这个大家伙笑了起来，"我们很擅长这个。"

　　"我发现了。"

　　"另一个女人是一个……你知道吗——"他用两只手的食指触碰到他的太阳穴，吹起了《迷离境界》的主题曲，"通灵小姐。她和你一样有特殊能力。他妈的，也许我们应该去找那个女人，而不是把时间一直浪费在这个家伙身上。"

　　"你们到底为什么要和我说话？"米莉安问道。韦尔斯用那种一只猫咪盯着一只蟑螂的眼神盯着米莉安，然后米莉安心想，这应该反过来才对，浑蛋，"游戏的终点究竟是什么？我根本看不到终点。"

　　"我们等会儿会——"格罗斯基开始发言。

　　"我们和你在一起没有什么游戏的终点。"韦尔斯打断了他。

格罗斯基惊奇地看着他的工作伙伴。

韦尔斯说："上帝啊，里奇①，这个女孩刚刚骗了我们。难道你还不明白吗？好像没多大事似的承认了这一切。假装她是一个……一个……一个该死的女巫？我们被玩弄了，里奇！我们还是收拾包袱上街乞讨去吧——"

"凯瑟琳，还是让我处理这个问题吧。最起码，我们现在可以坐在沙滩边的小屋里，温柔的微风穿过这些美丽的、破碎的窗户吹了进来，米莉安在这里给我们讲述一个小故事。"

"里奇，有的时候，我发誓，你的架子端得太高了——"

"啊，噢！"米莉安说道。她模仿着一个小女孩的声音："妈妈和爸爸在吵架呢！"

他们两人齐刷刷地给了她一个"好好地吃完你的屎，去死吧"的眼神。

"凯茜，坐下吧。你要记住，我是这里最高级别的警官。我待在这里的时间比你要长得多——"

韦尔斯翻了个白眼，"又是这堆废话。"

"这不是废话。不要称之为废话。不要小看我对你说的那些话。不要——"

"说得好像你是某种行为分析组的无瑕宝石一样。你甚至连一个等级证书都没有——"

他大笑了起来，"你不也没有什么等级证书吗？！"

"至少我已经出去过，和那些坏人一起。你穿着你的运动服，或者那件丑陋的夏威夷衬衫，领子上还带着芥末污渍，就来上班了。而我们其余人来上班的时候，都会穿得如成功人士一样。你还记得你最后一次开枪是什么时候吗？"

格罗斯基突然转向了米莉安，如同一位父亲恳求孩子一起针对另一

① 里奇：格罗斯基的昵称。

方家长，"你看，韦尔斯只和我一起在这里干了几年时间，她变成了我这样的人——"

"作为惩罚！"韦尔斯尖叫着喊出来，伤心愤怒。

"她现在变成了我，她以前才是一个——"

这次是米莉安插了进来，"噢，噢，让我猜猜吧：副警官。或者是你们 FBI 的那个什么缉毒组之类的吧。"

格罗斯基点了点头，韦尔斯不断呼喊。

"我之前在有组织犯罪缉毒特遣队工作过一段时间，我为国家的 HIDTAs——也就是'高强度贩毒区'——的当地执法部门提供了支持。阿尔伯克基、凤凰城、新奥尔良——"

"迈阿密。"米莉安补充道。然后，她轻拍了一下她的脑袋，"看到了吗？这就是占卜。"

突然格罗斯基用他拳头的一侧猛地敲起了桌面，砰砰砰，每一拳下去，金属盒都为之一颤。

"闭嘴。"格罗斯基说道，"你们俩都给我闭嘴！"

他坐了回去，他的汗水一滴一滴地蹦了出来。他的两腮通红，如同一个红色的水气球。他掏出一块白手帕，轻轻拭去他上唇的汗水，舔了一下，然后再一次轻轻擦拭。

米莉安吹了一声低沉的口哨，"啊噢……"

"韦尔斯。"格罗斯基说道，"坐下。我们要留下来。我已经看明白了这整个事件，现在我要做一个关于布莱克小姐的决定。而你，米莉安——"

"坐下，闭嘴，看着你的嘴。等等等等等等。"

"是啊，干得漂亮。"

"好吧。"我已经得到了我想要的东西，她心里这样想着。韦尔斯的鸟笼已成功地制造出了一场慌乱，"你想听到剩下的那部分故事，还是怎样？"

格罗斯基点了点头，但随后说道："嘿，顺便说一句，关于你母亲的事情，真的很抱歉！"

米莉安的内脏突然扯了一下。她突然感觉到自己脱离了地球，仿佛她正乘坐电梯往上走，而世界上其他的一切正在下降。

"谢谢！"她说。

韦尔斯看了一眼她的手表。

米莉安继续讲述着那个故事，从"我需要一把枪"开始娓娓道来。

42　小小女士的手

米莉安需要一把枪。

她有钱，却没有枪。她抛弃了她那把口径 0.38（9 毫米）的手枪——她曾经用那把枪杀死了那个劫匪，或者说是抢劫犯（其实他只是一个可怜的孩子）。这两者之间是有区别的，不是吗？管他呢！她现在没时间被这些乱七八糟的想法困扰。她也没时间被那个沉默寡言的孩子困扰——即使是现在，他满脸不怀好意地望着她，倒映在迈锐宝的风挡玻璃上投射的闪烁路灯之中。他那布满血丝、铁青的嘴巴。他是一个杀人犯（你也是一个杀人犯，一个小小的声音提醒着她——一个在她的脑袋里面蹿来蹿去、胡乱蹦跶的声音说道，这是一枚子弹的声音）。

她不能够去哀求他。

他已经做出了选择，她也做好了她的决定。

于是她狠下心来强烈抑制住了内心的这个冲动。

因为她已经没有时间去做别的事情了。

去拿到那把枪（你的意思难道不是那个杀人凶器）已经花了一定的时间。她通过她那个"占卜挣钱只为吃饭"的小小实验积攒了一些钱。

然后，她去了城北一个叫奥克斯的地方，参加一个枪展。

一桌接着一桌的人，卖着弹药、弹药盒、刀、纳粹宣传、三 K 党宣传、越战时期的史前古器物……

噢，是的，还有枪。

这些都是私人卖家。这些枪支如同漏网之鱼一样，没有任何背景检查，无须签署任何文件，一手交钱，一手交枪。

在桌子周围坐着的那些家伙都是硬朗的纯爷们儿大汉，"一个像你这样的小姑娘需要一把枪做什么？"

她在他面前突然心生一股傲人的自信，"为了确保我不会被像你这样的穿着法兰绒死里逃生的浑蛋强奸啊。"

她心里这样想着：他要么会非常生气，并且想要打破我的下巴，或者他会告诉我滚开，然后我从另一个人那儿买枪。但是，他只是耸了耸肩，说："随你便，小贱人。只要你的钞票是绿色 ①的就行。"

最后，她就带着她的口径 0.38（9 毫米）的史密斯 & 威森的狮子鼻离开了。

那个卖枪给她的人最后又挑逗了她一次，"小小手枪适合小小女士的手。"她居然什么都没做，就这么让这事翻篇了，甚至没有用手枪柄去揍他一顿。她觉得这件事成为她个人成长史上一个显著的成就与清晰的水印。

不过，现在，停靠在通往群岛的冗长的高速公路的阴影之中，她没有那个选择。这里没有枪展，今晚没有。然而今晚，她想做这件事。

没有等待。

因为时间如同找上门来的狼。

那么，该怎么做呢？该怎么办呢？

现在没有枪展。不过，这是在佛罗里达，这就像一个乡巴佬版的夏威夷。每一次你看到的新闻都是"佛罗里达人这样了"和"佛罗里达人

---

① 钞票是绿色：19 世纪中叶以来，美元开始由绿色油墨印制发行。这句话的意思是"只要你的钞票是美元就行"。

那样了"。佛罗里达人大口吞食着浴盐，啃咬一些女人的脸庞。佛罗里达人试图与鳄鱼交媾，却被它的阴茎卡住。佛罗里达人试图乘坐滑翔机降落到一艘游轮之上，然后在沙狐球台上拉屎。此外，在这儿似乎每个人都认为他们自己是《死亡之愿》中的查尔斯·布朗森。所以，他们有枪支专卖店。

她只是希望其中一家店晚上十点后还在营业。

也许是一家典当行。

为此，她需要回到旅馆，去拿她在床边的桌子上看到的那本电话簿，距离这里不算太远——还需要二十到三十分钟。这不会影响她的计划。

在汽车旅馆里，一切都寂静无声。通往杰里办公室的楼梯上有一台可乐机，飞蛾、苍蝇和蚊子聚集在它的灯光之下，翩翩起舞。米莉安走到了那片住宅的后面，沿着那条小路，向她的房门走去——有人在她身后清了清嗓子。

她转过身去。

是那个酒鬼瘾君子，坐在他的躺椅上。

在他身后，一个手持遥控器的人向他发送着信息。

"他们称这些岛屿为'洛斯马提雷斯'。"他说道，仿佛他们已经说了几个小时的话，仿佛他们的最后一次谈话从来没有真正停止过，"意为'那些烈士 [1]'。当探险家在夜间来到此处，他们看到这些轮廓在月光下看起来如同驼背的男人过河一样。就像在那些神灵面前的前列腺 [2] 一样，然后说一些无关紧要的屁话。"

"我觉得你想说的是'叩头'。"

"我不认为这有什么区别。"

"这区别才 TMD 大呢。"

---

[1] 那些烈士："那些烈士"的英文为"The Martyrs"。"洛斯马提雷斯"的英文为"Los Martires"。两者发音相近。

[2] 前列腺："前列腺"的英文为"prostate"，"叩头"的英文为"prostrate"。这两个单词只有一个字母的差异，这个人说错了。

"好吧。好吧。管他呢，嗯，我认为这很酷啊！因为这个地方就如同星期天的早晨和狗屎一样简单，但即使是在天堂，我们也会受苦，你知道吗？我们会经历各种各样的挫折。"

"那很棒啊！我必须——"

"你知道吗？有一些岛屿也有一些很了不起的名字。避难岛、击垮敌军岛、士兵岛、邋遢岛——"

"我真的很享受我们在一起的时间，佛罗里达人。"她说道，突然意识到这就是吃人脸、与鳄鱼交媾、乘坐悬挂式滑翔到游船上面在沙狐球台上拉屎的那类人，"让我再问问你另一件事情。你知道在什么地方可以卖枪给女孩吗？"

"枪？哇噢！"

"没错。"她用她的拇指和食指比画出一把手枪的形状，然后模拟出了乒乓的声音。

"大多数地方可能都已经关门了。我知道在基拉戈的'比利的典当行'是开门营业的，不过太 TM 糟糕了，比利正在享受他的钓鱼之旅呢，他出门了，店铺也就关门了。"

"这并没有帮到我什么。"

"南方有一个'基蒂的打靶场'，他们会卖弹药，有时候你可以找到传单，公告板上也写着一些通知，但现在这个时间，基蒂肯定打烊了。"

"这仍然没有帮到我什么。听着，佛罗里达人，咱们的这次闲逛真是超级疯狂、富有乐趣啊，但我要……"

"我可以把我的枪给你，我猜的话。"

"你的枪？"

"啊哈，没错。这是一把仿冒 1911 年的 0.45（11.43 毫米）口径的柯尔特的斯普林菲尔德，也或者是一把山寨斯普林菲尔德的柯尔特。妈的，我不知道。我去把它拿来。"然后他从椅子上站了起来——行为如此缓慢，仿佛在看冰川随着时代渐渐形成一般——他缓缓站起的过程中，发出了低沉的咕哝、慵懒的呻吟与不安的悲啼，然后步履蹒跚地去到了他的双人房。

米莉安站在外面，蚊虫叮咬，晒伤的皮肤变得越来越紧绷——她感觉紧绷得快要像肠衣一样绷开了。

两分钟，五分钟，十五分钟。

他进去之后……好吧，她不知道究竟发生了什么。在上厕所的时候睡着了？在泡澡的时候淹死了？想要与鳄鱼肛交的时候被鳄鱼吃掉了？

她这样想象着，觉得特别有意思。

她拿着她的钥匙转过身来——

果然，佛罗里达人走了过来。

他手中拿着那把手枪，仿佛他已经准备好开始杀人了。他走了过来，走路的姿势不太像是一个人，更像是一枚被拾起的肮脏的橡皮筋，他拿着枪对着她。

"给你。"他说道。

她盯着这把枪，"这也许不是把一把枪递给别人的最佳途径。"

"哈？"他低头望去，"噢！"他小心翼翼地用双手握住那把枪的周围，这样那把枪的手柄便是对着她的了。

当她伸手去接枪的时候，他的手指扫到了她的手指，然后——

他已有一百零五岁，看起来如同某种被太阳炙烤的海滩木乃伊。他坐在一个码头上，他那患有关节炎的手里抓着一罐施里茨低度啤酒，而他的身体就那样……殆尽了。一切都松弛了。他的所有器官就像是被人在哪儿关掉了断路器那样全部断了电。那罐啤酒从他的手中掉落，滚到了茫茫无际的大海里，啤酒在边缘变成了泡沫。他笑了起来，然后放了一个小屁，然后他的大脑缓缓地安逸地死去。

——然后她把手抽了回来，着实惊讶，居然没有浴盐引发的自相残杀，没有乘坐悬挂式滑翔机去拉屎，也没有他妈的鳄鱼。她几乎有些失望，但让她略感安慰的是，阿什利并没有找到他。

　　"你的死亡很安详。"她说道。

　　"谢谢！"他点了点头，好像他本来就知道似的，虽然他肯定不知道，"我的名字叫大卫。"

　　"我的名字叫米莉安。"

　　"真酷！你会枪射一些罐头什么的吗？"

　　"会的。"

　　"太酷了！"

43 杀人是他们安排给我的任务

枪躺在她的大腿上，她的脚踩在踏板上。

她想要从她藏匿的钱中给这个佛罗里达的大卫几百美元，但他却没有接受。

于是，她接过钱，把它藏在旅馆的床下，又上路了。

现在，她正在高速公路上。

她尝到了血腥味，她那根扣动扳机的手指一阵酸痛。

在她旁边的座位上，那个头皮被打破了的暴徒用手捂着嘴笑着，"你这一次要杀了那个浑蛋吗？"

"是的。"她回答道。

的确如此。

44 夏地礁岛

午夜。

月亮如同倒映在黑色水域中的丝带。

米莉安站在夏地礁岛最南端的一个院子里。一座废弃的白色房子坐落在那儿，黑灯瞎火，大概距离这里五十码的样子。在她身边堆积着半塌的躺椅和腐烂的野餐桌。熄灭的火炬，摇曳的棕榈树像是黑色分裂的阴影。

她不知道这个地方的主人是谁，栅栏早已被吹到了地面，白色的油漆从雪桩上剥落，木头都已腐烂。

这样，进入便成了一件易事。

苍白的碎石在她的靴子下面被踩得咯吱作响，如同一个个小小的指关节，如同英格索尔收藏在他的那个袋子里的那一些。

一辆面包车停靠在附近，也是一片漆黑。

她路过了它们，向着水边径直走去。

那儿，在远处，有一座小岛。

两棵参天葱郁的大树凌驾于其他万物之上，如同伸向苍穹的两只巨手，仿佛在争抢月亮，却永远没有达到目的。糖糖是怎么说的来着？恳求获得上苍的青睐。就是这样。这就是那座岛屿。

然后她开始咒骂自己。她甚至没有想到过她将会如何到达那儿。所有其他岛屿似乎都相连接——桥梁和道路是将这些疯狂的群岛缝在一起的线。

但这座小岛就那样……存在于那儿，一水之隔。

至少有四分之一英里。

甚至想到要把她的脚趾浸泡于水中，让她感受那一阵阵的颤抖。当那个想法从她心头划过的时候，她想起了那片萨斯奎汉纳水域——愤怒的汹涌激流搅拌着混浊的泥浆，带着骇人可怖的声音。泡沫，鬼混，与可怕的想法。

埃莉诺·考尔德克特的尸体——一根手指压住了死人的嘴唇。

嘘!

米莉安用手掌根部遮住了双眼。

那条河流罪恶深重，那片海洋更是雪上加霜，仿佛一张饥肠辘辘的大嘴巴。珊瑚是它的牙齿，而鲨鱼是它的舌头。想要将她吞噬。

她不要游泳。

不要游泳。

不能游泳。

她瑟瑟发抖。

等等。那儿——

一个漂浮在水中的轮廓飘过了那座房子。

那是一艘皮艇，刚刚经过了一个船坡道。船桨漂浮在船的后面，被一条暗线拴住。

她去到了船上，拿出她的刀，切断了斜坡后方连着那根柱子的绳索。然后，她从混凝土上滑了下去——

不要下水，不要这样做，回家吧，别管这档子破事了，你还有时间，也许你可以等待，制造一个陷阱，然后在他逃跑的时候一把捉住他——

但随后她看见了她的母亲，那些刀伤如同一个个流着鲜血的小嘴巴一样在她的胸部张开。她看到了杰里和他那死去的鸟。她看见了彼得和他脖颈上的鲜血喷泉。然而在这一切之后，是阿什利那张斜睨着的脸庞。那个回旋镖一样的笑容。那双闪闪发光的眼睛。

米莉安上了船。

45 黑色十字架

她在水中看到了无数张脸庞。

那并非光影的捉弄把戏。那是一张张尸体的脸庞。被海盐浸泡过度，如一个个肿瘤一般肿胀。快艇与他们相撞击，发出砰砰砰的声音。

他们并不是真实的，这只是入侵者而已。

尸体的嘴巴张开，漂浮在海面之上。银色的气泡漂浮到水面的那一刹那发生了破裂，喃喃耳语如同蟒蛇一般爬进了她的耳朵——

钦定的杀手……

你不知道有什么在远处等待着你……

你还没有准备妥善……

转身，回家，放弃吧……

那些她杀害过的人的脸庞齐刷刷地凝视着她。

埃德温·考尔德克特那拘谨、噘起的嘴唇。那个警察，厄尔，他那没有舌头的嘴巴吮吸着海水。贝克·丹尼尔斯——实际上是贝克·考尔德克特——他的脸被涂上了一个双尾燕子文身，线条扭曲，翅膀从那浸满水的肿胀的肉体中鼓起。其他的脸庞浮出水面，降入海中：知更鸟

杀手、英格索尔、哈丽特、那个 ATM 附近的劫匪。还有那些并非由她
直接造成死亡却仍然会归罪于她的死者面庞：德尔·埃美柯、本·霍奇、
杰克·伯德、海塔·盖尔、史蒂夫·利斯特，一个名为奥斯汀的小男孩
与他的红气球——那个气球在她看来如同漂浮在海面上的钓鱼用的
浮标——

他们都向她讲述着那件同样的事情：

你还没有为此做好准备。你一直在快进，快进，快进。

最终一切都要倒退回去。

然后她几乎快要到那儿了，距离那座生长着向外伸展哀求、树枝绝
望无助的大树的岛屿几乎很近近近了。

46　两棵树的岛屿

　　皮艇碰撞到了岩石海岸。她用最微弱的声音嘀咕着骂了一句，然后全神贯注地设法爬出了那艘快艇——但她不习惯驾船，不知道怎样让它运转。这与从汽车中出来截然不同，她的脚踩了回去，突然船就漂走了。留下她独自一人在这里，与那两棵高于其他所有树木的长着骨骼手臂的大树一起待在这座岛屿之上。

　　她告诉自己，我并不需要那艘船来帮我完成那些需要去做的事情。

　　漆黑一片，树木参天成林，掩盖住了夜空中那明亮璀璨的月亮与繁星。她拿出了那把手枪，检查了一下它的弹仓，把弹药盒弹了回去，然后用大拇指关闭了保险装置。

　　她悄悄潜入了那一排树林之中。这座岛屿不算幅员辽阔——却也足够大了。绕着这座岛屿的周边行走一圈，可能需要一个半小时之久，从中间横穿过去实际上才是更优之选。糖糖说阿什利在这座岛屿的遥远的另一边。

　　米莉安下到了灌木丛中，步履轻盈地踏过了柔沙与潮池。水浸湿了她的靴子、袜子，成群的苍蝇如云雾一般被拨散开来。

然后她闻到了食物的香味，香甜可口的味道。

烤豆，如同她母亲曾经做过的那种。

她像卡通片里那样追寻着食物的香味，蒸汽在她的鼻子下面挑逗着她，让她越来越近，越来越近。

她如同一个牧师的耳语那般安静。

前方，一道橙色，变化万千的光芒。

火光。

现在，那个食物的气味与浓烟的味道相混合。在火光的照耀下，露出了一片金属——那是一艘小船的底部，一艘被带上岸之后被翻过来放置的小船。那艘阿什利是往返于这座岛屿的必备小船。

米莉安轻手轻脚地，小心翼翼地，如螳螂一般，用枪支拨开一堆红树林的树枝——

阿什利·盖恩斯坐在那儿。

他背对着她，一堆小小的篝火在他的面前，木材吱嘎作响，火星飞溅。

手中的手枪骤然变得沉重了起来。

她小心翼翼地举起了那把0.45（11.43毫米）口径的手枪。

那把手枪的两排铁齿之间的部位正对准了他的后脑勺。她的手指环绕着扳机，随时准备扣动。

"我知道你收到了我的信息。"他说道，放下了用铝箔纸包裹着的一罐烤豆。他把手中的勺子丢进了那个罐子里，发出了拨浪鼓一样的声音。

她的手开始瑟瑟发抖。

"过来吧。"他说道，仍然没有正面对着她，"扣动扳机。让我把这件事变得对于你来说更容易一些。"他以屁股为支点转了半圈，他终于正面朝她了。就是他，和通灵幻象中的那个人一模一样。火光在他身后映射出一片红光，只能看到他的一个轮廓——一个她想要用子弹去射穿的那个目标的纸质剪影。那么，为什么你还不开枪？

"你怎么就不能一个人好好待着呢？"她说道。

他面露微笑。他的手顺着牛仔裤向下滑动，然后拉起脚踝的下摆，给米莉安展示了一眼他那个金属假肢，"我本来是打算那样做的。真的如此。但我把我自己交给了它。这不是我的主意，米莉安。这真的不是。我很满足于我的现状，并且想要在这儿生活。尽管，我的双手被束缚住了。"他举起双手。他晃动着手指，嘲笑着她。

"我可以开枪射死你。"

"我敢肯定，你可以。你掌控着主动权。我只是一个残废，无法从你的枪林弹雨之中逃生。那么，为什么不给我一点儿时间？我们可以好好谈谈。我很想念你。"

她露出了牙齿，"死在一起车祸引起的火灾之中。"

"我们在一起很安全，你和我。"

"你是那个操纵者。"

"说得貌似你比我强似的。"

"我就是比你强，至少我很诚实。"

"就比如你告诉路易斯，我是你的哥哥？"

"那是你自己的想法。"她强调了"你自己的想法"这几个字的同时，用力捏了一下手枪，"我清白无辜地来到这里。我已经发生了变化。"

"是的。你说得没错。你发现了。"他开始拍打他牛仔裤的一侧，她咆哮着，挥舞着手枪。他举起双手，哀怨地投降，"我只是在找我的烧瓶，里面还有一点儿朗姆酒，如果你想喝就拿去喝吧。我知道你喜欢喝朗姆酒。"

"那是在罗马的时候。"她咆哮道。

"在罗马的时候，舔一个罗马女人的阴部？"他问。

加比。他当然知道她的存在。

他翻出一个烧瓶，旋掉了盖子，喝了一大口，然后他伸手递给她。

她内心的一个小人很想尝一口，她想要感受火焰在她胃里燃烧的激情。

但她摇了摇头。

"这就是你发生的改变。"他说道，"你已经开始知道了你的天赋。这么多年以来，看着人们一个接一个地离开人世，你突然被启发了。"他舔了舔烧瓶的瓶盖，低声感叹了一句"真美味啊"，"你变成了盗窃新鲜坟墓的盗贼，你把凶手杀死，去填满坟墓。所以，你现在明白了你那庄严神圣的目的。挺好的。"

"你才是那个杀手。我不是。"

他忽略了这句评论，"令我惊讶的是你究竟花了多长时间来弄清楚这些。没有人给你使用说明书。真是可悲！不过，我是主队。我不用四处徘徊，拉紧我的阴茎，希望我的眼睛有一天能够闪耀顿悟之光。他们告诉了我，我需要知道的一切。他们还会告诉我一些别的。即使是现在他们还跟我说话。"他拍打了一下他的胳膊。啪！那个声音带来的短时间内的大幅震荡几乎让她直接开枪爆了他的头。"有虫子。它们是吸血鬼。你经常说的那句话是什么来着？人生就是这样。"

"你到底在说什么？'它们'是谁？"

"那个声音，米莉安。众神。命运。我从那辆车上摔了出来，我的一条腿被一辆白色的 SUV 拽得越来越远……"他深吸了一口气，"我血流不止。我能闻到它的味道。血液、尿液。上帝啊，我尿湿了我的裤子。那是多么可怕啊？一条腿没了，大腿根部鲜血喷涌而出，你所能做的只能是穿着你那带着屎尿的裤子滚回新泽西支路。后来，终于有人发现了我，但我流失了这么多血，那个时候我看起来一定像是长时间浸泡在潮湿的鞋子里的脚指头：苍白而憔悴。可怜的小东西。一些露营者找到了我，把我送到了医院，然而暴风雨却仍未结束。我伤口感染，持续了好几周，刮掉坏的组织，努力生长出良好的组织。发烧、幻觉，以及痛苦——嗷呜。我甚至不能快速点击那个小吗啡火箭助推器的按钮。但在所有的那些中间……他们开始跟我说话了。"

"你是想告诉我，你有一些……特异功能？"

"就像Ｃ＆Ｃ音乐工厂，宝贝。"

"究竟是什么特异功能呢？"

"噢，你会看到的。"

"如果你不给我看，我就冲着你的眉心开枪。"

一个邪恶的笑容在他的脸上绽放，"那就是你会看到我特异功能的那个时刻。"

他妈的。

她扣动了扳机。

47　倒吊的女人

四处弥漫着火药的臭味，高亢的哀鸣如同在耳蜗中困住的一只苍蝇，以及淤泥和海水的味道。

枪不再在她的手中。

米莉安试图通过被压扁的肺进行呼吸，她的手在地上挠抓着她身体下面的潮湿土地，却只能抓起尘埃与沙砾。

到底发生了什么？

片刻之前的记忆断断续续地在她的脑海中浮现——

她扣动了扳机，然而阿什利非常快——太快了，快得惊人。他在子弹从枪筒里蹿出来之前，迅速把头向右移去，然后枪筒里冒出了火花，子弹穿过了他身后那艘倒置的划艇——

她做了一个姿态笨拙的伏地挺身，然而阿什利却用他那只假脚踩在了她的肩胛骨之间。他哈哈大笑，说了一些貌似关于"终结者"之类的东西。

——她已经开始再一次跟踪他了，带着一把手枪，但他好像已经准备好应对之策了。他向左闪退，然后又撤了回来，抓起一拳头灰白的尘埃向她扔了过去。突然间，她什么也看不见了，她的双眼疼痛难耐，她满嘴都是焦炭与灰烬的味道。她开始咳嗽，一次又一次地开枪，子弹射到树上，打折了树杈，但却始终射不中阿什利·盖恩斯的任何一个部分——

那把刀。她需要拿到她的刀，就在她的口袋里。但在她的手可以动弹之前，阿什利跪在了她的后腰上。他的手伸入她后面的口袋里，如同一只窃鹊一样抢走了那把小刀。他说："这是米莉安心爱的小刀子，对吧？"

——她向前迈了一步，然而在她的脚击中地面的前一刻，阿什利说："小心脚下！"却为时已晚。当然为时已晚。她一脚迈进了一个被他挖好的、覆盖着树叶的洞穴，脚踝扭了一下，一阵剧痛透过她的腿传到了她的膝盖、她的臀部。米莉安大声呼喊，然后开始下沉——

"你这样大叫是因为你口袋里的这把小刀，还是你很高兴见到我呢？"阿什利问道。他疯狂地笑了起来。他把小刀的刀片弹了出来，刺在了她的下巴底下，"你知道吗？现在我可以杀了你。不过，这还不是全部的意义。问题的关键在于，首先要给你一个教训。我先要给你树立一个例子，你不会死在这里。但我敢肯定，如果你受到一点伤害，根本没有任何人会介意，对不对？顺便说一句，我等会儿回来需要这个——"他将小刀插入了她的大腿后侧。米莉安痛苦地惊声尖叫起来。

——在她落到地面的那一刹那，阿什利用他健全的那只脚猛地一踢，枪从她的手里滑落到了地上。她快速争抢，抓住了船沿，让自己有了一个可以直立的杠杆，但他立马一拳击中了她的太阳穴，一次，两次，三次，她渐渐地失去了呼吸，绽放出一朵蘑菇云一样的恐惧——

他的手爬上了她的下巴，用力夹住她的下颌，以至她咬到了她的舌头。血液充斥了她的口腔。"去你大爷的。"她咬牙切齿地怒声咆哮，他一拳将她的脸塞入泥沙之中作为回应。她想要呼吸，却心有余而力不足。你还没有为此做好准备。你一直在快进快进快进。而现在有些东西会倒退回去。她的身体一阵痉挛，恐慌将她扼杀。

——想要呼吸空气的求生欲望如此强烈，她笨拙地朝他掷出一拳，而他就好像知道这一拳会到来一样，当那一拳挥过来的时候，他已经不在那儿了。她朝他的脑袋硬踢过去，却也像是一切都在他的意料之中似的——甚至在她抬脚之前，他就已经跳出了那个地方。而他乐在其中，如同一个在操场上玩耍嬉戏的小男孩一样笑着跳着——

他将她的头抬了起来，向后仰着。她大声号啕，然后她将头迅速超前磕过去，试图撞上他的鼻子。但是，当她这样做的时候，他甚至都不在那儿了。他在她的面前踱步徘徊，然后一脚踢向她的脸颊。她只看见了眼前一片金星，她心想，我被他控制住了。我不能再这样了。我不能起身。我不能移动。她感觉到他的双手抓住了她的脚踝，拖着她去向某个地方……

——他手背狠狠地敲了一下她的嘴，她感到一阵头晕目眩。她又试着朝着他踢了一次，而他却手一挥，甩开了她的腿，仿佛在打开一只跳跃的小狗而已。作为回报，他用膝盖朝她的内脏顶了过去，又一次剥夺了她呼吸的权利。他说："你想通了吗？"——

她的世界，上下颠倒。她的脚踝周围好像缠着什么东西。她一直在上升，上升，上升，头发晃来晃去，双手几乎触及地面。他将她的一只脚系了起来，现在她可以看见他了，用罗望子树的一根树枝做了一个临时的滑轮，他发出哼哼的声音，露出了他的牙齿，她一个脚踝被他吊在了空中。她变成了这样，一个被倒吊着的女人。晃来晃去，来回摆动。所有的血液全部涌到了她的头上。她的大脑如同一个巨大的水泡，随着她的心脏的每个节拍跳动，如同一架小鼓一样即将四分五裂。

阿什利说："哟！"然后用手背擦拭掉了额头上的汗水。他抬起手，却发现他的手鲜血淋漓，"这是你的，不是我的。"

"走近点儿，这样你就能给我看看你的血是什么样了。"她咬牙切齿地说道。

"我知道，你太逞强了，米莉安。我明白。铁齿铜牙，步步紧逼。

有的时候你也可以给予支持。但你必须承认，我得到了你。我把你捆绑了起来，你就像狩猎季节的一只小鹿。我可以想对你做什么，就对你做什么。我可以过去，把你的衣服扯掉，把我的阴茎插到你的嘴里——"

"我会把它咬下来。"

"你以为我不知道吗？这就是为什么我将先敲掉你所有的牙齿，让你只剩下牙龈，宝贝。然后，我会拿出你自己的刀。我会在你身上划刀子。我不会伤害你最重要的部位。只是这儿一道，那儿一条。血液汇聚成很多的润滑油，这样我就可以狂插你的屁股或者阴道了。用我的手指、枪管、你的刀，在大火中加热——我可以将你身上所有的洞穴全部烧灼关闭。那样是不是很有意思呀？"

"男人，总是会受制于女人。"她在吐出这些字眼的同时，尽全力召集了体内尽可能多的酸和铁，任何可以帮助忍住眼泪的东西，"你假装一副你拥有权力的样子。你像拿着一把枪那样拿着你的阴茎。其实根本不是这样。这只是一把愚笨的小水枪。然而阴道——它其实才是权力所在，小男孩。它如同一位神祇的洞穴。那股令人兴奋的蒸汽会让肌肉结实的畜生都跪在他的面前，给予他幻象，给予他梦想，也给予他生命。因为如果没有我们女人下面的这个玩意儿的话，你甚至都不能被生出来。我们才是权力的拥有者。"

他缓缓地鼓了一下掌，"精彩绝伦的发言。是不是你每一次被一个男孩倒吊在树上的时候你都会练习这个演讲？"在她张嘴说话之前，他如同一个猎人在欣赏他杀死的猎物一样走了过去，"此外，你关于权力的一切都是空谈，你甚至不能有孩子，对吗？你的力量现在在哪儿呢？"

她伸出五指向他把了过去——

就像早有准备似的，他躬下了他的背，让她那纤细瘦弱的胳膊扑了个空。

"你还是不明白。"他说道，"你还是不知道我到底能做些什么。"

"你那宝贵的特异功能？"

"他们会告诉我，你下一步会怎么做。我不需要看到它，我就会知道。我知道你什么时候会扣动扳机。我可以知道你要对我的脑袋挥出的每一拳和踢出的每一脚。我知道你会向前迈进，所以我在一个小时之前挖了那个洞，并用树叶掩盖了起来。我知道当你踩进去的那一刹那，你会扭到脚踝，非常严重。顺便说一下，疼不疼啊？我敢打赌，它肯定疼死了。"

"你无法伤害我。"她咬牙切齿地说道。

但他却没有听见她的回答，他被他自己的想法堵住了双耳。"有的时候，它们会小声对我耳语即将会有什么事情发生在我的身上。有的时候，我会看到它被写在了天空中，或者雕刻在一棵树上，或者是刀刃上那些黑色的小血珠组成的文字。他们给我传达信息，而且不只是针对你。每个人都有联系。他们都是清一色的——"说到这里，他疯狂地笑了起来，她可以看到他眼中的泪水，仿佛这对他来说是一件特别崇高、特别神圣的事情。他是一个被他的信仰迷得神魂颠倒的人，"他们都在同一频率唱歌，这些我的老板让我听到的低级别的和谐的波段。在每个人做出动作之前，我就会知道他们要做些什么。有的时候我可以看得更远。我知道今晚你会来这儿。我知道你会去汽车旅馆，去迈阿密，去你妈妈的房子。这就像——"

"这就像你失去了那个 TMD 弹珠一样，就像你比一窝穿着黄夹克的蜜蜂还要疯狂——"

他说话非常大声，盖过了她的声音，"这就像我可以看到各种各样的可能性都呈现在我的面前，如同一面镜子碎成了一千个小块，在每一个小片反射玻璃中，我都可以看到将会发生什么。如果我做了 X，那么，我便可以看到结果 Y。如果我做了 A，那么就会发生结果 B。甚至在我做出选择之前，我便会知道结果会是如何。这相当惊人，这真是太神奇了。我知道你的特异功能是一种诅咒，然而我的特异功能，米莉安，我的特异功能是一种赐福。"

他说的是真的。他没有讽刺性地对着米莉安自吹自擂。他陷入了自己特异功能之河之中，然后一直顺风顺水。

现在，米莉安脑袋的每一寸都感觉肿胀得如同一个气球一样——一个红色的充满了鲜血的气球，一个不能升上天空只能坠落到地上的气球，不可避免的沉重，败给了庄严肃穆、不可避免的重力。

黑暗如同黑色的火焰，舔舐着她的通灵幻象。

阿什利揉了揉他的脸。他笑得这么拼命，他的脸颊一定很酸痛。

"我在想一件事。"他说道，"并且这真的会让你感到费解。是这样的，你是自由意志小姐，对吗？锁上了命运的枷锁，面对命运压迫的潮流，站在胜利的那一方，等等等等，他妈的，等等。你说事情都是预先确定的。命中注定。然而，不知何故，你遭遇了一些变故，失去了你的宝宝。最后得到了这个……诅咒。你觉得这个诅咒是谁给你的？如果所有的事情都写在一本命运之书上，那岂不是一个注定的事件吗？"他像一个兴奋的孩子一样拍着手，"我靠，那该有多疯狂？命运赐予了你去打破命运的天赋。这就像他们给你设置了一个陷阱，让你失败一样。多么悲哀对吧？真是个可怜人儿啊，真的太可怜了！"

突然，他拍打了一下自己的手臂。一次，又一次。他那令人头晕眼花的狂喜败给了一阵愤怒的浪潮——眼睛突出，牙齿外露。他在空中挥舞着，想要赶走那群蚊蚋。

"我曾经想过你有这么酷。"她说道，这个意识就这么从她的脑子里迸了出来，如同一支钢笔的一滴墨水滴入了一杯水中。

"去 TMD 虫子！"

"但是，你只是一个误入迷途的小男孩。"

"我现在得走了。"他说道，"我爱你，米莉安！真的爱你！我不会做出我之前说的那些可怕的事情。你对我来说是无价之宝，你在这里好好享受吧。这不会杀死你。但它会阻止你，这样你就不能破坏我去拜访你在基韦斯特的那个小蕾丝边女朋友。我要去教教她怎样亲近米莉安·布莱克。"

　　这彻底激怒了米莉安，一阵肾上腺素冲了上来，点亮了渐渐渗入的黑暗，现在米莉安处于愤怒的阵痛之中——她一巴掌朝他挥了过去，发出嘶嘶的愤怒之声，然后啐了他一口，"你放开她，你这个浑蛋恶魔臭杂种——"

　　"嘿，米莉安，我有一个笑话，想听听看吗？"

　　"我要把你五马分尸，碎尸万段，阿什利，我发誓——"

　　"你想对那个长着两个黑葡萄似的眼睛的女孩说些什么？"

　　"去你大爷的！"

　　"你已经错过两次机会喽！"

　　他一拳头向她挥过去，正中她的右眼。

　　接着又在她的左眼上揍了一拳。

　　当她的毛细血管破裂的时候，她看到了火花飞溅。她的脑浆撞在了她的后脑勺内壁上。然后那场烟火晚会结束了，只剩下黑暗陪伴着她。

九月的蜜蜂

　　浑身上下疼痛难耐，她的身体如同一幅伤痕路线图，她的皮肤犹如给盲人阅读的盲文一般凹凸不平。她试图不让自己哭出来。可是，当她的母亲低头弯腰过来的时候，她还是哭了出来，母亲拿着一个大棉球蘸了一滴粉色的炉甘石洗剂，涂抹在她的红色伤痕之上。

　　"我告诉过你不要跑回那儿。"母亲的斥责之声中带着浓浓的爱意。

　　"它们以前从来没有困扰过我。"米莉安开始抽鼻子。

　　"它们可是九月里的黄夹克蜜蜂。它们知道冬天即将来临，自己的时间快到了，它们便会变得焦躁不安。"

　　"我觉得我的手指长胖了。"

　　"因为它们肿了。"

　　米莉安看到那个滑腻的棉花如同一个小兔子的尾巴，蘸着炉甘石洗剂，涂抹到她的胳膊上。她慵懒地移开它。

　　母亲拍打了一下她的手。

　　"嗷！"她哭了起来，把手拿开。

　　"不要乱动。"母亲斥责道。

　　"但那里很痛啊，你还打我的手。"

但母亲只是皱起了眉头，然后继续给其他伤口涂抹液体。

米莉安曾跑到过房子后面的那片树林中去。在一个腐烂的木桩下面，她找到了一个洞，与一些蜜蜂——它们总让她想起那种小型喷气式飞机，那种男孩才会看的动画片里才有的小小的邪恶的喷气式飞机——然后她匆匆忙忙地将一些东西塞到那个洞里，阻止那些身穿黄色夹克的小家伙出来。她哈哈大笑，觉得非常有趣，看着它们试着去推开她设置的那些路障覆盖物、细枝和白蜡树的落叶。

然后突然之间，它们就弥漫在了空中——它们全部围绕着她，钻到她的衬衫里面，传来翅膀嗡嗡扇动的声音。小脚丫翩翩起舞，叮咬、刺痛。

惊声尖叫。

然后现在她出现在这儿。

"你别去多管闲事。"母亲说道。

"那真的非常有趣。"

母亲哼了一声，"有一个杜撰的福音——拿撒勒①的福音——耶稣在里面说道：'那些狡猾的敌人伤害了上帝，而那些猎人最终变成了猎物。'你以为你自己非常狡猾，其实不然。你由猎人变成了猎物。"

"对不起！"

"'对不起'又能改变什么呢？'对不起'只是穷人的创可贴罢了。"母亲停了一下，然后叹了口气，"我们今晚不去参加嘉年华了。"

"但是，妈妈！"

"嘘！你会肿得像一个气球一样。你看起来如同一堆烂摊子。我不能让那些教会的女人看到我这个被蜜蜂蜇了的女儿。你的罪的证据是对你的惩罚，不是对我的。你今晚就坐在家里吧。"

米莉安哭了起来，"但是今晚是最后一晚了！"

"就是这样，米莉安。"

---

① 拿撒勒：传说耶稣在该城附近的萨福利亚村度过青少年时期，是基督教圣城之一。

43 只剩两天了

米莉安醒了过来。

当她在那棵罗望子树上被倒吊着摇来晃去的时候，她可以听到自己的呼吸。那是一个刺耳如哨般的声音——仿佛风从破碎的旧窗户穿过的声音。她的鼻子被堵住了，她的鼻窦疼痛不已，睁开眼睛都酸楚苦涩，十分艰难。

她浑身上下都疼痛难耐。

终于，日历翻了一页，从她的有利位置可以看到太阳消失于地平线之下，如同一个灯泡从它的固定装置呈慢动作下落。不久之后，空气变得炎热，阳光的亲吻从心旷神怡变成了百般折磨。

当太阳照亮世界的那一刻，她看见了——在海岸线的尽头，万物之中，有一艘潜艇。不是一艘真的潜艇，而是那种巨大的核海军潜艇。但是却很小，比一艘划艇要大一些，却也没有大太多。那艘毒品潜水艇被漆成了蓝色迷彩。

前面被撕裂开了。

一只鲜红的死人手搁在那撕裂的金属上面，被苍蝇围绕。一个运输者。啪啪说过有一个哥伦比亚人失踪了。

我要下去。

阿什利会杀死加比的。

加比甚至可能已经死了。

意识到这一点几乎使她的脑子再一次变得一片漆黑，悲伤和恐惧的热潮如此强烈。这并不是因为她爱上了加比。她不太确定她们之间发生的事情，除了两个人碰到了一起，然后又分开了，以外还有别的什么。不过那真是非常美好的一段时光，加比人很好，她值得去享受的美好人生远比米莉安给她带来的灾难要好得多。

米莉安给她带去的只是无尽的痛苦。

疼痛席卷了她的全身，如襁褓一般包裹住了她的整个身体：给惹人讨厌的婴儿准备的一张荨麻毯子。她的脸重重地下垂，她的腰部酸楚疼痛，她的脚踝感觉就像是一根从中部折断了的牙签。每当她试图移动的时候，插在大腿上的那把刀就又给她增加了一阵刺痛感。如果她的腿的其余部分没有麻木无力的话，她可能会感觉得到新鲜血液涓涓流淌。

刀。

她必须拿到那把刀。

这样她便可以把绳子砍断，放自己下去了。

她弯下了腰——

她的整个身体都如同一盘滚烫疼痛的粉末。米莉安大声呼喊，她想保持身体放松。

再一次。再试一次。

再一次用力弯腰，这一次，更多的痛苦几乎让她崩溃——如同一个小池塘里的一块大石头，一列开进幼儿园的火车，一架撞进双塔式建筑的 747 波音飞机。然而这一次，她够到了，抓住了她自己的牛仔裤。这样她便得到了固定，让她可以保持身体弯曲。

血液在她的体内流动，一下涌向这边，一下涌到那边，填补着它刚刚逃窜的空间，离开它刚刚汇集的空间。她的肌肉开始尖叫，她的皮肤仿佛被安全别针戳穿那样刺痛难忍。

继续啊，移动啊，你这个狡猾的小贱人。

她让自己更进了一步，手沿着她的大腿后侧滑动。她用她的无名指指尖碰到了刀柄，这就像在推一根车载天线一样，一阵新的疼痛如电流般穿过了她的身体。她心想，这就如同飞快地把一个创可贴从皮肤上撕扯下来。她用手指抓住了那把刀，用力一扳，鲜血飞溅——

而她的手指都已全部麻木了——

血汇聚成很多的润滑油——

刀从她的手中掉落到地上。

刀刃插入了土地。

她告诉自己不要哭泣，尽全力不去尖叫。

米莉安伸手去拿那把刀。

太远了。

我去。我去！

有那么一会儿，她停止了挣扎。她想要告诉自己不要哭，却为时已晚，眼泪如洪水般汹涌喷薄，洒满了她的额头，浸湿了她的头发。乏力无助、微薄无力。小女生才会哭呢，她心里这样想着。你已经不是小女生了。你是一个坏女人。你是一个猎人，一个杀手。你是河流分流器。你是命运的敌人。

不过，眼泪还是滚滚而来。

直到一个影子落在了她的面前。

路易斯。

他找到了她。

他到这儿来拯救她。

当然是这样的。他总是这样，他总是站在她与死亡之间的那个人——那个让她保持清醒、保持平衡的人——这个意识如浪潮一般朝着她的海岸汹涌而来：我需要路易斯拯救我出去。如果他当时在我身边，我就永远不会杀了费城的那个男孩。她抱住了他的胳膊，他让她不要出声，并告诉她，一切都会没事的，然后她说，"噢，上帝啊，路易斯，请帮帮我吧——"她伸出手，他也把手伸了过来，他那宽厚的大手搂住她胳膊的上臂，那双大手的力量本可以把她的双臂挤断，拧下来，而他只是温柔地放在她的肌肤之上，像往常一样。

"我做了一个关于你的梦。"他说，"所以我就来了。"

然而接着，她看到了什么东西在移动——

一只蜜蜂从他的胳膊下方爬了出来。

然后是第二只，第三只，第四只，更多只。

很快，他的胳膊上布满了蜜蜂，有的飞到空中，然后再一次降落在他的皮肤之上。米莉安惊慌失措地说："不，不，不，现在还不是时候，别来烦我，给我滚开。"然而那个入侵者身子前倾，对着她耳语。

"你搞砸了。你还没有准备好。你如同一把半举起来的手枪，而现在呢？现在，你已经失去了开枪的机会。加比已经死了，你的母亲也即将死亡。你已经一败涂地了。"

米莉安惊声尖叫起来。

她的尖叫声回荡在波光粼粼的水面上。

她心想，这么响亮，都足以倾覆大海，足以将太阳从天空中撕扯入水，足以撕毁海岸，足以撕裂云朵。

足矣。一阵肾上腺素的颠簸将她点亮，如同一座城市的天际线，她努力接近，接近——她的指尖触碰到了那把刀的末端。

——几乎——

——她的手指滑开，没有拿到——

——从各个角度都够不到那把刀——

——他奶奶的，他奶奶的，他奶奶的——

然后她跌了下去，不是她的身体，而是她的头脑。这感觉就像她的大脑滑落了齿轮，掉了链子，然后——

她看到了她自己，倒挂在那里，看起来如同一座崭新的地狱，如同一只脏袜子落入了一个泥水坑，经过了一堆路毙的动物，被挂在树上晾干。她感到身体下面有一只小脚，感觉到了嘴里有蠕虫和沙鱼的味道。她试图让自己前进一点，那只小脚丫一跳一跳的，然后它击中了她——

噢，我去，我他妈的是一只鸟。

这起了作用。现在，被打下了地狱。被打了下来。它起作用了。那只鸟就是米莉安，米莉安就是那只鸟，跳跃着前进。

跳，跳，跳。

跳到了那把刀的旁边，小小鸟喙——她的鸟喙——伸了出来，碰到了刀柄，向前推进，推，推，推，这样米莉安就可以够得到了——

风声哗哗，如同穿越山岭隧道的车流，然后米莉安回到了自己的身体之中。她大口大口地喘着气，口里还残留着海水的味道，鱼腥味的海水，蠕虫的内脏。小小的灰色与白色的千鸟抬头盯着她，她像一只狗那样抖动，试图把身上的雨水抖掉。

她的手指捏到了刀的底部。

她拿到了它。

我拿到了它！

凯旋的味道尝起来是甜滋滋的，至少直到她需要再一次弯腰之前——痛苦控制了她的身体，弯腰，不要折断——然后看到了插着那把小刀被血浸湿的刀刃的那根绳索。

绳索被磨损、被切段。米莉安掉落到了地面。

她双肩着地，但地面却是柔软的。

她侧躺了一会儿，像一个蜷缩在摇篮里的婴儿。她的身体在颤抖，她好像是在哭泣，却不见一滴泪水。

最终，她坐了起来。

她环顾四周，没有枪支。而她的手机被她留在了车上。

外面是那片大海，黑色水面呈现出一道水平线，冉冉升起的太阳在上空绽放着柔光，饥肠辘辘的海水，很深很深。

她迫不得已必须游泳。

我迫不得已必须游泳。

她没有任何力气，海水让她心生恐慌。她的肌肉下水之后就会变得没有力量。海洋会将她往下吸，把她嚼碎。她和埃莉诺·考尔德克特一同处于冰冷的海水之中，会成为鱼的大便，鳗鱼的喉咙，小鱼的眼睛。

然后是翅膀沉重扑扇的声音。

随之而来的是一声小猪哼哼。

一只绿色眼睛的鸬鹚在她身边降落，然后凝视着她。

咕噜，咕噜，呱呱。

米莉安想呕吐，却发现嘴里根本吐不出任何水分。"走开！"她声音沙哑地冲着它说道，"入侵者走开，去别的地方去。"

那只鸬鹚却在她的膝盖上啄了起来。啄，啄，啄。

然后，脚步，水花飞溅。

"米莉安？"

她眨了眨眼睛。

"米莉安？"

杰里·吴全速跑到了岸上。

49 瘸腿与跛行

整个世界似乎都七扭八歪，东摇西摆，如同一只随波逐流、颠簸翻腾的纸船。进入杰里的划艇中的那一刻，这种感觉被放大了——鸬鹚科里自豪地坐在船头，那可能是你人生中见过的最丑陋的美人鱼了——海浪翻腾，拍打着船沿。

她的腿脚仍然力软筋麻。她的头骨感觉如同被一个任性的孩子胡乱拍打着的水族馆玻璃：咚咚咚，你好，小鱼。

杰里并没有说太多的话。他大多数时候只是静默不语地盯着她，面对着一对表情杂糅的面具——不是喜剧与悲剧的混合，而是困惑与恐惧的交融。

米莉安回顾岸边，注视着那生长着两只伸向高空、春祈秋报的大手的大树渐行渐远，消失于天际，划艇的马达发出轰隆隆的咆哮之音。

"我需要——"这听起来像是她在努力忍住喉咙里的一团堵塞物，而去努力发声一样。她连声咳嗽，杰里迅速拿来了他身后的一个小热水瓶，递给了她。她打开盖子，痛饮起来——咖啡。饥寒交迫，没关系，非常完美。"我要去基韦斯特。我有一个朋友……"一个尸体袋，"生命危在旦夕。"

"当然，没问题，但也许你现在应该先去医院。"

"没时间了。"她抬头凝视着他，"你是怎么找到我的？"

"你真的想知道吗？"

"我讨厌这个问题，因为，是的，我……"她突然开始猛烈急促地咳嗽起来，咳嗽声尖锐刺耳，"很显然，我真的很想知道。"

"那只鸟带领我来到这里。"

那只鸬鹚咕哝了一下。

米莉安没有说什么，只是抬了抬眉毛。

"我正准备去晨钓。我开着卡车，划着船到了海湾。然后科里突然开始……你知道吗？惊恐万状。它扇动着翅膀，对着船的一侧猛烈扑打。嘎嘎直叫。然后它就飞走了，落在了我卡车的引擎盖上，我一直试图与它争斗，想要将它赶走，但它却不停地飞回来。"

"然后你觉得这并没有什么问题。"

"不是，我没有。我想要上岸，而鱼还在那儿翻腾跳跃。然后就那样，它飞走了。不是朝着水的方向，而是飞向了陆地。我没办法徒步追上它，所以我上了车。它在前面飞翔。我在其后追随。我差点儿就跟丢了——不过高速公路是笔直的，所以我一边开车一边看它，然后我看到它栖息在了别人邮箱上写着'严禁酒驾'的标牌上。然后，当我再次靠近的时候——"他拍了拍手，"它再次起飞了。"

"它带领你来到了这儿。"

"它带领我来到了这儿。你说对了。"

我的天啊！

她转身望向那只鸟，"你是一只心地善良的鸟。"

科里对着她叫唤。鸟喙张开，闭上，发出咔嗒的声音。

杰里说："我得告诉你，我最不希望看到的便是你被倒吊在那棵树上。"

"计划未遂。"

"你和那个罪犯？"

"是啊。和那个罪犯。"

"所以，现在会发生什么呢？"

现在，他正在伤害那些爱上了我的人。包括你，杰里。因为我搞砸了所有的一切，一切都是因为我开了枪却失手了。

50 我们制造出来的怪物

回到迈锐宝，她告诉杰里说，她非常感谢他倾力相助。她甚至身子前倾，并给了他一个轻轻的也许并不发自内心的拥抱。她的手臂甚至没有碰到他，不是一个太完整的拥抱，不过拥抱不属于她日常生活中会经常练习的一项技能。

这个拥抱让她很疼，就是字面上看到的这层意思。不像现在的某些人使用这个词的更深一层的含义——也就是象征意义——然而实际上，就是字面上的"疼"，对所有神祇与恶魔发誓，这个拥抱让她从头到尾都疼死了。

他告诉她要去医院。

他告诉她要打电话报警。

她一直"嗯嗯嗯"地哼哼着，表面上答应了他。是的，当然，都会好起来的，对，对。然后她上了车，然后一件事都没有做。

她从手套箱里面拿出了她的手机。她抓起了写着加比的电话号码的字条，然后开始用力地敲击手机键盘，尽管她的车胎被鹅卵石碾压，车子像一个醉鬼从一个高脚凳上跌落下来那样蹒跚着前行。

她甚至连一个电话都没有打通，更别提有人接听了。

"米莉安。"阿什利哼哼着唱了出来，"这个名字真好听！"

"不许碰她。"

"为时已晚。"

"那就待在那儿。因为我来找你了。"

他乐不可支，"你已经来找过我一次了。你觉得那种感觉怎么样？我得承认，你逃脱得比我预想的要快得多。不过，一旦我处理好了你的女朋友，我的朋友就给我发来了信息——用她的血写在了浴室的镜子上。我看到那些文字滴在一起，告诉我，你已经在路上了，而我期待着一个电话。所以，我坐在电话旁边。我感到了那种熟悉的痒痒，听到他们的耳语——果然，丁零零，丁零零。然后我现在就在和你通话了。"

"我会找到一个方法来伤害你的，把你像个小木棒一样折断。"

"你永远不会成功，小米。你将永远处于斗志旺盛的弱者那一边。"

"斗志旺盛的弱者总是会取得最后的胜利。"

"只有在电影中才会有那种情况发生。在电影中，弱者会在最后一场比赛中火中取栗。在电影中，凶手要杀的那个受害者会活着出去——最后，女孩会杀死邪恶的巫婆。但是，这不是电影。这就是生活。而在生活中，怪物会获得最终的胜利果实。"

她对着手机大声尖叫。

不过，他已经挂断了电话。

"那个女孩是可以牺牲的。"一个声音说道。米莉安转过身去，她的肠子突然全部冻结成冰。是哈丽特。哈丽特，那个严肃的刺客。一个邪恶的小茶壶，矮矮胖胖，这儿是她的把手，哈丽特切断所有的手指和脚趾，因为她想证明之于你而言她的优势所在。

米莉安知道这并不是她本人。她一遍又一遍地告诉自己。这不是她，这不是她，这不是她。然而尽管如此，她一看见她就觉得内脏绞痛抽搐，"你不是真的。"

"你那天在松林泥炭地就已经死亡。我给了你一个礼物。我给了你，我的枪。你还记得吗？如果你开了枪，我们现在就不会出现在这儿。加比会还好好活着。你的妈妈也不会变成刀俎之下的下一片鱼肉。你现在只剩不到两天的时间，现在，你肯定知道。"

"我选择了生活。"

"你选择了复杂的方式。"

"我已经做了选择。你总是告诉我还有事情要做。好吧，我选择这样去做。我那一天选择了向你那丑陋不堪的发型开枪，我的生活现在是我自己的，不管你怎么缠着我，或者在我脑子里面嘀咕什么。"

哈丽特面露微笑，"很好。那么也许你已经准备好了。可能，因为你以前从来没有听过我的。我说，你还没有准备好，但你听过我的话吗？对抗你的那股力量意识到了你的特异功能。你就如同铁轨上的一分钱——很小，却足以让火车出轨。"

"那是一个神话，一分钱只可能被压扁。"

"我喜欢我讲的这个故事。不过那也许可能是即将会在你身上发生的事情；也许你会被挤扁；也许这一切只是一个陷阱，我并没有真的在帮助你；也许我在伤害你；也许，我要你去做的这一切只会使你的痛苦更深，悲惨的范围被拓宽。你是地狱里的但丁。你是推着巨石的西西弗斯，推，推，推，直到它又滚了回去，一遍一遍又一遍。或者，也许你是普罗米修斯。你从神灵那儿偷了他们觉得宝贵的东西，而现在他们正在惩罚你。我是那只永远啄食你的肝脏的鹰。"

"给我闭嘴，我已经厌倦了听你唠叨不停。"

"这就像我告诉过你的一样。大自然跋扈恣睢、荒诞无稽。如果你把自己看作自然的一部分——当然你一定要这样，亲爱的米莉安——如果你想坚持活下去，那么你也必须残暴不仁，胡天胡地。我曾经告诉过你要俯首帖耳，但是现在并不是唯命是从的时候。"

"我说了'闭嘴，走开'。"

"我要给你留下最后一个礼物。"

然后，米莉安转过身去——

哈里特拿着一把枪指着她的脑袋。

那个枪管如同一只黑暗的眼睛，一眨不眨。

扣动扳机。

乓。

那个画面如同子弹爆头一样击中了米莉安——加比的死亡。

快速前进：金发碧眼的小妞把米莉安拉进了一家艺术画廊和一个古巴合资的食品铺之间的一个小角落里。接着米莉安开始咒骂那些小浑球，那些以为他们自己可以在一家酒吧逍遥、然后可以把他们的镍一般大小的阴茎塞入任何一个他们想通过几句轻浮随意的话语就可以得到的"投币口"中的浑蛋——

那个女人说道："你嘴巴真不干净。我真想尝一尝。"

然后，她的双唇覆盖了米莉安的双唇——

现在到了五年之后的某一天，基韦斯特现在是晚上，空气如同一只小狗那种气喘吁吁的气息，她辗转反侧，而她的皮肤上鸡皮疙瘩都出来了，她的心脏如同一只跳动的老鼠。然后一阵惊慌袭来，她感到自己是如此微不足道，而世界却那么广阔无垠，仿佛她自己什么都没有，只是别人靴子底下的一只小臭虫，仿佛所有的目光都注视着她，所有人都在对她指指点点——

她起身，来到洗手间，开灯，她脸上那些纵横交错的伤痕如同一只弯曲的靴子上的笨拙的丝带，浮肿，粉色，愈合已久，却仍然可怕，到处都是 X 与破折号形状的伤疤。整个鼻子、眉头、脸颊，伤口切入了她的脸颊。她的脸让人惊恐万分，就如同一个被孩子打破、再用胶水将碎片粘了起来的花瓶。

恐慌抓住了她。她三分像人，七分像鬼。被打伤。没有人会喜欢她，没有人能够爱她。她的呼吸越来越浅，她觉得头昏眼花。她患了自我憎恨的病，如同这是一场感染的恶疾，根茎冗长卷曲，且深入泥土。

就这样吧。她无法做到，不能妥善处理。恐怖、惊惧，与厌恶如同一个流星拳将她猛击到了尘土之中——

她甩开药柜的柜门。

羟考酮。老药方。

她抓起它。

还有安眠药。她的安眠药。

这个也是。

以及阿蒂凡，用于缓解焦虑。

她往嘴里塞了一把，甚至不知道具体有多少颗药丸，没有太多。她确信这一点。错误的药量才是合适的药量。

她在水龙头底下用手舀水喂入口中。

药丸吞咽了下去，她又回到了床上。

不久，她停止呜咽哭泣，停止瑟瑟发抖，不再全身冒汗。

以及停止了呼吸。

51 仍然活着

加比仍然活着。

通灵幻象里说她将在五年之后的一天离开人世。

也就是今天，她却仍然活着。

但我敢打赌，我知道是谁会把她的脸划成那样。

米莉安狠狠地踩了一脚油门。她知道，这意味着警察会拦下她。让他们拦去吧。任何试图阻止她的人，她都会将他们夷为平地。

52　漂亮的瘢痕

门微微敞开。

门内的把手上有血迹，一个手印。

米莉安匆匆忙忙地赶了进去。

她挨着房间一个个地查看——这个屋子很小，不用很久就可以走完——开放式厨房、客厅、卧室。她闻到了香水、小便、血液的混合味道，她在浴室找到了加比。

不，不，噢，不，我很抱歉——

加比，蜷缩在那种老式的爪形浴缸里，躺在她自己黏稠的血液中。她的脸百孔千疮，划得乱七八糟，每一个切口都如同鱼鳃一般，当她坐起来，把头靠在米莉安的大腿上时，已经凝结成痂的血液绽开爆裂，一些伤口重新开始流血——

鲜红色浸湿了米莉安的牛仔裤。

米莉安摸索着她的手机。她打了911。

她轻抚着加比的头发，在她的后脑勺上印了一个吻，试图用"嘘"声与柔声细语安抚她，但却担心这听起来会像是她试图平息加比的呜咽和哭泣，于是，她只是告诉她，她是多么后悔，这都是她的错，她怎么会允许那个人下如此的狠手。

加比开了口，然后——话语从那僵硬的嘴唇里溜了出去，声音破碎，却足以清晰地听到，"不都怪你。"

要是你知道该有多好。

加比看着米莉安，"他也控制了你。"

米莉安点了点头，我要杀了他，一定会的。

"没有……"暂停了一下，"医疗、保险。"说到这里，新一波的眼泪又倾泻而下。因为这一切，让加比哭到了极致：她没有医疗保险。米莉安心想，欢迎来到美国，然后发现这更令人心碎。

53 穿过苹果心脏的箭头

他们把加比送上了救护车。加比大声呼喊，希望米莉安能过来陪她——但是警察也在这儿，并且他们想跟米莉安交谈，看看究竟发生了什么。她心想，我没有时间来和你谈谈，因为剩下的两天很快会变成一天了，时间如同被割了喉的肥猪的鲜血一样快速流逝。于是，她做了那件唯一合理的事情。

她从警察那儿逃跑了。

他们只有三个人。他们在里面，在搜查现场，她告诉他们，她需要去她的车上取她的驾驶执照——这是一个谎言，因为她根本没有驾照——但她的确去了车上。

她上了车，发动了引擎。

开走了。

再一次，她发现窗户打开着，佛罗里达的空气现在正试图窃取她的呼吸，而不是用空气本身来填充她的呼吸。她又发现自己被剥了个精光，赤身裸体地吹着风，被诚惶诚恐与优柔寡断萦绕。前方的高速公路一路笔直下去，希望未来也如此般坦荡明了。命运击倒了多米诺骨牌，一切都朝着预期的方向倒下：她的母亲去世，杰里死去，那个浑蛋彼得死去，也许路易斯、雷恩，以及在阿什利的名单上的任何一个人都会死去。所有人，都被其杀害。

这一切都是因为她不知道下一步该怎么走。

一切都感觉从她的指缝间滑落。她以为她会追捕阿什利，而事实却是他把她收拾了一顿，像一个人教训一条狗一样教训了她。而现在，这个。加比。还有母亲应该怎么办呢？他现在可能已经控制了她，可能已经在某处折磨着她。他有特异功能，这些对他来说简直易如反掌。他知道她的举动。他知道下一步该怎么走，尽管她毫无头绪。

去你大爷的！

糖糖对她说，还有一个别的东西——一个她没有去寻找的东西。一个水底下的东西：一个盒子。她心想，也许那是一个秘密武器。也许那是我可以拿去杀死阿什利的神器。不过，话又说回来，也许它是一个什么也没有的大箱子。贝壳，或者金币，或者只是一堆沙子。然后呢？她可以找到什么东西，可以从旧情人那儿拯救出自己的母亲——一个有着特异功能的旧情人，可以在别人行动之前就已将一切洞察明晰？

不。这不是一个选项。她不能浪费时间去寻找那个也许不能帮助她杀死阿什利的东西。

这意味着她必须去做她不想做的事情——去找到下一次杀害的来源。

回家。去见母亲。她总得试试。她就可以站在她的土地上了，离家出走一直都是一个不被原谅的错误。

当阿什利露出笑脸的时候，米莉安已经等候多时了。

54 窗帘

　　米莉安没有去想停在那幢房子附近的那辆车。她满脑子都是她的母亲，在那个小房子里，没人保护。

　　她在伊芙琳·布莱克的房子对面停下车，然后下了车。现在米莉安感觉一切都如同一根拉紧的鱼线一般——她觉得每一次振动都很微弱，参差不齐的小烦恼，每一个小小的疼痛都被放大。被打，但不能被打倒。她体内潜藏的杀人冲动突然被激发，气壮如房子起火一般激烈，是熊熊大火带来的高温双倍之多。仿佛这就是现在的一件事：一件她不仅要去做的事，而且她就是那件事。她不喜欢这件事情。但是，这个想法鼓舞了她，不管怎样，我还是要去完成。

　　她现在非常关心，真是一件奇怪的事情。关心那个女人。关心她的母亲。多年来，她一直给她的臀部罩上了一个情绪化的形而上学的造瘘袋——把所有愤怒、低劣的想法都扔在了那个女人头上——而现在，她正迈向那座房子，去拯救她。

　　她心想，生活竟然可以这么 TMD 扭曲。

　　前方，厨房的窗帘被拉开了。她看到妈妈的脸出现在窗口，也许这是她的想象，但她愿意相信，当那个女人看到米莉安的那一刻，她的脸上会绽放出一丝希望的光亮。也许不应该用"光亮"来形容——也许只是减轻了一层阴影，但却足矣。

然而接着，另一张脸出现在她身后。

阿什利。

笑嘻嘻的，几乎是那种骷髅的龇牙咧嘴；明亮的眼睛，仿佛他在大笑。

他的手扳回了她母亲的脑袋，窗帘骤然被拉上。米莉安惊声尖叫，突然开始冲刺——

然后她听到了身后有拖着靴子走路的声音。

她妈妈的眼睛突然睁得很大，她从玻璃后面开始大喊大叫起来。

米莉安心想，我已经掉进了另外一个陷阱。

她转过身——

插　曲

此时此刻

格罗斯基咧嘴一笑，"而且，然后你遇到了我们。"

米莉安咂巴了一下嘴，点了点头。

"第一次，至少。"她说，"你们把我的一切都搞砸了。"

然后我会让你们也吃不了兜着走。

韦尔斯来回踱步，形色紧张。

55 消失的时间

她如同一只猫咪外表的美洲狮——被胶带堵住的嘴咆哮，尖叫，用肩膀去撞车门，并试图去踢车窗。那个敦实的正在驾驶的家伙手上的那块金表咬进了他手腕上的肉里。他旁边的那个女人身材高挑、瘦骨嶙峋，她的头发被潮湿的水汽弄成了一个蜂巢的形状。

他们在她母亲屋外出现。那个女人有一把枪，那个男人有一个徽章。他们自称是 FBI，他们需要跟她谈话。

米莉安躲开，企图逃跑——

但是她的身体受了伤，全身酸痛。她的腿还因为那个伤口隐隐作痛，那是她自己的刀插进去的地方。她身体的其他部分——如同被一个年轻的充满渴望的拳击手练习的尸体袋。

这意味着她只能缓慢行动。

她尖叫着她母亲的名字。

但那个大家伙和那个墨黑色头发的骨瘦如柴的女人抓起了米莉安，一把将她塞进了车里。她又踢又叫，但其中一个人用一把枪卡住了她的后脑勺。她突然失去了力气，然后现实像一辆卡车一样朝她撞了过来：

他们可以开枪打死我，那样的话我要怎么去救我的母亲呢（不过一个严肃的想法进入了她的脑海：如果我让他们开枪打死我的话，那会不会结束阿什利的寻求复仇之路？我的死亡足以结束所有其他的死亡吗）？

不！不！她不能有这种念头。如果她死了，那只是意味着阿什利能够活下去，这是不可能发生的，这是绝不能够允许的。

她现在唯一的想法是：

也许我可以利用他们。总有法子的，一定有的。

所以现在的她便安安静静地坐在那儿，坐在一辆由一个她敢肯定不是联邦调查局的人驾驶的车子后座上。他们没有给米莉安宣读她的权利，他们没有给她讲任何法则。她的双手手腕被白色的塑料拉链捆了背后。她大声咆哮，拼命挣扎。

啪啪的人吗？可能是的。他们不直接为啪啪效力，但是一名像他这样的毒贩的口袋里可能拥有各种各样的浑蛋。这是她欠啪啪的。她欠了他，她永远无法偿还的东西。在街头抓住她，然后对她做他第一次就想对她做的事情，这难道不是一个惊喜吗：砍掉她的四肢之一？

要是她能看到这两个人其中一个人是怎么死的就好了。

死亡中线索颇丰。所以死亡经常可以反映出生活的某些方面。吸毒过量。这个在前排座位坐着的死胖子吃得过饱。暴力之人的死亡会很猛烈。即使善良的人常常死于对他们美德的尊崇：马丁·路德·金被枪杀。正在从树上营救一只小猫咪的女人被断裂的树枝砸死。

你的死法注定了你是怎样的人。

不幸的是，当这两个人将她塞进车里的时候，他们没有一个人触碰到她，让她产生那种肌肤与肌肤之间的电流——他们的手碰到过她的衬衫、袖子、臀部，却没有触碰到脖子、手臂或者手。她确信，当他们用拉链绑住她的双手的时候，她会看到一些东西——但是，噢，不，这些东西现在都设计得像专用手铐一样：两个伸手进去的孔与一根将其拧紧的绳索。

然后她现在就坐在这儿了。

一个小时以后。

她坐在一辆开往……她不知道自己身处何方……的汽车上。但她看到了一些标志——棕榈滩、圣露西港口——告诉她，他们正在向北前行。

她用那被堵住了的嘴大声尖叫。

这简直要了她的命。因为在车上每待一个小时，就意味着多了一个小时的回程。时间现在跨着步子，两步两步地前进着。

她的脑海中一遍又一遍地重播着：她的母亲在窗口的那张脸。阿什利在她身后，窗帘关闭。

她的母亲，在一艘船上。

被捅了那么多刀。

海水、血液与船底。

她在六英尺远的地方从舷窗中注视着。

那个魁梧司机对那个女人点了点头，那个女人把手伸到后面，扯掉了米莉安嘴上的封口胶带。在胶带被撕扯掉的那一刻，米莉安爆炸了。

"操你全家！你他妈的就是个畜生！你们是谁？你们知道你们做了什么吗？"她对着他们大声咆哮，发出了一声原始迅猛的尖叫。

"我们现在要去哪儿？"

"冷静一下。"那个胖家伙说道，"我们只是去某个地方坐一会儿，也许会聊会儿天。"

"只是聊天。"那个女人说道。

米莉安心想，我需要从这个车上下去。

一辆在 I-95 公路上以 75 英里（120 公里）时速驾驶的汽车。

米莉安想着，我必须要让这个浑蛋汽车给我停下来。

然而怎么办呢？

现在：拖延。

利用他们，虐待他们。

"我们现在就可以聊天。"她说。

"我宁愿去一个更舒适的地方。"那个死胖子说道。

"就几个小时而已。"那个女人说道，"坐稳了，你想听点儿音乐吗？"她伸手去触碰键盘，然而米莉安像一条狗一样冲着她开始狂吠。

"不要音乐。你们是怎么找到我的呢？"

"五个小时之前，你在基韦斯特的犯罪现场把你的名字留给了我们。然后，我们在一些交通摄像头里发现了你，检查了你的车，发现是用伊芙琳·布莱克这个名字注册的——所以我们在那儿出现了，等待着你。"

"你们想从我这里得到什么？你们不是联邦调查局的人。你们不可能是联邦调查局的人。"

那个胖子哈哈大笑，"我们真的是 FBI，我保证。"

"我以前也遇到过。"详细地了解一下他们，从他们嘴里问出更多的东西。她心想，这些人是工具，出于一个未知原因递交到她手上的工具。命运想要把她征服，这意味着现在正是时候去反击。该死的，她看到了未来。她知道命运想要什么。命运希望她在那艘小船上。她只需要找到如何才能达到那个特定的结果，把注意力集中在那艘船上。于是，她说："那就证明给我看。"

"证明什么？"那个女人问道。

"你们真的是联邦调查局的人。"

"你看到了我们的证件。"那个大胖子笑着说道。

"我偷了一艘船。"米莉安撒了个谎，"一个大小合适的渔船。我从那个群岛的一个地方偷来的。告诉我我从哪儿偷来的。"

那个女人转过身来，伸出一根弯曲的伊卡博德·克莱恩[①]那样的手指放在了她那薄薄的蚯蚓似的嘴唇之上，"亲爱的，嘘！我们也不喜欢把你的嘴堵起来——"

---

① 伊卡博德·克莱恩：小说《睡谷的传说》中的主人公。《睡谷的传说》（The legend of the Sleepy Hollow）是美国作家华盛顿·欧文（Washington Irving）创作的著名短篇小说，包含在他的著名散文集《见闻札记》中。它与华盛顿·欧文的另外两篇短篇小说《瑞普·凡·温克尔》《鬼新郎》被称为"最早的现代短篇小说"。

"不，不，不。"那个大胖子说道，从方向盘上松开一只手朝她挥舞着，"让我们对她幽默点儿。如果我们证明给她看，也许她会对我们好点儿。我说得对吗，布莱克小姐？如果我给你你想要的东西，你也会给我们，我们想要的东西吗？"

"完全正确。"她说道，然后说了一些她最擅长的"天啊，哎呀，当然啦，警官，我乐于帮助呼吁和平的警官"的言论。

大家伙拿出一个硬皮的老式翻盖手机，翻开盖子，按下一个按钮。他进行了一段单方的交谈，"是啊，嘿，托尼。我是格罗斯基。对了。不，我不是……等等，听着。一艘白色的渔船。从群岛上的某个地方被盗了。有没有相关咨询？好的，我等你消息。"他屈尊俯就地看了一眼米莉安，微笑，点头。他的脖子上的脂肪摇摇晃晃，"那是什么？嗯。马里波萨码头。朗姆罗德岛。"现在他回了头，给了她一个臭屁的"你看，我告诉过你我能做到"的神情。

然而她插话道："船的名称。"

他单手举着电话，"什么？"

"我说，我偷的那艘船叫什么名字？"

他转回脑袋，继续对着手机说话："托尼。那艘船的名字叫什么？"他举起一个手指，做出一个安抚的姿态，"嗯。燕子号？燕子号。"

燕子号。

当然。

阿什利知道关于那个知更鸟杀手的事情，关于考尔德克特。一整个家庭杀手都有一个海军燕子文身的共同特征。为了母亲扭曲的通灵幻象而共同参与谋杀。

他在嘲笑她。

她早就应该知道的。这并不奇怪，他选择了一个船名，不是因为它的功能，而是因为那艘船之于她的含意。突然她感觉迟钝而愚蠢，处于困境之中不知所措，因为无论她去哪里，他都会在那里给她搞乱。

敌方领先一步。

这让她很生气。

生自己的气，生他的气，生这辆车上每个人的气。

这个魁梧的家伙转过身，那一坨红润的、闪烁着晶莹的汗水的脸颊转了过来，露出了他那一排皓齿的笑容，他是打算幸灾乐祸，准备说些什么——

米莉安以臀部为支点用力一蹬，身体弹了起来——

对着他的脸踹了两脚。

他的脑袋被踢了回去，他已经准备转回身子，然后像一只想要挠抓一扇关闭了的大门的家养猫咪一样挠抓着方向盘——然而此时，汽车已经失去了控制，并向左侧冲过去，然后再向右猛撞。他那沉重的脚踩住了刹车，她听到下面轮胎打滑的声音，以及其他车辆轮胎摩擦的声音——

她等待着剪切金属的声音。

她等待着这辆汽车被猎枪击中，然后像苏打水易拉罐一样被劈成两半。

她等待着死亡与其他所有陪衬：血液、火光、小便、大便、尖叫声，这一次她独自上阵——

但是这个想法如同一道闪电的鞭子一样让她惊醒。我不要死在这里。

命运希望她出现在那艘小船上。

阿什利想给她表演一个节目。

想到这里，她再一次被敲了响钟，这一次，一阵使人眼花缭乱、疯狂乱舞的气泡从她的心脏升起，进入了她的脑海。我不要死在这里！

随着汽车滑行到完全停止，米莉安大喊大叫着，忍住疼痛，对着后座的乘客侧窗一阵狂踢——

在驾驶座的大胖子正在东张西望，头昏眼花，想知道究竟发生了什么。他试图再次用钥匙启动汽车，但汽车的发动机却开始呻吟，毫不理会他。

窗外的汽车轰隆而过，都对着他们鸣笛。

那个女人正在摸索着什么东西——

枪！当米莉安在车窗玻璃上踹出了蜘蛛网一样的破碎纹路，想要从车窗跳出去的时候，她想用一把枪指向后座——

"不许动！"那个女人尖叫，而米莉安想要起身去夺来那把枪，然后扇她一耳光。然而她的双手全部被绑住，想要那样做举步维艰，于是她便用她手头有的东西想办法，而她现在只能用她的头骨。

米莉安像海豚试图重新进入海洋一样扭动着她的身体，并试图用她的头顶去撞击那个女人拿着枪的那只手。然而她发现了一个更好的机会——她只需狠狠咬下去便可。嘎吱。那个女人惊声尖叫起来。同时，那个大家伙抓住了米莉安的颈背——

此时此刻

"等等等等等等。"格罗斯基说道，"所以，你知道我们是如何咬它的。"

"咬它。这是一个双关吗？因为我咬了你的稻草人朋友吗？"韦尔斯低头看着自己的手，皱起了眉头。米莉安的声音中夹杂着愤怒，"你打断我的故事，这是很不礼貌的。你很粗鲁，而且惹人烦，像一个足球妈妈，或者像一个狗屁。"

"我们已经知道了这个故事的一部分。"韦尔斯说道。

"显然不是，因为那个大男孩在这里是有问题的。是的，格罗斯基警官，我知道你们俩将会如何死去。"

"来吧，让我们感受一下。"

"你被一片罐头火腿呛死——其实，那片火腿还在那个罐头里，怎么如此不耐烦，啧啧。她也是被呛死的，但是是因为一头马的阴茎。真是超级尴尬！它们的阴茎非常大。我觉得她的眼睛比她的肚子还要大，对吧？"

"你这个小贱人，我不想和你说话了——"

　　然而米莉安抬高了嗓门，盖过了韦尔斯的声音，"不，等等，等等，等等。我记起来了。格罗斯基，你在和你妻子做爱的时候把她弄死了——当时的她像一根烤得过焦的香肠，这真是恶心至极——那种内疚让你也无颜继续独自生活下去，于是你自杀了。韦尔斯，你 TMD 和动物园里一只脏兮兮的老黑猩猩性交，得了动物园黑猩猩流感，然后你得了口腔溃疡——"

　　韦尔斯双手用力拍到桌面上，"看到了吗？这就是她给我们的回报，里奇。这就是你要在这儿继续待着的结果。我们必须得离开这儿了。"

　　格罗斯基抬起目光，盯着米莉安，"告诉我，我们是怎么死的。"

　　米莉安神秘地眨了眨眼睛，"我肯定不会一五一十地交代的。难道你们不喜欢惊喜吗？"

56　看一眼，跳下去

韦尔斯惊声尖叫了起来，抽走了她的手，手枪掉落。米莉安用脚踩着她，扳住她的脑袋，让她不被那个大胖子抓住——

然后，她抬起她的双腿，把身体支撑起来，捣毁后座的车窗——

——陷入了茫茫车流之中。

她重重地肩膀着地——呜！——那时那个樱桃红脸蛋的大胖子驾驶的小卡车如此之近地贴着她开了过去，她能感觉到轮胎带来的风把她的头发吹得凌乱不堪。

不会死的，不会死的，不会死的。

她站在公路的正中间，四条车道的正中间。

在另一边，是一排护栏。

而在那护栏的另一边——

是另一条高速公路，收费高速公路，她心想。这个布局看起来就像在一个圣诞礼物包装上交叉的两条丝带。

米莉安加速冲刺，跨越了高速公路，汽车没有停止。

司机们一点儿都不在乎这些破事——他们都有各自要去的地方，而且，天啊，这里可是佛罗里达，在这个地方，像这样的事情一定一直都有发生。一辆摩托车差点儿把她的靴子撞掉了，一辆白色跑车差点儿把她拦腰斩断。

但是——砰，她向护栏砸了过去。

她转过身，面对那辆灰色的车。那个女人已经下了车。枪回到了她的手中。

米莉安开始在参差不齐、锯齿边缘的护栏上前后来回摩擦她手腕上的拉链条。来来回回，切到了她的手。

那个女人用枪瞄准了米莉安。

那个大胖子从车里露出一半身体，大喊："别开枪！这不是计划之一。不要杀她，他奶奶的——"

米莉安畏缩了一下，继续锯着拉链条，她感觉得到血液爬到了她手掌的两侧。

女人犹豫着是否应该扣动扳机。

一辆脏兮兮的灰箱货车放着响声震天的雷鬼音乐开了过去。

她摸索着那把枪。

拉链手铐被锯开了。

米莉安从高速公路的边缘望下去。

我的机会来啦！

然后，她跳了下去。

57 水晶蓝色的劝慰

砰。她重重地跌入了一辆平板挂车上托载的一个空游泳池里——实际上，是一叠游泳池，三堆游泳池一个叠着一个，堆在卡车上面，被白色的带子捆着。这种被马踢了的疼痛迅速过度成一阵痛苦沉闷的轰鸣声，传到了她的身上。

她大口大口地喘着气，仰面躺着，摊开双手，整个人呈十字形。

我真心希望这个游泳池之前已经注满了水。

还好。似乎没有任何地方发生了破损，动一下四肢都感觉疼死了，狗娘养的——不过还好，它们还可以动，没有脱臼。她所有的器官仍然坚定地躲藏在她的身体里。

不过，她的身上肯定会有一块巨大的瘀青。

它会与她身体上已经存在的那些瘀青相得益彰。

这辆卡车在收费高速公路上，向着南边驶去。

这与她之前所在的那辆由两个所谓的"联邦调查局警官"所驾驶的车方向相反。

这意味着她要从这辆卡车下去，对吗？她要回去找她的母亲，需要阻止阿什利的恶行，需要找到那辆迈锐宝——

然而接着，她心想，命运是一条冰冷黑暗、汹涌澎湃的河流。这就是她讨厌它的原因。憎恶它的这种必然性。选择的错觉——船桨左划一下，右划一下，激流仍然会带你去它们想要带你去的地方。她感到自己处于骄傲的巅峰，她是一个河流截流器、一块分隔海域的大石头，改变了河流的流向，把一条直线变成了两个不同方向。

不过，今天，她不用去做那么繁重的工作。

如今，命运不是她的敌人——而是她的朋友。

为什么要挣扎呢？她已经看到了未来。她知道命运将会把她带向何方。

命运把她带上了一艘船，船上有阿什利·盖恩斯，与她自己的母亲。

她的母亲，可能已经离开了人世。阿什利已经带走了她。米莉安感觉像是被一根钢丝贯穿了她的骨髓一样：十分确定的是，她回到家里，却发现屋内空无一人。他会因此嘲笑她。他会留下一张字条，或者打电话给她。总会有个什么东西来提醒她，她总是落后一步的那个人——一个追着一个红色的气球的小男孩恰好撞上了一辆迎面而来的 SUV。

TMD。不与之挣扎，她决定顺其自然。

命运如同地心引力一般。如果她放任自流，它会一直拉她下沉。

她会一路降落到底，直达那艘船，直接到达那个重要的时刻。她想要避免这种情况，但她一直努力反对，却又无济于事。底端便是她的归属。

底端是她的住所。她在这一路上，学到了太多的东西。

那么，就向南去吧。

零英里碑，浑蛋。

另外，她也疲乏无力了，真他妈的累。她的全身上下都感觉沉重，下坠——如同一具拴着重型铁链被拖入海底的尸体。

她蜷缩在泳池的波浪形边缘，把自己卷成了一个胎儿球。米莉安睡着了。而这一次，她没有做梦。

58 宿命

从大桥远的那一边向下行，驾驶员踩了刹车，减缓了卡车的行驶速度。这个陈旧的刹车碾磨着地面，发出了震颤的声音——咣咣咣咣——把米莉安从死睡中震醒。这让她血液沸腾，心脏跃动。她从泳池的边缘向外窥望——

然后看到夜幕降临在了那光滑的水晶宫殿般的海湾之上。那些岛屿——群岛——就在远处，卡车的下方是七英里大桥，这头背部拱起的大白鲸，将马拉松与翁达港由鸽子岛相连。

鸟在从水中伸出的输电线上栖息。鸬鹚斜倚在一天的余晖之中。遥望远处，是那座已废止的老桥——一座生锈的骨头支架，看起来就好像是如果那些鸟中的一只想要去桥上歇息一下，它都可能会崩溃一样。

或许它想说的就是，鸟严禁在此栖息。

那辆卡车从大桥上驶了下来，继续在最后一个直线道路上缓缓行驶。它摩擦着地面，然后大转弯，进入一个碎卵石入口，入口处有一个标牌：走私车停车场度假村。

液压装置发出吱嘎声与嘘声。

卡车停了下来。

命运把她带回到了那个群岛上。

现在需要看看前方等待她的究竟是什么。

她抓住泳池的入口，在边缘摆动——她这样做的时候，她的身体疼得直叫，她的牙齿本能地咬紧，想要抑制住那些疼痛。她把另一叠泳池用作一个梯子，爬了下来，到了停车场。更大的震动、更大的疼痛从她的脚上快速升起，贯穿全身。她抑制住想要叫喊出来的欲望。

根本没有"度假"这回事——这里是一个野营车与拴到柱子和机架上的房车集聚地。人们正在比较各自的车辆所跑过的英里数，用小木炭炭炉烤着热狗、烧烤鸡。鸽子和乌鸦在附近的地面上招摇过市，啄食着那些剩菜。

一个身穿扎染半截裙的女孩看见了米莉安，小心翼翼地向她走了过去，赤脚踩在那些松散的鹅卵石上。她那瘦弱的小手指呈一个剪刀形状，中间夹着一根烟。

这个满脸雀斑的女孩走上前来，问道："你是米莉安吗？"

"怎么了？"

"一个名叫阿什利的人有一个消息要我传达给你。"

"现在吗？什么消息？"

"他说他……"她停顿了片刻，仿佛正在回忆什么，"他很惊讶你折腾了这么久，说仍然会有一些惊喜等待着你。"

那个女孩掸了掸那根香烟。米莉安也想抽一根，于是她把手伸向自己的包——甚至在她把手伸进去之前，女孩就开口说道："他说你的烟应该抽完了，但我不会给你一根我的香烟。但其实我的也没了，所以我想这应该不会有什么关系。不过，我有一些 Hubba Bubba 泡泡糖。"

"我不想要什么泡泡糖，快把其他消息告诉我吧。"

"他让我去收集一些你的东西。你的靴子、你的刀、你的墨镜，当然还有你的电话。"

"我是不会把那些东西给你的。"

"他就知道你会这么说。他让我问问你觉得埃莉诺对此会说些什么。"

米莉安的双手收紧，捏成了拳头，"埃莉诺？"

"对不起。我想说的是'伊芙琳'。"但通过这个女孩的笑容，米莉安可以看出这个口误是蓄意为之。这个女孩不是一名好演员。她都还没有成年，让这条小鲦鱼好好撒一个谎似乎不太容易。阿什利告诉她来说这一切，"你是打算交给我还是什么？比利的烧烤架上烤了香肠，布恩的鸡还在桶里，所以我得回去了。"

米莉安舔了舔她的嘴唇，开始一个接一个地交出那些物品，解开靴子的鞋带，掏出那把小刀——她的血迹还残留在那把锈迹斑斑的刀的刃上。她把口袋里的飞行员眼镜翻了出来——不明白他要这个玩意儿做什么。也许他认为她会打破镜片，用它来割破他的喉咙（这是她心里铭记的一个小贴士，用身边唾手可及的物品去攻击人是她最爱的、最有效的方式）。

最后，手机。

当她正准备交给那个女孩的时候，电话响了起来。

"是他打来的。"雀斑女孩说道。

米莉安接通了电话。她什么也没说。

"你比我想象的要乖很多啊！"他说道，"看起来就像是你不想再玩下去了一样。"

"我不想继续下去了，我要结束这一切。"

"在这件事情上，你一直在起推动作用。我很尊重你。直奔终点。可我发现你没有任何能力值得钦佩，甚至连'勇敢'也不值得。当我还是个孩子的时候，我的母亲曾经带我去看那些飞行表演，我很喜欢，特技飞行员可以下潜冲向地面——"

"少 TMD 给我讲这些没用的故事，进入正题。你想让我上那艘船。我想要上那艘船。告诉我到底要怎么样？"

他哈哈大笑，"如果我告诉你不要上去呢？"

"你不会的。"

"我现在开始不喜欢你的态度了。"

然后他挂断了电话。

"妈的！"米莉安破口大骂，并把目光投向了那个女孩。她狠狠地按下了重拨键，电话一直叫着。他只是在他妈的耍我。他会打电话回来的。他需要这通电话，丝毫不亚于我。

雀斑女孩只是静静地站在那里。米莉安甚至都没有注意到这个女孩的嘴里一直嚼着一块泡泡糖。那个泡泡糖吹破，然后又鼓起一堆泡泡。她吹出了一个大大的卡通气球一样的泡泡。米莉安伸出小指，戳破了那个泡泡。

"嘿！"女孩怒声抗议。

"去他妈的。"米莉安说道，"如果他打电话回来的话，告诉他，我已经忍无可忍了。告诉他，如果他想杀死我母亲的话，他将不得不在没有我在场的情况下行动了。告诉他，我一点儿也不喜欢她。操蛋的命运，操蛋的河流！还有操蛋的你，你这个索然无味的恶性小肿瘤。"她把手机朝女孩扔了过去，她差点儿没接住它。

然后米莉安转身离开了。

她朝着高速公路走去。

夕阳西下。

夜幕降临。

她独自走着。

59　信天翁

午夜：这是米莉安的专属时间。

从房车停车场离开，米莉安向南走去，经过了翁达港的沙滩，转弯，朝着松礁岛走去。她在那儿发现了一个散发着耀眼光芒的夏威夷风情酒吧，位于另一个码头的外面——几十艘船的细长桅杆放置在那儿，如同古老、贫穷的墓地上的十字架一样。她真的不知道那究竟是什么意思。她打破了命运的枷锁吗？或者她只是放缓了下降的速度——阿什利谈论的那架特技飞机仍然朝着坚硬的毫不退让的地面俯冲过去，只是这一次下降得缓慢（仍然致命）了一点儿？

现在，她赤脚坐在那个夏威夷风情酒吧里，心想，她真的应该把她的鞋子与小刀拿回来的。

那个酒保——一个肌肉松软的黑人，他的乳头戳着一件粉红色 T 恤的内侧——问她想要喝点儿什么，她说她不在乎，什么都不在乎，不过要很大一杯，并且要点火燃烧。

她等待着，环顾四周。渔网从天花板垂了下来，里面有一堆一美元的钞票，如同小鱼儿一样被困于渔网之中，几个陈旧古老的盐磨置于后面。两个女孩围绕着一个巨大的鱼缸——它看起来像是装满了稳洁清洁剂一样——悄悄地坐在角落。

他给她制作了一杯叫"古代水手"的饮品，装在一个夏威夷风情的玻璃杯里——那个大陶瓷杯看起来像一位愤怒的夏威夷神，其嘴巴为闪电，而眼睛像教堂的窗户。

那个酒保打开了一只长颈打火机。

饮料燃烧了起来。

火焰泛起了涟漪，蓝色的火焰。

她将其吹灭，然后啜了一口。朗姆酒、五香粉和柑橘，它爽滑、温暖，通常都会很不错，然而在加热之后，它在嘴里的感觉尝起来如同灰与醋一般。

大多数时候，她就让它待在那儿。她无所事事地在提基那凝固的脸上信手涂画着条纹。她的晒伤开始刺痛。她的腿一直抽搐疼痛——那条有人想将它锯下来的腿，那条有人用米莉安自己的刀插进去的腿。她的背也疼——那个地方有可能已经有了一个垃圾桶盖大小的瘀青。疼痛无处不在。脸、脚踝、胸部、脖子、心灵、灵魂。

她想再去取一杯饮料，相反，却放下了提基。因为有人在她旁边坐了下来。

她知道这个人是谁。

阿什利问道："你会喝掉那杯饮料——"

为了给他看，她一饮而尽，"这是不是只是前戏。我知道你爱那些经典名著，不过说真的，你需要一句新台词。好腻啊！我真的觉得腻了。"

"我需要你上那艘船。"他说道。他的声音如同一把钝锯子在谷物上沉闷而缓缓地割着。

不足为道，而又易怒。"我需要给你看看。"他舔了舔嘴唇，"我需要让你受到伤害。"

"你已经让我受到了伤害。难道这还不够吗？"

他没有说什么，但答案是明确的：不够。

阿什利的出现并不是一个惊喜。

他的下一步动作才是。

他叹了口气，"我就知道你会说没有。事情是这样的。这是我的诅咒。我把它叫一种天赐，但有时它确实是一种诅咒，因为在人们行动之前我就知道他们要做什么，而且——"说到这里他的声音变得很低沉，似咆哮一般，他咬牙切齿地说道："这让我生气。我希望不是我去让人们做那些事情。我想要一次惊喜。"

他把一个小零食袋随意地扔在了吧台上。

两个圆圆的、皱巴巴的肤色小球装在一个塑料袋子里。

米莉安觉得她的内脏在震颤抽搐。

不。

"那些都是伊芙琳的脚趾。"阿什利说，"这只是她的小脚趾。我觉得从那儿开始最好。如果你不跟我来的话，我决定把她一点一点地切掉，我切了两个脚趾。然后，我会去切剩下那些。接着是腿，再到膝盖，接着到膝盖以上，大腿中部，到臀部。然后，我再开始另一条腿。接着是手指、手、手臂——"

米莉安快速行动。

她抓起夏威夷风情玻璃杯朝着他的脑袋砸了过去。

或者说，尝试着砸过去。

甚至当她抓起玻璃杯的那一刻，他便已经伸出了他的假腿踢了出去。她屁股下面的高脚凳从她下面滑倒，她跌倒在了地上。

那个夏威夷风情玻璃杯从她手里滑落。

阿什利抓住了它。

在她试图站起来的时候，他拿着玻璃杯朝她的脑袋砸了过去。

她伸手去扶那个高脚凳，试图把她自己拉起来。人们都开始大呼小叫，阿什利哈哈大笑——一个响亮的、戏剧般的笑声。然后，他掏出了一把手枪，举在手中，空气中充满了枪声和尖叫。米莉安捂住了她的耳朵，试着爬行到门口，但他的手抓住了她的后脑勺，并把她拎了起来，他把枪抵住了她的下巴。

"别再这样了。"他咆哮道，"你跟我来，或者你的妈妈就会变成午餐肉条寄给你了。"

他放下了她的头发，然后朝着门口摇晃不稳地走了过去。

在他出去的路上，其中一个女孩爬在了她那死去的朋友的尸体之上。她在他经过的时候蜷缩了起来，他朝着她的脑袋开了一枪，她的脑袋与她的下巴分离了。

然后他走了。

米莉安抑制住了呜咽，然后爬了起来。

并跟随他出了门。

60 疲倦时期过去了

阿什利在船舱内给她摆了一把椅子。然后，他坐在了她对面的一个小队长的凳子上。

在他身后，苍蝇围绕着这艘船的原业主的尸体兜兜转转。阿什利将这对夫妇介绍为"鲍勃·泰勒和他的情妇，卡拉·皮洛蒂"，他们躺在那儿，仰卧，身体一半翘起，向下延伸到甲板下的船舱，每个人的额头中心都有一个黑色的褶皱弹坑。

阿什利扑打着任何一只靠近他的苍蝇。

这些苍蝇肯定激怒了他，每一个巴掌下去都伴随着一声沮丧的咆哮，与一个畏缩的眨眼。

船舱的内部已遭破坏，仿佛是被斧头或者锤子砸烂了一般。控制台的大部分已经支离破碎。窗户，用栅木板拦隔了起来。

"你的母亲在甲板下面。"他说道，"在休息。你也应该休息一下——"

"妈妈！"她哭了出来，但他抓住了她的脸，用力挤压她的脸，让她闭嘴。

"不。"他说道，"不许跟她说话。你与她的时间已经终结了。反正她已经没有意识了，被堵住了嘴，所以她不能跟你说话，不要让我把你的小嘴也给堵上。"

他再一次松了口气，"明天是一个非常重要的日子。"

"正是。"明天就是你死于我手下的日子。但她不知道该怎么做，并且她甚至不确定她是否还相信它，一举一动，都被他了然于胸。无论是至关重要，抑或微不足道。

他旋转着那个凳子，经过了一洼已凝结的血泊——鲍勃，或者卡拉，或者她母亲的血液，她不知道——然后去到控制台那儿，开始启动那艘船。发动机轰鸣咆哮，船下的螺旋桨搅动着漆黑却光亮透明的海水，他们开始离开码头，离开岸边，离开那片米莉安了解并信任的土地。

他背对着她。

在他背对着她期间，她开始寻找一个武器。

她在寻找某个东西——任何东西——来对抗他。一个螺丝起子、一片窗户玻璃、一个长长的分裂器。然而，却什么都没有。

他奶奶的。

她只有用她的双手了，她的双脚，甚至她的牙齿。

不。然后她看到了它。

那条。那条假腿。我要用你自己的腿把你打死，你这个浑蛋杂种。

但是，这个想法甚至还没有落地，甚至她还在准备着她的第一次袭击——

他就把脑袋转了过来，朝着她。他的正面朝前，胳膊肘随便搁在方向盘上，仿佛他来到这儿准备享受一整天捕鱼的欢乐时光，与他那半死不活的家人。他把下巴靠在自己的肩膀上，噘起了嘴，"你想伤害我，米莉安。不过我觉得这是可以理解的，这肯定不会很友善。"

"我……我没有。"

又是那个狼一般的笑容。"你就是那样打算的。他们告诉了我你的想法。当我转动方向盘的时候，我看到那些话语飘移过来，穿过了那个方向盘。来自我的朋友们的一个警告。"

"是吗？他们真的是你的朋友？"

"他们已经做了很多对我有益的事情，给了我很多目的。他们是我的老板，我的主人，我的父母。但他们也是我的朋友。因为他们照顾我，像好朋友之间应该的那样。"

"我那天在 SUV 里照顾了你一天，和英格索尔在一起。我给了你自由。他们本来会从你身上砍掉更多的部位。那一天，我帮了你那么大的忙。"

"你应该永不离开我。"他显然并不想谈论这个，因为接下来他只是说，"欢迎你再次尝试来伤害我，但这只会给你带去更多的痛苦。这就像拉屎撒尿的老赫尔曼在操场上的嘲讽一样：我是橡胶，你是胶水。不管你对我做些什么，都会反弹，然后黏在你的身上。而现在我敢打赌，你正处于一种巨大的痛苦之中。实话说，你现在看起来就像一坨狗屎。"

一滴孤独、背叛的眼泪爬上了她的脸颊。她迅速用手背擦拭掉了，并试图皱眉来掩饰这一切。

他们就像那样静默不语地盯着对方，什么也不说。他露出一个奸诈狡猾的笑容。她怒目而视，希望能够忍住眼泪——希望她能想出一个法子，通过她的表情去杀死他。

最终，他眨了眨眼睛，然后转了回去，继续驾驶小船。

他转弯，进入了一片开阔的水域。

渔船一班接着一班扑哧扑哧地向前滑行。

船外，海鸥叽叽喳喳鸣叫不休。偶尔在他们的头顶上方扑扇而过。他抬头，望向天空，"捕鱼鸟，比如海鸥和塘鹅。他们追随着渔船。寻找诱饵，寻找渔获。我猜，我们全部都只是在寻找渔获，对吧？"他耸了耸肩。"你放弃了，真是一个明智之举。"他说道，"放弃。这件事的确给你带去了太多的痛苦与烦恼，对吗？如同一个大而旧的痛苦的三明治。"他拍打了一下他的脖子，"上帝！这他妈的苍蝇。我真应该事先喷点儿什么东西。"

看来你也不是预先知晓万事嘛。

"我只想说，能和你再次在一起，真的太好了。"他突然把凳子转了过来，面向她，"你知道吗？我曾经真的是一个浑蛋，我从未想过要真的向你道歉。当我们见面后，我……我变成了一个没有目的的男人。"

我想，那就是削弱我们这些人的东西吧，我们随波逐流，漂荡在人生的海洋上，没有任何形式的意义。双手空闲，对吗？我当时只是一个微不足道的骗子，自以为是海洋底端，他所见过的最诡计多端的小三叶虫。然而真正的鱼在我头顶上方游过。鲨鱼与梭鱼。我不知道。然后我看见了你，和我在一起，接着我把你拉了过来——我想，上帝啊，这里有一个和我一样的女孩，她聪明，却没有目的——后来我做了我常做的事情。我是一个专门利用别人的人，我像利用其他人一样利用了你。然后，我开始使用药物，然后……"他吹了一声口哨，"不堪回首的时光。然而，我们的相遇影响强大。这就像是……就像是火山一样，轰，把我们俩都喷射了出去，给我们俩指明了道路，不过想要修复一件东西，你必须先将其打破，所以我们不得不先失去一些东西，然后我们才能够开始。"他打了个响指，"这就像失去你的童贞一样。对吗？女孩的那颗小樱桃爆破——"他伸出一根手指，放进嘴里，发出细细的软木爆裂声，"伴随而来的还有疼痛与鲜血，但是接着，是一种透明感。最终，甚至会有快感。我有我的透明感。这是我的荣幸。但是，当我们见面的时候，我没有那些东西，所以我感到非常，非常抱歉！"

她对于这些没有什么可说的。对她来说，这一切都只是噪声而已。

相反，她问道："窗户都被关上了。你怎么知道你要去哪里呢？"

他露出了微笑，"我只是向前走。你也是这样。在某种程度上。"

"那些警察会找到我们。你杀了人。"

"是的。但是他们不会找到我。我把那儿的所有人都杀了个精光。没有人会认出我。甚至都没有人去打电话报警。那个时候太早了，其他的渔民甚至都还没出船呢。最终，他们会去寻找，而我会先行一步。我们会离开。你的妈妈将会死去。"

"那我呢？"

他哈哈大笑了起来，"不，我不会杀了你。反正现在不会。我甚至不知道这是否在我的计划之中。那要取决于他们做了些什么——"他指向机舱的天花板，"不得不说一下。这是他们的指令。不是我的，我只是一个为他们效力的人而已。"

"你是他们的小贱人。"

"你的嘴巴怎么这么脏啊？你把所有的东西都精简成它们的成分。你就像这些苍蝇的幼体蛆一样，打破所有的一切，直抵它的基本组成，最……恶心的部分。"他生气了。非常好。让他生气。"我不是他们的小贱人。我是他们的化身，众神曾经都有过化身。克里希纳[①]。耶稣。人类经常作为神灵之手，伸入泥土，置于水上。"

她吸了吸鼻子，眨了眨她那惺忪湿润的双眼，"那就是你认为你在为之效力的人吗？上帝吗？"

"诸神，复数，命令的神。前途和命运的神。"

"那么我要为谁效力呢？"

他降低了声音，"其他神。等级低一些的神灵。混乱和无序的神。自由意志，自由意志。"他突然转得离她近了一些，把他的手指戳到了她的脸上，"你看，你认为这是一件好事。自由意志。就像你就是那些浑蛋爱国者中的一个，认为这全都关于个人自由。携带枪支的自由，或者骑摩托车不戴头盔的自由，或者作为一个蠢货的自由。我曾经也那样想过。不过你瞧，这就是那种骗术。没有人会使用那种自由去做好事。这只是另一种说法而已，我想要的是一个可以变成自私利己怪物的借口。命运是关于保持万物有序。关于让我们朝着一个目的地行进。明白了吗？命运，目的地。[②]"他笑得非常厉害，脸颊变得红扑扑的。"就是那样。一个词嵌套在另一个词中。"

"'命运'还嵌套在'致命'之中呢！"她平静地说道。

---

① 克里希纳：字面义为"黑色的神"（黑天），通常被认为是毗湿奴神的第八个化身。在《摩诃婆罗多》中，他是般度人首领阿朱那（Arjuna）的御者和谋士，足智多谋的英雄，在《薄伽梵歌》中被称为"最高的宇宙精神"。黑天的形象在印度的民间文学、绘画、音乐等艺术中经常出现。

② 命运，目的地："命运"的英语为"destiny"，而"目的地"的英语为"destination"。这两个单词读起来很相似，前者的读音是后者读音的一部分。在这里，"阿什利"在向"米莉安"讲述"命运"与"目的地"那相同的初衷。

"的确如此。因为有的时候，命运就是关于人们的死亡，不管你喜不喜欢。但你不会明白，你一直都在捣乱。那些应该死去的人——你从坑的边缘拯救了他们。而那些站在那里观看的人——你把他们踢进了无尽的黑暗之中。你让那些不应该再出现在那儿的人还待在那儿，然后你为其他人也安排了位置。你在破坏事物，你不能……你不能到处去做这些事情。"

"就像你说的，我们都必须找到我们的宗旨。"

那个刮胡刀一样的笑容一闪而过，"没错。而我的目的则是向你展示你是怎样大错特错。总有一天你会明白。因为那一天，你会看到，黑暗犹如一整个蝗虫一样向我们席卷而来，死亡将会变成一群翅膀和牙齿，它会从这个世界上抢走太多的东西。

人们挨饿，人生病，人们自相残杀。世界会经历这些过渡时期。一些人会不如别人，但人们总是会死去——这是一个必然的格局。因为所有人都会坚持下去，一些人——有时很多人——需要死去。现在你误会了。总有一天你会明白。也许很快有一天，你就会看到它是多么有必要。你会看到，有时想要修复一个什么东西，你首先需要去打破它。"

"也许我是那个打破它的人。"她说道。

他反手向她抽击过去。

敲到了她的脑袋，她尝到了血液的滋味。

混乱的时刻来临了。

她一把抓住那只手，将自己的身体朝他倾斜过去。

他抓住她，一起向后面倒下。

阿什利利用她的势头，将她猛地推进了控制台，木镶板碎裂散落。他乱抓着站了起来，一拳打中了她的腹部——一块巨石落入湖中，泛起阵阵痛苦的涟漪。

"你居然还想与我搏斗。"他气喘吁吁地说道，舔了舔嘴唇，他站了起来，踩在她身上，"但我们将会在明天早晨再算剩下的总账。现在，我需要操控这艘船，这场比赛还真的挺累的。"

61　我害怕你以及你那闪闪发光的眼睛

时光流逝。

米莉安的时间被这一阵叛乱打断。

阿什利正在平息她的努力。

她想去门那儿——把门甩开，跃入大海——但甚至在她站起来的那一刹那，他就已经扑倒了她。她的脖子夹在他的臂弯之下，血液涌到头部，腿脚胡乱踢着。他在她处于昏迷边缘的时候，放下了她。

她试图去攻击他。米莉安的每一次出击都被他轻易化解，好似她在演绎由他编写的舞台剧。他似乎不用花费任何努力就可以把她摔倒在地板上。最后，每当一个想法穿越到她的脑海里，他就站了起来，像一个迅猛的滚滚风暴一样走过去拳击她的肠道，或者踢她的侧面，或者一次又一次打她的脸。

没有一个举动会对她的身体造成任何长期损害。但是，这些举动全部都具有侵蚀性、腐蚀性，仿佛这种对米莉安的蚕食方式远比他对于她母亲的肉体蚕食更加深远。

至于她的母亲——她有时候能够听到她的声音。从那边的小屋传来，呜咽抽泣，哭泣声从那被堵住的嘴巴传出。米莉安想要叫她的母亲，而阿什利却如风暴一样席卷过来，把她揍得无力叫唤。

但是随后，他会哈哈大笑，告诉她没事的，告诉她可以叫她的母亲。

于是，她照做了。

她向下呼唤她的母亲，告诉她，她爱她。

而且，她很抱歉。

她向她倾诉了十遍。

二十遍。

五十遍。

直到那些话语在她听来如废话的时候她才停止，也许这就是废话，这就是胡言乱语——在她的大口喘气与抽泣呜咽之下，那些话语变得含混不清，颠三倒四。

当她说完这些的时候，阿什利走过来，继续捆她。

船外，海鸥和塘鹅飞翔，咆哮。

62 甘愿去做上帝的奴仆

母亲轻轻地抚摩着她的头发。

"没事的。"她低声说道。米莉安疼痛呻吟，试图站立起来，然而，却被全身上下的疼痛压了回去，仿佛她体内的所有东西都已被抽干了似的，只有疼痛和痛苦被允许来填补这一空白，"没关系的。"

"妈妈，拜托，快离开这儿！跑啊！"

"没关系的。"

然后母亲在她的额头上印下一个吻，米莉安感觉她的嘴张开，坟墓里的蠕虫爬了出来，带着泥浆与残渣——

她大口大口地喘着粗气，头部抽搐。

此地空无一人。

她在船舱内，独自一人与两具尸体共处一室，阳光透过舷窗呈小束光芒照射进来，拉起来的窗口周围也弥漫着这怡人的温暖。

她的双手被胶带捆绑起来，放在她的面前。她拼命挣扎，呼喊着她的母亲。她爬到那两具尸体身边——那些如毛毯般覆盖在尸体身上的苍蝇泛起了涟漪，飞到了空中。她对着船舱的黑暗处大声叫喊："妈妈！

妈妈！"

她发现了一个机会——一个怪诞的机会，不过已经没有时间去寻找别的选择了。由于此刻没有锯齿护栏，她把手腕伸向前去，然后试图把胶带塞到那死去的鲍勃·泰勒的嘴里，这个男人的脸颊颜色黯淡，上面有紫色的条纹，他脸上的眼睛肿得像两颗紫葡萄一样，腐烂的麝香味扑面而来，几乎让她吐了出来，而他的牙齿却呈现出完美的皓白色。她在那些漂亮的牙齿上来回磨蹭胶带，直到它彻底磨破，胶带分开——

她意识到她必须爬过他们，才能下去。

进入那片黑暗之中。

然而接着——

嗒嗒嗒嗒。

有东西在敲击着舷窗。

她的胃骤然下沉。

她站了起来，每走一步都消耗掉一点体力。

阿什利站在那里，露出一个大大的微笑，仿佛他刚拿到一个全 A 的成绩单。他有一把猎刀——那把狩猎刀——在他的手里，那就是他用来拍打玻璃的东西。

"现在是时候了。"他说道。

她猛地让自己靠在门上，望着外面。

太阳已然升起，位于附近的树木和水面之上。她不知道它们在哪里，远处，红树林用高大稳固的根基将自己支撑到高空之中。小鸟飞来飞去，从这个树枝蹿到那个树枝。海鸥在头顶上空扑腾着翅膀，俯冲下来。

母亲坐在一个折叠椅上，全身都被捆绑住了——米莉安也曾坐过那把椅子——那把折叠椅被绑在了它背后的甲板栏杆上。她的鼻子破裂，鼻血顺流而下，如同燕尾一般双管齐下。她的嘴里被塞进了一个网球，然后被胶带缠了起来——皮肤绽开，撕裂，血流不止。米莉安看到她母亲的双脚都被报纸与胶带包裹着，报纸被鲜血染黑了。

米莉安用拳头砸着玻璃。

她留下了血淋淋的条纹——

她把自己弄伤了，在鲍勃·泰勒的牙齿摩擦胶带的时候。

她甚至都没有觉察。

噢，不，不不不——

这一切都在发生，正如通灵幻象中发生的那些事情一样——

不过这次不是路易斯在灯塔里，而是她的母亲，她自己的亲生母亲。并且，这一次她没有在最后一刻还手持手枪、在楼梯上争分夺秒地跑着。此刻的她，被困在了门背后。她试图突破这扇窗户，却无能为力，窗口太小，即使她想，也没办法爬得过去。

然后她开始意识到，她陷入了这个陷阱。她这一次没有挣扎，没有去争取，所以，导致了她的失败。这一次，她选择了让自己随波逐流。

而不是去破坏河水原本的流向。

阿什利再一次用那把刀敲击着玻璃。

嗒嗒嗒嗒。

然后，他往后面退了一步，开始了他的演讲。

"两个米莉安的故事。"他说道，"这个送给你，那个现在在这儿的米莉安。"说完，他的手臂划过天空，"这个送给你，那个触碰到了她的母亲，并且目睹了她死亡的米莉安。你来这儿是为了观赏一场表演，所以我肯定不想让你失望！"

很奇怪。要同时出现在两个地方，要做一个去观看一场她已经看过的表演的米莉安。

却也无能为力。

突然，阿什利停了下来，弯下他的头。她心想，他应该在与他的"朋友"协商着什么吧。她想知道他是否看到过他们，就像她看到过她的"朋友"那样。但是他的"朋友"不是入侵者，是他将他们邀请而来的。

他哈哈大笑起来。

"你知道他们做了什么吗？"他问道。每吐出一个字都带着振动——那是一种恐慌与眩晕的频率，"他们去找了我的母亲。我不知道你是否知道这件事。这就是他们是如何找到了我们的。他们去找到了她，我之前给她寄过一张明信片，那就是他们是如何知道从哪里开始寻找我的原因。你知道他们对我的母亲做了什么吗？他们开枪杀死了她，把炉子放在灶上，然后打开了她氧气罐上的管口。"他拍了拍手，"嗖。我的母亲是一个喜欢'收藏'的人。房子里有大量的垃圾。这是制造商贝尔小镇见到过的最大的篝火晚会。"

米莉安用拳头猛砸着玻璃窗。她尖叫到撕心裂肺，声音嘶哑。甚至想要去咬那扇玻璃窗。她用头部猛烈撞击。什么东西。任何东西。

他拿着刀，用刀尖抵住伊芙琳·布莱克的下巴。母亲的瞳孔里闪烁着恐惧与惊慌，没有决心，或是和平，没有上帝与他的天使带来的宽慰。只有十足的恐惧、赤裸裸的、纯粹的、可怕的。对于随之而来的事情的恐惧。

妈妈知道下一步是什么，米莉安在这个女人的眼睛中看得到。

"我要带走你的母亲，你在思考，但这是为什么呢？现在我告诉你，这是因为你已经知道的一件事。难道不是吗？以眼还眼，以牙还牙。以你的母亲还我的母亲。我听到了你在窗户后面的尖叫声，我知道我们已经结束了这个对话，但我们将不得不来再一次，为了——"在他把那把刀插进米莉安的母亲的下巴之前，他再一次拿着刀对着天空说道，"——我想让你知道，我妈妈的死亡都怪你。我那么那么信任你，正是因为你，我甚至去了北卡罗来纳那个鬼才知道什么地方的破地方。一路上我见到了很多华夫屋、反叛旗帜、配菜还有你们大家。我去找你，因为我以为你就是我的唯一。人生伴侣。真正的人生伴侣。然后，你坑了我，你把我坑了过来，他们彻底害了我。我的母亲死了，我又怎么能脱离困境呢？你对那个公牛脑袋的卡车司机摇尾乞怜。而我失去了我的腿，还被情人抛弃在道路上。而你却离开了我！"

他们走到一丛露出头的红树林跟前。小小鸟在树枝上活蹦乱跳，树枝一晃一晃。海鸥从空中俯冲下来，一阵嘶鸣。

米莉安的尖叫声被玻璃阻挡，渐行渐弱。

她用胳膊肘对着玻璃窗一阵狂捶，实现了她在通灵幻象中做的事情，却在现实生活中也无力改变，仿佛抓住了一个泥泞的山坡，泥土在身下下滑，载着她不可避免地下降……

玻璃开始破裂。

阿什利大声呼喊。他大声嚷嚷着："但现在我有了我自己的天赋，你这个哑巴臭婊子。现在我也有一把机枪，吼吼吼。我要拿走属于我的东西。"

咔嚓嚓嚓嚓！米莉安的胳膊肘挣脱了玻璃舷窗的束缚——

她的胳膊上面星星点点，闪闪发光，沾着光滑的玻璃碎片——

——流着血——

阿什利笑了起来——

海鸥嘶鸣。

然后，她知道了。

通灵幻象

一切都停止了，所有的东西都被抓住了，就如同这个假路易斯指尖之间那只肥胖的黑苍蝇。

他弹了弹它，吧嗒，液体顺着他的手指流了下来。他像扔一颗爆米花一样把它扔进了嘴里，它像蝉一样被咀嚼得嘎嘣嘎嘣响。

他用舌头轻扫了一下他牙齿上附着的苍蝇残渣。

"你想通了。"他说道。

米莉安点了点头，从舷窗向外眺望。外面，现在她看不到任何东西——只能看到地平线上白热化的光芒。红树林飘走了。阿什利和她的母亲飘走了。那些鸟也飘走了。

"阿什利胡乱拍打着苍蝇。"她回答道。

"阿什利胡乱拍打着苍蝇。"

"然后在那个幻象里。当他杀死杰里的时候。他……"

"但是那只鸟——"

"但是，他并没有看到科里的出现。"

路易斯夹住了另一只苍蝇，扔进了嘴里。

她几乎笑了出来。她模仿阿什利在夏地礁岛的说话，"每个人都被连接了起来。相同的频率，他能听到他们的声音。但是，那个世界的野兽并不喜欢我们。他们没有与我们连接在相同的频率上。他无法听到他们演唱的歌曲。"

"看看你，已经弄明白了。"他耸了耸肩，"尽管已经 TMD 的迟了。"

"我会杀了他。"她说道。

"我知道。"

63　它们似乎要填满海洋与空气

塘鹅是一种美丽的小鸟。

这种鸟很大，有一英尺多高。

它长着长长的鸟喙，用以捕鱼。它们的鸟喙几乎是银色的——而它的轮廓则是黑色的。它的眼睛清澈，眼周的皮肤如热带海水一样蔚蓝。它的羽毛如同皓洁的初雪，而从它的脖子到头部的那一部分，肤色如晚霞一样温暖。

塘鹅是一只饥肠辘辘的鸟，鸟从高处跳水，潜入一百英尺的水下，以每小时六十英里的速度在深海捕鱼，并且塘鹅需要吃掉大量的鱼。

"塘鹅"这个名字是"馋嘴"的同义词。

塘鹅是一种急性子的鸟。这些高大的生物聚集在渔船周围，盼望着这些渔民不是一次钓起一条鱼，而是一次拉起来一大网鱼——但如果当天没有捕获到鱼，塘鹅就会乘虚而入，从渔民手中抢夺诱饵。

塘鹅是一种邪恶凶残的鸟。它的鸟喙非常锋利尖锐，就像一把剪刀——咔嚓，咔嚓，咔嚓。一名男子曾试图在一个码头挽救一只受伤的小塘鹅，塘鹅咬下了他的鼻子，啄出了他的眼睛。

在阿什利·盖恩斯举起那把猎刀，准备插入伊芙琳·布莱克的胸口的那一刻，米莉安看到了关于塘鹅的所有事情。她不知道自己如何得知。当然，她现在也顾不上在乎这些。

有那么一个时刻——那把猎刀高举在空中，杀人的承诺飘浮在温暖舒适的海风之中——米莉安的灵魂飘出了身体，不是她的手臂，或者任何她被虐待和遭到殴打的肢体部位。她发现塘鹅在她的头顶上空集聚。

她的灵魂分散，一个拳头撞进了镜像玻璃——

这就好像她的灵魂脱离了她的身体——与骨骼和皮肤、血液和肌肉相分离——

她分成了很多部分，被这么多——

米莉安听到一个新的频率。

一个饥饿的频率，与不耐烦，还有邪恶凶残。

所有的这一切都如此美丽动人。

第一只鸟迅猛地俯冲下来，它的鸟喙戳穿了阿什利的一只手。米莉安尝到了他的血液，听到了他的惨叫。但她毫不在意，因为现在唯一至关重要的便是那鲜血。第一次喷出来的鲜血，初次尝到这种味道。

其他的塘鹅甚是嫉妒。

米莉安既满足又嫉妒。两个灵魂，十二个灵魂。

那些鸟蜂拥而上，潜入水里。

鸟喙戳进肉里，戳入他的肱二头肌里，戳进了他肠胃的汪洋之中。他们靠近了他脖子上的肌腱、伸出的手指，他的鼻子、耳朵和舌头上的肉质突起——

如果你不跟我来的话，我会把她一点一点地切割干净……（回忆里阿什利·盖恩斯说的话）

他转过身去，想要逃跑，试图爬过船的边缘。但它们把他拉了回来，解剖了他。

它们吃掉了它们解剖的东西。

（米莉安解剖了他，她吃掉了它们解剖的东西。）

贪婪、咔嗒作响的鸟喙叼走了呈丝带状的肌肤。鸟乘着风，携带着鲜红色条状的生肉内脏。他对于它们而言是一条鱼——一条巨型的、奇怪的、摆动的鱼。它们把他从头到尾都给解剖了。从鳃到鳍，从眼球到肛门。

你喜欢把所有事物都分解至它们的组成部分，你就像那些苍蝇生出来的蛆一样，把所有的一切都分解到它的最基层，最……恶心的部分……

它们把他的肉带上了天空。它们在那儿享受佳肴。两只鸟共享，杂耍，囫囵吞下。

不久，他的骨头都露了出来。

但即便如此，也不会持续太久。

一只鸟带上他的下颌飞走了。

其他鸟啄食着他的关节，直到他的骨架彻底散落坍塌。它们把他的骨头扔到水中，如同食人魔抛弃它们的垃圾一样。它们选择去吃什么样的肉，如同蚯蚓那样的静脉与肌腱。

当最后它们都鼓腹含和的时候——此等饕餮！——它们叽叽喳喳谈笑风生，聚集在船的栏杆上。在伊芙琳·布莱克的身后排成了一条线，守卫着她，站成了一排警戒线，看着它们的母亲。

而阿什利剩下的只有油腻腻的、满身斑驳的血迹。

与那个单独的假肢。

64 妈妈，我来了

回到原状还需要一定的时间。

她觉得自己在这些鸟的思维中栖息，如同一个落下的晚餐盘子一样碎裂开来，她在这儿发现了血的味道和一种温暖、渴望的满足感——不是复仇的满足感，而是吃了一顿简单快乐的佳肴的满足感。但最终饥饿还会再次来临，因为塘鹅是一种饥肠辘辘的鸟，米莉安心想，我可以跟它们一同前去，我可以再也不用回到那个人类的我了——

那些恐怖对于她而言实在是不堪重负。

这个念头让她很惊讶。

然后她就变了回去——被扔回她的身体之中。那些塘鹅，吃饱喝足，飞到空中，围成了一个圆圈，像在酒吧的老朋友一样叽叽喳喳，直到只剩下它们在天际的呱呱鸣叫。

米莉安看见了她的母亲，她被捆绑在椅子上，大大地睁着眼睛。

门没有打开，舷窗太小，米莉安赶紧来到打开的窗口。她试图想让她的手伸到木头的周围，却无能为力。她拿了这个房间里阿什利唯一没有摧毁的东西——那个凳子——她将它拾起，一次又一次地撞击那些木板。慢慢地，它们逐渐裂开。它们当然会裂开。

她推开那些木板，把那个凳子扔向了窗户。

玻璃碎片四处飞溅。

她爬了出去——尽量不让那些参差不齐的玻璃残余割伤自己，但还是不可避免地碰到了一些。她不在乎，不能在乎。她几乎在船的前面滑倒，但她马上站了起来，然后匆匆忙忙冲到了那边——

米莉安用胳膊搂住她的母亲，把网球从她的嘴里取了出来，给她松绑，告诉她，她非常抱歉，她花了这么长时间。

伊芙琳·布莱克什么也没有说。

米莉安帮她彻底解开了那些束缚。

她的母亲凝视着远方，出了神。

她有一半脸已肌肉松弛，嘴角下垂，如同一条被鱼钩钩住的鱼儿。瞳孔突然抽搐，然后开始来回转悠，米莉安心想，就是这样。她开始帮助她的母亲站起来——然而这个女人的左腿弯了一下。

米莉安在她倒下之前接住了她。

母亲喃喃自语，她的嘴里发出了一个瓦斯爆炸的声音。

米莉安没有明白，目前还没有明白。

第六部分

钥匙与锁

65　死亡收割者的触摸

医生告诉她，这是中风。

伊芙琳·布莱克的肺部长出了一个血块，它如同一颗从来福枪里发射出去的子弹一样穿过了她的大脑，而这真的就像是一颗子弹，它所经之处，遍体鳞伤。

它的损伤之处可能已经被减轻了，在他们把她送进医院的一个小时之内，医生是这样告诉她的——而"减轻"这个词，如此冰冷，如此医学化。但是，这并没有发生。米莉安当时是在船上，在一艘她不知道应该如何驾驶的潜艇上。她能够启动发动机，让它驶到附近的海岸——交错的红树林——她也能够把她的母亲弄下船。但是，这并不重要。

米莉安根本不知道他们在哪里。

她的身体受了伤。

但她一直努力向前，辅助她的母亲行走，直到那个女人再也走不了路。然后，她背着她，直到米莉安再也扛不住她了。米莉安找到了一条道路，前面有一个小小的白色建筑，前面有一个标志：通往群岛的岛屿。

那个女人从里面走了出来，说他们尚未营业，但在夏地礁岛的南端有一个已经开始营业的房子——

然后她看见了。米莉安，浑身上下，血迹斑斑。

接着便是一片模糊。警察和救护车出现在这里，在马拉松的一所医院。医生告诉她，她的母亲遭受了严重的中风，而且，她可能再也不能成为真的自己了。

她问医生，因为她需要知道，"为什么是现在？"

他说，他不知道。

"但我可以大胆地猜测。"那个医生说道——这是一个鬓发颜色非常深，看起来像是用鞋油染发的大叔，"她一定经历了相当严重的创伤。她的肺部肯定已经有了一个血块——你说她是个烟民，所以——但是极端形势所带来的压力可能让血块脱落了。血压可能事关重大。"

他认为那个压力是阿什利给她带去的。

而米莉安则不以为然。

当那群鸟当着她的面撕扯着一个男人的时候，当自己的女儿站在窗口默默注视着的时候，她的母亲就坐在那儿。她在米莉安的脸上看到了什么？狂喜？快感？一个死人一般空荡荡的躯壳？

在医院过了一天。对于许多在这里的人而言，在医院里度过的一个又一个夜晚意义重大；而对于米莉安来说，它只是一条长长的空荡荡的心理公路。警察来来去去，他们问她问题。他们想知道关于这个杀手究竟发生了一些什么。他们告诉她，他们有他的那条腿，还有很多他的血液。但他们不知道他是否还活在这个世上。她没有告诉他们别的什么。她能说些什么呢？鸟把他吃掉了。我就是那些鸟。这非常奇怪。在过去的三天里，光是想起这件事，我就已经呕吐了六次。我还可以尝到血液的味道。你有薄荷糖吗？

米莉安渐渐痊愈了，肋骨上绑着绷带，腿上缝了针。她的感染区——她甚至不知道在哪里——使用了抗生素。一位护士说她非常惊讶米莉安居然没有死。米莉安告诉她，她不知道她自己是否还能死去。

他们想了解关于保险的事情。她的母亲有保险，而她没有。这便成了米莉安永远不会支付的又一笔医院账单。

工作人员开始窃窃私语，因为他们知道她就是那个被一些连环杀手掳去船上的女孩——一个在一个夏威夷风情酒吧开枪的疯子，谋杀了船上的居民，死者的尸体数量方面还无法统计。

记者听闻了这件事。他们想采访她。她把他们赶了出去。当他们来到她的房间的时候，她躲到了其他房间。她最不想要做的一件事便是上电视，并且她知道那两个联邦调查局的特工也来了。他们必须来。他们显然闻到了水中的血腥味。

而实际上他们没有出现。她不明白为什么。此时此刻的她是一个唾手可得的胜利果实：困在医院的病床上，需要照顾一个植物人母亲。

米莉安感觉自己困于笼中。白色的墙壁，医药物品的恶臭味。并且这个医院一直都有嗡嗡的声音。即使在夜晚，也有一个低沉的震动声。她心想，应该是这些机器才能让人们活着，然而她心中的另一个声音却认为这是别的东西：灵魂的震颤如此接近死亡——相同的频率，我们都被连接了起来，假路易斯如是说。

她讨厌那个声音。

她憎恶这个地方。

她要离开这儿。

66　妈妈，我可以吗

　　她走到母亲的身边，坐了一会儿，告诉她，她要离开了。母亲没有真的说话——她只是含混不清地发出了几个声音，听起来如同一个蹒跚学步的小孩模仿着人类讲话的语调和节奏而发出带着气泡的模糊音节，但你却无法理解。

　　米莉安心疼地抚摩着妈妈的脸颊。

　　"你知道吗？这真是糟糕。"米莉安说道，"一方面，我还是，还是在生你的气。在我的一生中，我都觉得自己被你捏在手心里。我是指你那戳人的小拇指。你对我说的所有事情，你对待我的任何方式。一切都是我的错，不管是不是这样。而现在，我们在这里。我很伤心。你……失去了意识。这是我的错。我也是在这里被绊倒的，因为曾经，我认为我是一个好人。可能是。但是你对待我的方式就像我不是一个好人一样，然后我想，你是不是想把我变成一个更好的人，可是你这样做，却让我成了更糟糕的人？还是说你只是在预言未来？有一天，我们会像现在这样坐在这里。我们会再次相交相遇，我会抢走你的信念、你的思想、你的生活和……"

一声带着喘息的啜泣偷偷地溜了出来，米莉安抑制住了：她拼命闭着眼睛，甚至她觉得她可能永远无法再睁开了，她咬紧牙关，然后做了一个深深的、颤抖的呼吸。

别这样做，她心想。

她坐了一小会儿，"曾经，我想尝试阻止人们死去，而实际上，我只会让事情再次发生。"那个小男孩和那个红气球……"也许这就和你一样。你急迫地想要做出正确的事情，结果却大相径庭。它终究还是会发生。我就是一个很好的证据。"

她俯身吻了一下她母亲的太阳穴。

她压抑住另一声抽泣。

伊芙琳·布莱克露出了一个恬淡的微笑，含混不清地说着什么，因为不知道什么笑话而开心地笑着。

然后米莉安起身离开。

当她转身走到出口时——

"就是这样。"

她转回身子。

她的母亲朝向天花板，凝视。

这是她说的话吗？这是她的声音吗？

米莉安不确定。

67　就是那个信佛的，就在那儿

她在经历了一整天的搭乘便车之旅后，回到了汽车旅馆。

在她前往办公室的路上，她看到了那个佛罗里达人戴夫从那个半边倒塌的篱笆附近采摘着小叶子花。

"嘿！"她对着戴夫打了一个招呼。

"所有的人生都是这么痛苦。"他说道。

"噢，是吗？"

"我曾经有一次吸毒吸嗨了，往我的体内注射了他妈的一桶海洛因，我站在那儿抽着烟，它掉到了地上，我的平房便着了火。烟雾和大火让我惊醒，浓浓的庞大的黑烟，就像，一个，一个怪物一样。我打开窗户，爬了出来。突然，我想起了我把我的智障哥哥留在了房子里。巴德。巴德与他所有的猫都在那个房子里，他们一起被活活烧死了。自那以后，我便告诉我自己再也不要吸毒了。我那天说了这句话之后，晚上我就又吸嗨了。人们都太傻了。生活是无尽的痛苦折磨。但是，人们总会找到一条生路。这条生路不是海洛因，是由光明指引的坦荡大道，而并非一个庞大饥饿的黑暗怪物。"他吸了吸鼻子，"我再也没有吸毒了。我非常高兴。"

"谢谢，戴夫！"

"没问题，玛丽。"

他又回到那边去采摘那些小小的紫粉红色的花朵。

她耸了耸肩，前往办公室寻找杰里·吴。

杰里的脸看起来如同一个幽灵。或者，也许即将准备被一只特别好色的大脚爱抚，恐惧与敬畏同时显现。

"我看到了新闻。"他只说了这么多。

"那都是扯淡。"她说道。

他点了点头。

"我需要你的帮助。你和科里的帮助。"

"我……是啊。当然。没问题。"

68 寻觅

海水一片黑暗，全部都被笼罩在阴影之中——泡沫、海带和小鱼在阳光下如同刀刃一般闪闪发光——鸟的头砰砰地撞在了沙子里半埋着的某个东西，与破碎的珊瑚，砰砰砰——这个世界开始天旋地转，上下颠倒，上升，上升，上升——表面，空气，光——

科里跳回了船上。

米莉安大口大口地喘着气。

"你没事吧？"杰里问道。

"没事。"米莉安说。然而就是这样。

她捏住了自己的鼻子，当她潜入水里的时候，她感觉到她的心脏试图从她的肛门里爬出来——恐慌如同两只手拍住了她。

即刻，她便心想，我要被淹死了，我要死了，埃莉诺·考尔德克特就在这片水底，她的尸体准备把我拉进这片沙子里……

但随后一个黑影出现，划开了她旁边的水流。

科里游到了她的旁边。

它给了她一种奇特的舒适。

在某种程度上，这是一种令人不安的舒适——它是一种不舒服的舒适吗？还是舒适的不适？TMD，这根本就没什么关系。

重要的是，她闭上了双眼，沉到了水底。她的手指在那儿摸索着沙子，找到了糖糖告诉她的那个箱子。她游到了水面上。科里与她一起冲出水面，大口吞下了一条鱼。她们一起坐船回去了。

之后，她的手臂夹着那个盒子，米莉安向杰里告别。

"你是一个善良的人。"她告诉他，"在这儿很少有人像你这样了。你和你那珍稀的鸟都真的是珍稀鸟类。"

"我即将要失去这个汽车旅馆了。"他突然说道。

"什么？"

"好人不等于有钱。他们会取消这个地方的抵押品赎回权。我还不知道我下一步该怎么办。"

"听到这个消息，我很遗憾。"

"我欠了一万美元。你接下来准备干吗？"

"两千美元可以再拖延一段时间吗？"她在她的包里摸索——在房间的床上找到了——然后把这一沓现金递给了他。

"啊！哇靠！可能可以吧。"

"希望可以，希望可以。再见啦，杰里！"

"再见，米莉安！如果你还需要一个房间，就再来。"

她向他敬了一个礼，就是这样。

69　开枪

她一边走路，一边拦车。大多数车不予理睬，呼啸而过。人们现在都知道不再搭乘便车了。尤其是当他们看到新闻，听到说那个疯子杀了人、窃取他们的船只、在夏威夷风情酒吧开了枪以后。

她希望可以抽一根烟。

一辆车停了下来。

一辆灰色轿车。

后车窗玻璃被捣毁了。

"TMD。"她说道。

此时此刻

"现在我们都赶上了。"格罗斯基说道。

"我发誓，我没有逃跑。"米莉安说道，"所以我觉得这些手铐挺侮辱人的。为什么这次是一对手铐，不是那种拉链了？"

韦尔斯咧嘴一笑，"这个没办法被锯断啊！"

"啊！"她吸了吸鼻子，"那么你们怎么不来接我呢？我是说，在医院里的时候。我当时就是一朵等待采摘的鲜花。你在等什么呢？"

格罗斯基发出了嗯哼的声音，略有所思，"这一切有点儿……那句电影台词怎么说来着？非官方的、悄悄的，也很隐秘的？我们并不想引起轰动。我们知道我们可以再次找到你。"

"那恭喜你们啊！你们的确做到了。所以，现在该怎么办呢？"

"我只是得知道。你说的那些关于阿什利·盖恩斯的事情……你告诉我们说，你……变成了鸟——"

米莉安耸了耸肩。

"然后它们——你——把他吃了。"

"除了腿以外的所有部分。"

只是想着它，她的肚子便开始恶心抽搐。

一阵海风从破碎的玻璃窗吹了进来。

韦尔斯说："这全部都是一些狗血剧情。她在耍你呢，里奇。当然也耍了我。让我们离开这儿吧。让她待在这里，叫警察来接她，或者就索性不管她了。我不在乎，但我忍无可忍了。"

"不。"格罗斯基说道，"我们还没有结束。我们还没有使我们的特权——"

就在这时，韦尔斯的手机振动了起来，并发出唧唧的声音。

她接通了电话，把电话朝着自己的身体倾斜，如同一个扑克玩家在看自己的牌似的。然后，她又把手机正面朝下地放置。

格罗斯基看了她一眼。

"没什么。"韦尔斯说道。

"绝对有什么。"米莉安坚持说道。

"是谁？"格罗斯基问道。

"没什么。"韦尔斯坚持不说。

"是啪啪。"米莉安说道。

韦尔斯的眼睛突然睁大。

格罗斯基笑了起来，"那个海地人？什么？你他娘的在跟我开玩笑吗？"

"你是不是已经忘记他了，对吗？你的小伙伴正打算把我装在一个银盘子里呈给他呢。是不是啊，韦尔斯？她正试图催你离开，这样啪啪便可以快马加鞭赶过来砍断我的腿呢。也许是我的脑袋。因为我欠他一具尸体，而我没有做到。她可花了他工资单的不少金额呢。手表、项链。"她试图模仿海地人的口音，"啪啪爱黄金。"

韦尔斯开始抗议，但米莉安仍然继续说："你们离开之后，也许她会偷偷地回到这里，冲着我的脑袋开一枪。对了，韦尔斯？嘿，我想问问——几点啦？"

但他们都没有动，这两个警官都没有说话。韦尔斯盯着米莉安，而格罗斯基盯着韦尔斯。

接着米莉安说道："嘿，里奇！你想知道你是怎么死的吗？"

这个肯定可以奏效。

韦尔斯快速行动，她手里有一把枪，突然瞄准了格罗斯基那张充满惊讶、跌破眼镜的脸。

然而米莉安的动作更快。

她把那张桌子掀到了前面。韦尔斯像一个空气枕头一样弹了出去，然后突然她向前倾斜——

不过这个时间，米莉安足以用手铐与链条钩住韦尔斯那骨瘦如柴的鸡骨头脖子。韦尔斯胡乱踢着，发出咕哝的声音，手枪举起，朝着空中开了两枪，茅草屋的房顶被打了两个窟窿，沙子尘埃落下来，迷了她的眼。

那只握住手枪的手开始摇晃。

米莉安躲开了它。

然后她把重心下移，像一个怪兽一样，肩膀紧挨着旁边的桌子，两个手腕一起拉，拉，拉。

再一次开枪，格罗斯基一阵跟跟跄跄，他肩膀上的肉喷出了一股鲜血。

韦尔斯发出了"呃啊"这样的声音。

她的身体停止了动弹。

那把枪砰砰地落到了地板上。

韦尔斯，现在是一具尸体了。

米莉安伸出了一只脚，然后把枪对着她。她抢了过来，瞄准格罗斯基。

"手铐。快给我解开！"

格罗斯基站了起来，似乎患了炮弹休克症。

米莉安再次大声怒号命令道："大个子！手铐！给我解开！"

他看着自己血淋淋的肩膀，然后赶紧过来，捞出钥匙，给她解开了。

"她朝我开了枪。"格罗斯基说道。

"她会杀了你。"

"她是我的伙伴。"

"生活太艰难了，她是一匹披着羊皮的狼。"

"你是怎么——"

"我是怎么知道的？因为我看到了你是怎么死去的，因为这就是我的通灵幻象的作用。"

"噢！对……对噢！但是你怎么知道……关于啪啪的事情的？"

"这是一个猜测，但这是一个相当漂亮的猜测。你的死亡幻象是由一条短信开始的。但不要忘了，我也看到了她是怎么死的。杀了你之后，也许还有我，她最终回到了车上。那是什么，大约距离这儿四分之一英里远的地方？"

他点了点头。

"啪啪就在那儿，与戈尔迪和杰杰在一起。当她走上前来的那一刻，他开枪射中了她的头部。另外那两个人把她分开，放在了一辆白色的凯迪拉克里面。他躲在汽车后端背后。尽管他身材高大魁梧，他仍然可以蹲得非常低，隐藏得非常小。"

"那……那意味着他现在就在那儿喽。"

"的确如此。"

"他妈的。"

"嗯哼。你想要回你的枪吗？"

他眯起眼睛，"为什么你要把它给我？"

"因为我刚刚救了你的命。"

"我不太擅长使用枪。"

她耸了耸肩，"我想你很快便会需要它。"她把枪扔给了他，他差点儿没接住，"嘿，我想问问——这一切都是关于什么？绑架我。带我去……我们现在在哪儿？"

"在……在沙滩上，一座障壁岛，就在岩保护区外面。啊，距离木星很近。"

"你们要我干什么？"

"我想……如果你的特异功能是真的的话，我觉得你会成为一棵巨大的摇钱树。遥想当年，我开始调查你杀死那些人的时候，我想也许你真的是一个连环杀手。但是当我们在垃圾桶里发现了你的日记，然后我越来越觉得也许你做的那些事情是真实可信的……我想你的天赋应该是一个真正脱俗的东西。对于 FBI 来说，对于特勤局来说，甚至是——我的意思是，他妈的，想象一下你去触碰一下美国的总统，看看他是否会被暗杀？这是不是很蠢啊？"

"好吧。"米莉安说道，"真是一个有趣的想法，但别想让我去干这个。因为，格罗斯基警官，我不为任何人工作。不再了。现在把我的盒子还给我。你想去杀啪啪，看看你能不能逮捕他，去吧。我，我要去另一个方向。"

她抓住了那个金属盒。

她转身离开，留下那个警官傻傻地站在那里，血流不止。

70 那个盒子

她走了一会儿。

她听到了身后远处乒乒乓乓的枪响。她不明白那是什么意思。她也不知道她是否在意。

不过,她承认,她可能比她自己认为的更加喜欢格罗斯基。因为想到,如果她救他一命只是为了让他被啪啪那个畜生再一次杀死的话,她突然有点儿愧疚,有点儿心痛。

但她记得戈尔迪之死与……

好吧。谁知道那是怎么弄出来的?

她在岩石区找到了一个地方。

潮水上涨,潮水退去。

太阳在她身后开始变幻光芒。

她拿起那个盒子,重击在岩石上,直到锁弹开,与一只水獭打开一个贝壳的方式如出一辙。

一个袋子从那个盒子里滑落出来。米莉安抓住它,打开了,在那个袋子里装着一些照片,与一本略显破烂的书。

　　像是一本日记。

　　她捡起那些照片。一个脸色苍白的红发女子抱着长着雀斑怀孕了的肚子。同样还是这个女人，把一堆衣服固定到一根晾衣绳上。坐在一块墓碑上，坐在一个秋千上。再一次站在一块墓地里，这一次是一堆坟墓之中。米莉安发出了一声咕哝。她不知道这意味着什么。

　　于是，她拿起了那本书。

　　她随机翻开一页，读了起来。

　　她在页面之间来回翻转。

　　"天啊！"她说，"天啊——"

71 布鲁加

　　米莉安回到那个群岛，回到那个窗户破碎、杂草丛生、粗砂遍地的混凝土的店面，这花了她一段时间。她到达那儿的时候，已经很晚了。

　　而糖糖在那儿。

　　糖糖坐在一堆煤渣块后面，用一根弯曲的吸管从健怡可乐瓶里呼哧呼哧地吸着饮料。她抬眼，看见米莉安站在那儿。她的样子并没有那么吃惊。

　　"我沉迷于这些东西。"糖糖说的是这类健怡汽水。

　　米莉安把那个箱子递给了她。

　　这似乎才让她甚是惊讶。

　　"我找到了这个箱子。"米莉安说道，"你告诉我的那个我没有寻找的东西。你说得对。我错了。你是正确的。"也许，我们俩都曾是正确的。

　　"什么？"

　　"这不是给我的，是给你的。"米莉安——还是那么固执己见——冲到了糖糖的腿旁，翻开箱子，她找出一张照片——那张那个孕妇抱着肚子的照片。她把照片翻过来，"杜尔塞科莫埃尔阿祖卡。一个女人的笔迹。虽然这个女人看起来是美国人，我猜她也会说西班牙语。这是你的，对吗，糖糖？"

"等等。这是我的……"

"那是你的母亲。而且——"米莉安拍了拍那个圆圆的长着雀斑的肚子，"——这是你。这里面有更多的照片，和一本日记。也许这是给我的，但也许也是给你的。你母亲也有过……特异功能。她与死者有心灵感应，像我一样，但不同的是，她可以和他们说话，和已经死了的那些人交流。不太像鬼魂，也许，但是……"那个词浮现出来，"就像一个频率。她可以感受到它。"

"但是，我们的所作所为天生就是一个悲剧。"

"她的也是如此。她在很年轻的时候失去了一个孩子，她的一个叔叔在她十四岁的时候让她怀孕了。没有人会帮助那个孩子进行人工流产，所以她自己做了这件事情，用一把锤子。而且这让她的胎堕得非常彻底，几乎要了她的命。他们告诉她，她再也不能生孩子了，否则将会要了她的命。这些事情……给她的人生留下了永恒的印记，就像它给我留下的印记一样，就像它给你留下的印记一样。"

糖糖站了起来，用她的双臂把米莉安拥入怀中。

这是她们第一次肢体接触。

通灵幻象向米莉安席卷而来——就像埃莉诺·考尔德克特一样，什么也没有。然而这一次也没有一席毒潮，或是什么平静湖面咝咝作响的邪恶裂纹。这次是一阵天鹅绒般的烟雾，与忧伤的低语，还有焦糖的味道。糖糖抽离开来，留下米莉安一阵头晕目眩。

"感谢你！"糖糖说道，然后热泪盈眶。

"还有别的东西。你妈妈说，她想出了一个办法……来撤销她的特异功能。她没有说到底是什么方法，但她说了她在哪里学会的。在科罗拉多州一个叫科尔布伦的地方。所以，那就是我要去的地方。"

72 棺材里的指甲

第二天，米莉安在加比的家门口留下了两千美元，旁边放着一小束鲜花。她不知道加比到底喜欢什么。

她甚至都不了解加比，不怎么了解。

但她留下了一张纸条，"这应该可以支付你的健康保险。"

她心里这样想着，却没有写上去——我要找到一种方法，让你在五年以后找到一个不自杀的理由。我很抱歉！

她敲了敲门，然后躲了起来，然后看到加比走了出来，拿走了那束鲜花与那个袋子。她的脸包扎着纱布与胶带。但是，即使在那些绷带后面，米莉安也可以看到她眼中的震惊。

加比环顾了一下四周，似乎没有看见米莉安。

但她还是挥了挥手。

米莉安心想：这会不会是我们看到彼此的最后一面，拯救加比的生命将是另一种全新的挑战。她不能以杀死任何人为代价来阻止这种死亡，但她必须阻止。

一个可怕的却生机勃勃的想法。

接下来，米莉安找到了群岛北部一个她既能散步，又能坐在岩石上栖息，还能观看大海吞噬太阳的绝佳景点。

她掏出手机，给路易斯打了一个电话。

他没有接电话，但她给他留了语音消息，"是我。我爱你。我需要你。而你要帮我摆脱我的诅咒，给我回个电话。我刚说过我爱你吗？我爱你。我爱，爱，爱你。"

她挂断了电话。

她静静地坐着，抽着烟，并等待着他给她回电话。

正当太阳落入地平线以下消失不见的时候，他打了电话过来。

致谢

与往常一样，我总能因为写这本书而获得一些悦耳动听的评价与赏识，当然，这暗含着一个至关重要的策略：由于很多幕后人的帮助，这个故事才得以完成。

感谢诸如阿普利尔·柯克日、丹尼尔·佩雷斯、瓦莱丽·巴尔德斯、梅丽莎·多米尼克和迪瓦恩·莫利纽克斯这些帮助指引我飞跃了美国的湿热旺土（又名"佛罗里达"）的乡亲。我觉得他们中的某一些应该曾与鳄鱼进行过激烈的搏斗，这样我才可以顺利逃跑吧！

感谢我的经纪人德克尔·斯达卡与我的妻子米歇尔，感谢他们帮助我打造此书的新版，然后锻造成型。

感谢乔伊 Hi-Fi 让这个系列的图书销量大好，大大超越了我那些薄利散文的销量。

感谢布鲁克林 Word 书店那些受人喜爱的明星，与洛杉矶雷东多海滩那些超级无敌大坏蛋"神秘星系"。

感谢"愤怒的机器人"那些血液循环的"重蹄军阀"，在最后三本书里赐予了米莉安一个家。

感谢佛罗里达群岛野生鸟类保护区，做着鸟神的工作，复原那些野生鸟类，并且让我亲自近距离与真实的鸸鹋接触。

科尔曼或者卢比，如果你正在阅读这本书：退出或者去死吧。

如果我将您不慎遗漏，那么请将您的姓名与值得感激的理由填写在下面的空格之中：

"感谢 ＿＿＿＿＿＿＿＿＿＿＿＿＿＿

这段时间以来 ＿＿＿＿＿＿＿＿＿＿＿＿＿＿＿＿。"

敬请期待米莉安·布莱克的归来——《知更鸟女孩 4》。